W0032451

CIRCULEZ ! Y A RIEN A VOIR

DU MÊME AUTEUR

Dans la même collection :

Laissez tomber la fille.
Les souris ont la peau tendre.
Mes hommages à la donzelle.
Du plomb dans les tripes.
Des dragées sans baptême.
Des clientes pour la morgue.
Descendez-le à la prochaine.
Passez-moi la Joconde.
Sérénade pour une souris défunte.
Rue des Macchabées.
Bas les pattes.
Deuil express.
J'ai bien l'honneur de vous buter.
C'est mort et ça ne sait pas.
Messieurs les hommes.
Du mouron à se faire.
Le fil à couper le beurre.
Fais gaffe à tes os.
A tue… et à toi.
Ça tourne au vinaigre.
Les doigts dans le nez.
Au suivant de ces messieurs.
Des gueules d'enterrement.
Les anges se font plumer.
La tombola des voyous.
J'ai peur des mouches.
Le secret de Polichinelle.
Du poulet au menu.
Tu vas trinquer, San-Antonio.
En long, en large et en travers.
La vérité en salade.
Prenez-en de la graine.
On t'enverra du monde.
San-Antonio met le paquet.
Entre la vie et la morgue.
Tout le plaisir est pour moi.
Du sirop pour les guêpes.
Du brut pour les brutes.
J'suis comme ça.
San-Antonio renvoie la balle.
Berceuse pour Bérurier.
Ne mangez pas la consigne.
La fin des haricots.
Y a bon, San-Antonio.
De « A » jusqu'à « Z ».
San-Antonio chez les Mac.
Fleur de nave vinaigrette.
Ménage tes méninges.
Le loup habillé en grand-mère.
San-Antonio chez les « gones ».
San-Antonio polka.
En peignant la girafe.
Le coup du père François.
Le gala des emplumés.
Votez Bérurier.
Bérurier au sérail.
La rate au court-bouillon.
Vas-y Béru !
Tango chinetoque.
Salut, mon pope !
Mange et tais-toi.
Faut être logique.
Y a de l'action !
Béru contre San-Antonio.
L'archipel des Malotrus.
Zéro pour la question.
Bravo, docteur Béru.
Viva Bertaga.
Un éléphant, ça trompe.
Faut-il vous l'envelopper ?
En avant la moujik.
Ma langue au Chah.
Ça mange pas de pain.
N'en jetez plus !
Moi, vous me connaissez ?

Emballage cadeau.
Appelez-moi, chérie.
T'es beau, tu sais!
Ça ne s'invente pas.
J'ai essayé : on peut!
Un os dans la noce.
Les prédictions de Nostrabérus.
Mets ton doigt où j'ai mon doigt.
Si, signore.
Maman, les petits bateaux.
La vie privée de Walter Klozett.
Dis bonjour à la dame.
Certaines l'aiment chauve.
Concerto pour porte-jarretelles.
Sucette boulevard.
Remets ton slip, gondolier.
Chérie, passe-moi tes microbes!
Une banane dans l'oreille.
Hue, dada!
Vol au-dessus d'un lit de cocu.
Si ma tante en avait.
Fais-moi des choses.
Viens avec ton cierge.
Mon culte sur la commode.
Tire-m'en deux, c'est pour offrir.
A prendre ou à lécher.
Baise-ball à La Baule.
Meurs pas, on a du monde.
Tarte à la crème story.
On liquide et on s'en va.
Champagne pour tout le monde!
Réglez-lui son compte!
La pute enchantée.
Bouge ton pied que je voie la mer.
L'année de la moule.
Du bois dont on fait les pipes.
Va donc m'attendre chez Plumeau.
Morpions Circus.
Remouille-moi la compresse.
Si maman me voyait!
Des gonzesses comme s'il en pleuvait.
Les deux oreilles et la queue.
Pleins feux sur le tutu.
Laissez pousser les asperges.
Poison d'Avril, ou la vie sexuelle de Lili Pute.
Bacchanale chez la mère Tatzi.
Dégustez, gourmandes!
Plein les moustaches.
Après vous s'il en reste, Monsieur le Président.
Chauds, les lapins!
Alice au pays des merguez.
Fais pas dans le porno...
La fête des paires.
Le casse de l'oncle Tom.
Bons baisers où tu sais.
Le trouillomètre à zéro.

Hors série :

L'Histoire de France.
Le standinge.
Béru et ces dames.
Les vacances de Bérurier.
Béru-Béru.
La sexualité.
Les Con.
Les mots en épingle de San-Antonio.
Si « Queue-d'âne » m'était conté.
Les confessions de l'Ange noir.
Y a-t-il un Français dans la salle?
Les clés du pouvoir sont dans la boîte à gants.
Les aventures galantes de Bérurier.
Faut-il tuer les petits garçons qui ont les mains sur les hanches?

Œuvres complètes :

Vingt-deux tomes déjà parus.

SAN-ANTONIO

CIRCULEZ ! Y A RIEN A VOIR

6, rue Garancière - Paris VIe

ISBN 2-265-03688-9

A
Françoise
François
et Guillaume SAMARD,
merveilleux représentants de ma maigre tribu.
En grande tendresse

San-A.

Je me sens happé par un formidable mystère que la mort, je le devine, n'élucidera pas.

Qu'ajouter encore de plaisant ?

Ce livre ?

San-Antonio

PROLOGUE

Qui nous permet d'entrer dans le vif du sujet.

Le professeur Mac Heubass se lavait longuement les mains dans la petite pièce carrelée jouxtant la salle d'opérations. Une coquette infirmière rousse (qui le suçait chaque matin, sous son bureau, pendant qu'il prenait connaissance des rapports de la nuit), attendait tenant prêts les gants de caoutchouc qu'elle venait de retirer d'un emballage stérilisé.

Le professeur maugréa :

— Je ne sais pas ce qu'ont certaines gens à s'introduire dans le rectum les objets les plus ahurissants !

Il s'essuya longuement les mains et se retourna. Par la porte ouverte, il pouvait voir la salle d'opérations où ne manquait plus que lui. L'anesthésiste était à pied d'œuvre, de même que ses deux assitants, Herbert et Franck.

— Franck ! lança-t-il, regardez donc un peu dans le cul de monsieur pour voir ce dont il s'agit.

L'interpellé s'empara d'une fibre optique et l'introduisit tant mal que bien dans le rectum bondé du patient. Au bout d'un instant d'examen, il s'écria :

— Oh ! Seigneur !

— Qu'est-ce que c'est ? demanda Mac Heubass.

— L'on dirait la tour Eiffel, monsieur le professeur !

Le mandarin (cuirassé) éclata de rire.

— Que me chantez-vous là ! Vérifiez donc, vous, Herbert !

Tandis que le second assistant prenait la place de son coéquipier à l'œilleton du périscope, il se laissa enfiler ses gants par la jolie rousse qui lui coulait des regards salaces. Il se dit qu'un de ces jours, il devrait passer cette gosse à la casserole. En vieillissant, il devenait paresseux et avait une fâcheuse tendance à remplacer l'étreinte classique par la fellation, beaucoup moins contraignante.

— Alors ? jeta-t-il au second assistant.

Ce dernier, un blond tirant sur le blanc, continua d'examiner « la chose » avant de répondre.

Il releva enfin la tête et déclara catégoriquement :

— C'est bien la tour Eiffel, monsieur le professeur, et il neige !

CHAPITRE PREMIER

De très bonne qualité, n'ayant encore jamais servi; adaptable sur n'importe quel roman, même littéraire. Peut se lire à deux mains car il ne contient aucune scène dégueulasse.

L'officier de police, en bras de chemise, qui m'interviewe au Kennedy Airport est un brave vieux juif de Brooklyn, blanchi sous le harnois. Il a un nez qui ravirait un caricaturiste facho, les dents écartées et des lunettes cerclées d'or. Il examine mon passeport comme si c'était un pot de rillettes du Mans que je lui propose à bas prix.

Puis il me demande les raisons qui m'amènent aux U.S.A.

— Touriste ! réponds-je avec une laconicité de bon ton.

J'ai mon second passeport, c'est-à-dire celui où à la rubrique « Profession », il est marqué « Homme de Lettres » au lieu de « Commissaire de Police », car les Ricains sont sceptibles. Ils n'aiment pas les gens qui emportent leur nougat à Montélimar, non plus que ceux qui, à l'instar de Jean-Marie Le Pen, débarquent chez eux avec un feu dans l'attaché-case.

— Et vous pensez rester ici longtemps ? s'informe le flicard des frontières.

— Une semaine environ.

— Ça veut dire quoi « heumeu di laiteurs » ? demande cet esprit curieux.

— Homme de lettres signifie que j'écris des livres.

— Au poil ! affabulise mon terlocuteur. Ils sont traduits en américain ?

— Quelques-uns, mais on ne les délivre que sur ordonnance médicale, tant ils sont explosifs !

Il se gondole et agrafe à mon passeport un visa de séjour.

— *Bye !*

Ensuite, on méandre à travers des bâtiments jaunassous jusqu'à la salle des bagages. J'ai pris ma grosse Vuitton de bois qui, vide, est plus lourde qu'une pleine en toile. Je la traîne jusqu'à la sortie. Et c'est alors que deux mecs m'abordent : un gros Noir avec une casquette de chauffeur, et un grand mince au long nez, qui ressemble à un pélican lassé d'un long voyage. Le Noir me demande en français des îles :

— C'est toi, Antonio ?

— Complètement.

— O.K., mec ! O.K. !

Il me décerne ce magnifique rire qui fait la fortune de Banania et chope ma valoche. Se met à la coltiner comme s'il s'agissait d'un sachet géant de chips au curry.

Je suis le tandem sans même poser une question. On se dirige alors en direction d'une énorme limousine noire d'au moins dix mètres de long, dont les vitres teintées ne laissent rien deviner de l'intérieur. Ces carrosses-là, tu ne les trouves qu'aux States où l'on a des goûts simples. Un vrai navire de croisière. T'as pas intérêt à disputer le rallye de Monte-Carlo avec, vu que pour la tenue de route, une cave à liqueurs sur roulettes lui ferait la pige. Mais pour les déplacements en ville et les petits trajets polissons au Bois, c'est plus confortable que le salon de Mme Rosine Bernard, dite Sarah

Bernhardt. Deux copieux fauteuils recouverts de velours rouge ayant en face d'eux une banquette du même tapissier. Un bar d'acajou surmonté d'un poste télé. Le téléphone et puis une chiée d'autres combines que j'ai pas à te décrire, la bagnole n'étant pas à vendre.

Le Noir me tient la porte ouverte et je m'installe. Le pélican prend place sur la banquette. On nous ferme. Décarrade mollasse qui me fait évoquer, non sans nostalgie, ma Maserati.

Le pélican ouvre le bar.

— Bourbon, champagne, scotch ? énumère-t-il en ricain.

— Bourbon ! décidé-je, histoire de me mettre dans le bain.

Il m'en sert un bien tassé, dose grand convalescent. N'ensuite de quoi il tape un numéro sur la margelle du bigophone. Quand on décroche, il baragouine un mot que je pige pas. Puis un second et, sans plus se casser le tronc, me tend le combinoche.

— Heureux de te souhaiter la bienvenue, grand perdreau ! me lance une voix pâlichonne, mais que je reconnais. J'aurais été heureux d'aller t'accueillir moi-même, mais je ne tiens plus sur mes fumerons !

« Ses fumerons ! » Un mot de chez nous ! Qui signifie « les jambes ». Je sens se resserrer les liens un peu maçonniques qui m'attachent au pays de mes aïeux.

— Y a pas de mal, Marcus ! Je suis traité comme si j'étais le gouverneur de l'Etat.

— Manquerait plus que ça. Dis à Duvalier qu'il remue un peu son accélérateur, j'ai hâte de te faire la bise.

— S'il accélérait, je serais obligé de courir derrière l'autocar, ton corbillard long châssis me flanque la gerbe.

Je raccroche pour écluser mon bourbon. Le pélican me propose alors une boîte de cigares *made in Cuba,* tellement grosse qu'elle pourrait aussi bien servir d'emballage à un piano à queue.

Je décline d'un signe de tête. On arrive au péage du pont livrant l'accès à Manhattan et le chauffeur allonge un talbin d'un dollar au préposé. Au loin se profilent les malabars : l'Empire State Building et ses frangins.

Je me sens joyce, tout à coup, de retrouver Nouille York. Sacrée ville. La plus étonnante du monde avec Venise, dans un style différent, *of course!*

En moins de temps qu'il n'en a fallu à l'homme de Croc-Magnon pour repeindre sa caverne néanthropienne, on déboule dans le trafic de Roosevelt Drive. Mais ça roule impec. C'est ça, le miracle de N. Y. : dix millions de personnes, une marée de bagnoles, et ça reste presque fluide !

— Il habite où, Marcus ? demandé-je à mon vis-à-vis, lequel est joyeux comme une épidémie de peste bubonique.

— Fifth Avenue.

Il se met bien, le Dauphinois ! C'est pas la zone punk de la ville, ça ! Le carrosse oblique à droite pour aller chercher la E 72nd Street qu'on suit jusqu'à la Cinquième en bordure de Central Park. Duvalier (mon pote l'appelle ainsi car le chauffeur est haïtien) stoppe devant un foutral immeuble en pierre de taille (et de taille imposante, crois-moi), dont le porche est surmonté d'un dais bleu à rayures dorées. Un gardien loqué du même bleu et bardé de dorures prend son pied de grue sur le tapis développé jusqu'à la bordure du trottoir. Il s'empresse de nous déponner la portière. Je me fais l'effet du prince Charles (l'air con en moins) déboulant chez Reagan pour lui apporter les dernières confitures de la mère Tâte-Chair (1).

(1) Les noms que je cite ici vont bientôt disparaître alors que mes polars resteront encore un millénaire ou deux en librairies. Que les noms des fantômes évoqués constituent un témoignagne. Amen. S-A.

Le pélican me précède dans un hall tout en marbre, vaste et beau comme un sanctuaire à la mémoire d'Al Capone. Une bordée d'ascenseurs, archidorés eux saucisses, se battent à celui qu'aura l'honneur de nous grimper. Le pélican choisit la cage du milieu dont la cabine est tendue de cuir de Suède dans les tons bleus. Il enfonce le bouton marqué 4, et poum ! nous sommes au quatrième étage. Un seul apparte par étage ! Faut avoir les moyens (et que ces moyens ne soient pas moyens !)

Au lieu de sonner, il glisse une carte magnétique dans une fente de la lourde. Clic ! Les deux vantaux se séparent !

T'étonne pas ! Aux States, il existe déjà des putes magnétiques. Tu leur glisses ta carte de l'American Express dans la moniche, tu tapes sur leur cadran la somme qu'elles te demandent et t'es paré pour la tringlette. La seule chose qu'y faut te gaffer, c'est que si t'en as acheté pour vingt minutes et que, le délai écoulé tu soyes encore en train de bien faire, tu morfles une décharge électraque dans les roustons !

On entre.

Un bijou ! L'entrée est à peine moins grande que la Place Rouge !

Rouge, aussi !

Sang !

Avec des œuvres d'art pour la déguiser en musée ; mais alors je t'en fais cadeau. Déjà que les vrais Corot me flanquent de l'urticaire, alors les faux, merci bien ! C'est l'angoisse absolue pour un garçon aussi ouvert à la peinture moderne que je le suis ! Marcus, je le reconnais. Il s'arrêtait devant les croûtes exposées sur le port de Saint-Trop' ! Il en éjaculait dans ses hardes, de voir ces marines peintes au couteau, ces nus de rêve, ces pierrots pleureurs (grosse larme noire sur le visage blanc). Il me touchait le bras.

« — Ralentis, merde ! Y a pas que le cul dans la vie.

L'art, ça existe, Antoine, bordel ! Fais-toi un œil, nom d'Dieu ! »

C'était la paire que je me faisais. Je fonçais l'attendre à la terrasse de chez *Sénéquier* pendant qu'il s'essorait la glandaille, mon pote ! Il me rejoignait, nanti d'une infamure qui puait encore le ricin et qui suintait pis qu'un cornet de frites. Il le déballait de son papier journal, le chef-d'œuvre ! La plupart du temps, ça représentait une rue aux fenêtres fleuries. Il était resté villageois dans l'âme. Quand on rentrait dans sa maisonnette, sur la nationale, il cherchait un mur où accrocher son emplette.

« — Tu me conseilles de le mettre où, ce tableau ? »

« — Pas dans tes chiottes surtout : j'y vais tous les matins ; plutôt dans ton garage, et la peinture face au mur ! »

Il enrognait, le Marcus ! Continuait de me traiter de béotien ; qu'il arrivait pas à comprendre, un mec ayant mon intelligence, mon esprit, ma culture, de pas apprécier des œuvres de cette facture ! Facture ! C'était son mot. S'en gargarisait ! La preuve que je me gourais avec mes dédains : la toile était signée !

Bon, je vois que malgré sa réussite et qu'il ait gagné le canard aux Etats-Zu, il n'a pas varié dans ses passions artistiques, l'aminche ! Maintenant qu'il dispose d'une grande surface portante, il continue de croûtonner à tout va !

Pourtant, y a du touchant dans ses élans pacotilles ! Une aspiration ! Un besoin d'en être.

Au passage, je dois t'expliquer, afin que tu piges bien ma démarche actuelle. Marcus (Marc de son vrai prénom) Liloine, est natif du Bas-Dauphiné. Le pays de m'man, là que j'ai passé mes enfances, vécu mes libertés premières, touché la moule de ma première fillette. M'en reste des algues de bonheur à l'âme. Marcus, on avait fait ami-ami.

Son vieux était maréchal de France (comme il disait),

mais ferrant ! J'adorais l'antre de sa forge, avec le gros soufflet à chaîne qui faisait un bruit de gros pet quand on l'actionnait. Ça rougeoyait. Ceux qu'ont pas reniflé l'odeur du fer incandescent peuvent pas piger cette magie ! Le bout de ferraille au creux des braises, rougissant à en devenir malléable ; qu'on cueille avec de longues pinces, qu'on tient sur l'enclume et qu'on se met à façonner à coups de marteau ! Cette féerie d'étincelles ! Ensuite on le plonge dans un seau d'eau pour le resolidifier. Il mettait les fers aux mesures du bourrin. Ensuite fallait chausser messire canasson, lui replier la jambe et la maintenir avec une sangle de cuir, taillader la corne du sabot pour l'aplanir, et puis enclouer le fer-porte-bonheur, et adapter l'onglet triangulaire qui rebique contre le sabot. Des odeurs, des magies, je te dis. Ferre-t-on encore les derniers chevaux en exercice, ou bien, de nos tristes jours, leur met-on des *dock-sides* (je te garantis pas l'orthographe) ?

Marcus, y avait pas plus démerde pour faire du blé. Le commerce, il l'avait dans le sang pire qu'un juif grec. Il parcourait les cambrousses avec son vieux vélo rouillé pour acheter les peaux de lapins que les bouseux bourraient de paille et mettaient à sécher sous leurs remises. Il leur en donnait des clopinettes. Mais les gens cédaient à son baratin. Il trouvait toujours des raisons nobles, Marcus, attendrissantes : comme quoi on rêvait, à l'école, de s'acheter un ballon de foute, ou bien qu'on allait faire un voyage à Annecy la Romantique, à la fin de l'année scolaire. Toujours il impliquait les collectivités dans ses prétextes, le madré. Qu'en fait, tu penses : tout était pour sa pomme ! Il vendait ses peaux à un « patier » avec qui il était en cheville, déjà tout merdeux ! Le bénéf, il le convertissait en denrées qu'il allait proposer à ceux-là mêmes qui lui avaient donné leurs peaux de *rabbit,* toujours au profit d'une œuvre : les lépreux au docteur Schweitzer, la recherche pour le cancer; il avait pas lerche de vergogne, mon pote. Tout lui était bon.

Quand il a eu décroché son brevet, il a moulé l'école. Ça lui suffisait comme diplôme. Lui, il voulait *acheter et revendre pour réaliser un bénéfice,* ce qui est la définition même du mot commerce!

La vraie nature, quoi!

Un temps, il a gratté sur les marchés, vendant des coupe-tomates, je me rappelle, ou bien des couteaux spéciaux pour éplucher les patates extra-finement.

Je l'ai perdu de vue, jusqu'au jour où, beaucoup plus tard, il est venu me trouver au Quai des Orfèvres. Il avait une moche affaire sur les bras : une jouvencelle de dix-sept berges qu'il s'était pointée de première et qui, ensuite, à l'instigation de son papa, avait porté plainte pour viol.

« — La vraie pure salope, pétasse jusqu'aux moelles! C'est elle qui m'a chambré, Antoine! Parole d'homme! bavochait-il. Son vieux est adjudant de gendarmerie et veut me faire raquer à mort, me pousser au suicide, au déshonneur! »

Je l'avais tiré de cette béchamel, le Marco. Du turbin de style : y avait fallu trouver des mecs qui l'avaient déjà calcée, la garcette mineure, et qui acceptent de déposer comme quoi elle était nympho.

Bref, Marcus était sorti le nez propre de cette sale histoire. C'était déjà un mec opulent : maison tropézienne, fabrique de je ne sais plus trop quoi à Lyon, Mercedes sport, parts de chasse en Sologne et toutim.

Il m'avait témoigné sa reconnaissance par des présents, des invitations. J'avais dû me respirer dix jours à Saint-Trop' dans sa thébaïde. Il avait empli ma cave de vin rosé du Midi que j'avais eu grand mal, ensuite, à distribuer dans mon quartier; offert une Cartier en or que je possède toujours, plus une toile de peinture (comme il disait) « signée » Ernest Larricoche, œuvre d'une grande force qui se trouve présentement, non pas au Musée d'Art Moderne, mais dans la chambre de Maria, notre bonne.

Pour t'en finir avec Marcus, à nouveau on s'est perdus de vue. Il est parti aux Amériques, à la suite d'une bricole mécanique qu'il avait inventée et voulait exploiter au pays du papier vert. J'ai reçu deux ou trois cartes de lui, à Noël. Et puis le silence... La vie, quoi ! Qu'est-ce qu'on y peut ? De même qu'on n'a pas besoin de beaucoup de terrain pour exister, on n'a pas besoin de beaucoup d'amis non plus. J'ai calculé qu'avec six cents mètres carrés et trois ou quatre potes, t'envoyais la farce ! (Ou tu en voyais la farce).

Et tout soudain, un appel éperdu, par-dessus l'océan Atlantique.

Une nuit, biscotte le décalage horaire de six plombes qu'il avait mal calculé.

« — Antoine ? C'est Marcus. Je t'appelle de New York. Besoin de toi ! Question de vie ou de mort ! Lâche tout ! Je t'attends. »

Il parlait comme on télégraphie. Non par mesure d'économie, car il est pas chien le moindre, le Dauphinois, mais pour pas me laisser le temps d'objecter, d'ergoter, de questionner. Il voulait m'emballer vite fait.

« — De quoi s'agit-il ? »

« — Trop compliqué à t'expliquer. Je te paierai une fortune, mais viens tout de suite ! Je t'ai fait retenir une place sur le Concorde de demain ! »

« — Tu es bon, Marcus, je suis en plein sur... »

« — Démissionne, divorce si tu es marié, mais viens ! Viens ! je te jure que tu ne le regretteras pas ! »

Tu veux résister, toi, quand un pote (ton plus lointain de surcroît) te virgule un discours de cette magnitude ? Non, hein ?

Alors j'ai mis la clé sous le paillasson (m'man est en vacances à La Baule avec Toinet et la bonne) et je suis parti, avec la bite sous le bras et ma valoche à la main.

*
**

Qu'à peine j'ai le temps d'admirer les faux Corot (pied) qu'une femme de chambre noire, un peu fortement dodue, vient me prendre possession pour m'emporter au chevet de mon aminche. Elle est drôlement gourmée, la mère, dans son uniforme noir de soubrette (tablier blanc, ma chère ! et bonnichon de dentelle). Le cul surélevé comme toujours chez les Noirpiotes, qu'elles soient jeunes ou blettes. Toutes le même prose, les mères, comme un coussin carré qui serait arrimé sous leurs jupailles.

On se paie la traversée d'un salon d'apparat, où les Louis se bousculent dans le désordre et ou les faux Corot laissent la place à de vrais Duglandin-Moulinard de l'époque Carrefour.

Toutes les portes font philippine (elles sont doubles). Celle de la chambre du maître est dorée à la feuille, avec des moulurations à n'en plus finir.

La grosse soubrette noire toque et annonce :

— Il est là !

De quoi je conclus que mon ami Marc n'est pas à cheval sur l'étiquette et qu'il m'attend bigrement.

J'entre et me voilà chaviré. Putain d'elle ! Je comprends qu'il ne soit pas venu me quérir au Kennedy Airport, le chéri ! Il est en pur digue-digue ! Blafard, le regard lui bouffant toute la gueule, presque plus de lèvres, les étiquettes grandes comme des ailes avec, en plus, une expression hallucinée qui fait mal à voir.

Sa chambre, j'ai vu la même, mais à Versailles, et c'était moins bien meublé ! Il s'en sera filé des sensations fortes, l'aminche ! Devait se prendre pour un monarque ! Je te parie, le soir, quand il rentrait chez lui, il se filait une longue perruque sur la frite et se faisait appeler « Sire » par ses péones !

Tu vois, je t'en cause spontanément au passé car,

dans l'état où je le découvre, m'étonnerait qu'il aille encore tirer la grouse en Ecosse.

— Enfin toi ! dit-il en soulevant péniblement son bras droit de son drap pour me présenter une main qui ressemble à une peau de banane dans une poubelle.

Je me penche sur son pieu et plaque une double bise sur ses joues concaves et râpeuses. Un malade, t'arrives jamais à bien le raser, y a toujours des morcifs de couenne qui t'échappent.

Je me dépose sur le bord de son plumard. On est trois : lui, moi, et la mort aux aguets, en embuscade derrière son oreiller, pas contente de ma venue, la gueuse !

— Eh ben ! mon Marcus, ça n'a pas l'air d'être la forme olympique ! laissé-je tomber comme un glandu. Mais tu deviens *réellement* con devant un mec en train de clamser. Plus tu cherches à l'assister, plus les mots deviennent foireux et te font des bras d'honneur.

Il cherche à regarder derrière moi.

— La grosse s'est tirée, Antoine ?

Je file un regard sur la chambre.

— Oui, on est seuls. Qu'est-ce qui t'est arrivé ?

Il balbutie :

— Je sais pas. Je voudrais comprendre. C'est pour le savoir avant de crever que je t'ai demandé de venir.

— Tu ne sais pas ce dont tu souffres ?

— Hélas si, Antoine : Sida !

Je bondis :

— Merde, t'es sûr ?

— Mon dossier médical est sur la table ; si ça t'amuse, tu pourras le potasser. J'ai fait déjà deux séjours dans la meilleure clinique de New York. Le professeur qui me soigne m'a annoncé que c'était râpé. Alors je me suis fait ramener chez moi et je t'ai prié de venir.

Il parle bas, lentement, en homme qui calcule son effort, le dose bien pour pouvoir tenir la route un max.

— Cette charognerie, Antoine, on me l'a refilée sciemment ; et on m'a fait d'autres trucs encore !

— Qui, « on » ?

— A toi de trouver ; moi, je nage. J'ai beau passer ma vie au tamis fin, j'entrave que t'chi !

— Bon, détends-toi, prends ton temps et raconte. Si ça te fatigue, arrête-toi, on reprendra plus tard !

Il a un rictus.

— Plus tard ! Tu me crois aussi riche en jours qu'en dollars, mon flic ! Tu vois bien que je suis en train de faire la fermeture ! Bon, je t'entreprends mon récit.

— Auparavant,résume-moi tes années ici, ta situation sociale et de famille...

— Bien sûr. T'aimerais pas biberonner quelque chose ?

— Ton pélican m'a servi un bourbon digne de Henri IV dans ta Lincoln-appartement !

— Il a bien fait. Donc, je suis arrivé aux States voilà une douzaine d'années. J'avais découvert un système de verrouillage de portes inexpugnable. Ayant pris des contacts ici et possédant les capitaux nécessaires, j'ai fondé une usine dans le New Jersey et je me suis lancé à corps perdu dans la fabrication de mon gadget.

« Immédiatement ça s'est mis à flamber et j'en ai arrosé tout le pays jusqu'à la côte Ouest. La fortune, mon vieux, la vraie ! Celle qui s'écrit avec neuf chiffres ! »

Un éclat de fierté éclaire la frite de mon Dauphinois.

— Pas mal, pour un fils de maréchal-ferrant ! apprécié-je.

Ça lui fait plaisir de rappeler ses modestes origines.

— Tu sais que mon vieux vit toujours ? Je lui ai acheté une maison au bord d'un étang, et je lui ai également offert l'étang car c'est un dingue de la pêche à la tanche ! Pourtant, c'est pas fameux, une tanche, ça a un goût de vase !

Il barbote un instant dans le passé. C'est bon, c'est tiède. Faut le laisser faire...

Me semble apercevoir du mouillé dans sa prunelle, Marcus. Moi-même, je me sens tout chose. Merde, mon premier copain, là, dans ce plumard de luxe, en train de crever à l'âge où l'on commence à tenir sa vie bien en main, après avoir raccourci les rênes! T'as envie de crier pouce ! De tout recommencer.

Il s'arrache, ferme les yeux pour s'éponger l'émotion.

— Bon, donc, je fais fortune...

— Tu t'es marié ?

— Non. Tu vois, je me suis trop consacré aux affaires, si bien que je suis passé à côté de ma vie privée. J'ai tiré des frangines, ça oui : à la pelle. Mais, la plus longue de mes liaisons n'a jamais duré plus d'un mois.

— Et tu te faisais pas chier, seul avec ton blé ?

— Ce qui m'aura vraiment manqué, vois-tu, Antoine, c'est un môme. J'ai toujours rêvé d'une petite fille avec des nattes et des chaussettes blanches et aussi une robe à smocks. Ça m'a poursuivi toute la vie. Je me promettais de m'y mettre, et puis maintenant, il est trop tard. Toi non plus tu n'es pas marié ? demande-t-il en caressant ma main gauche vierge d'anneau.

— Non.

— Faut y penser, Antoine. Te laisse pas couillonner par l'existence comme je l'ai fait.

— O.K., Marcus. J'y penserai.

Il sourit un peu. Ma promesse, franchement, il n'y croit pas trop.

— Or, donc, je fais copieusement fortune. Et puis les affaires commencent à décélérer et moi, pas con, sentant venir le vent, je vends ma boîte du New Jersey. Un prix moyen. Mais je pouvais me permettre avec tout ce que j'avais affuré.

Il manque de souffle. Je l'assiste en le questionnant :

— Il y a combien de temps que tu as vendu l'usine ?

— Deux ans.

— A qui ?

— Un consortium pour qui cette affaire pourtant importante ne représente qu'un petit pas grand-chose rattaché à un mastodonte.

— Et qu'as-tu fait ensuite ?

— De la Bourse. Passionnant, mon vieux ! Jusqu'alors je m'étais contenté de faire fructifier mes biens en les répartissant chez des gérants de fortune ayant pignon sur rue. Jamais les œufs dans le même panier, tu me connais ? Libéré de mon entreprise, j'ai pris moi-même les choses en main. J'ai le pif et la chance, Antoine... Enfin, je les ai eus. J'ai réussi des coups de bol insensés !

— Tes anciens gérants ont dû l'avoir saumâtre de te voir fonctionner sans eux !

— Penses-tu : je ne les ai pas quittés ! J'allais pas me faire contrer par tous ces malins forbans. Je me suis allié avec eux, et ils n'ont eu qu'à s'en féliciter. Et puis, si j'avais agi seul, j'aurais attiré l'attention des milieux boursiers. Tu sais, Wall Street, c'est une ruche où toutes les abeilles se surveillent.

— Venons-en à ce qui t'est arrivé, tu veux ?

Là, il a besoin d'une plage de repos. Il tend la main vers un godet de tisane. Je m'empresse de le lui mettre en main et il boit quelques gorgées.

— Vraiment, tu n'as pas envie d'écluser quelque chose ? demande-t-il. C'est un coup de grelot à passer à l'office !

— Plus tard, quand tu m'auras tout dit.

— Peu après la vente de l'usine, les tracasseries ont commencé.

— Quel genre ?

— Oh, mollo, au départ : des coups de fil nocturnes : « On va te tuer, Français ! ». J'ai changé de ligne et ça a cessé. Au bout de quelque temps, c'est devenu sérieux. On m'a adressé un paquet emballé dans le papier d'un grand chemisier contenant un sexe et ses bourses, accompagné d'un mot « Bientôt ce sera le tour des tiennes ».

— Je suppose que tu as prévenu la police ?

— Ben évidemment. L'enquête a démontré que ces attributs avaient été prélevés sur un cadavre. Ils ont conclu à la farce macabre d'un carabin et ont laissé quimper. Les draupers, ici, sont surchargés de boulot et durs à émouvoir.

— D'autres « tracasseries » ?

— Bien sûr : les pires ! Un soir je me trouvais au bar du *Waldorf Astoria* avec l'un de mes partenaires boursiers lorsque mon attention a été attirée par une *wonderful* pépée assise à deux tables de la nôtre avec une amie. Cette môme me draguait comme une folle, mon vieux. Sublime ! Type mexicain. Brune, les yeux verts en amande. Le genre de femme qui flanque la panique dans ton slip avant que tu aies le temps de penser à quoi que ce soit.

« Bon, j'ai joué le jeu... Tu connais le topo mieux que moi. Je m'excuse auprès de mon compagnon : coup de fil urgent à donner. Long regard à la donzelle en passant devant sa table. Je descends aux cabines téléphoniques et une minute plus tard elle m'y rejoint. Rendez-vous pris pour la soirée. Tournée des grands-ducs. Je finis par l'amener ici sur le coup de deux heures. La troussée géante ! Du travail soigné ! Elle participait, crois-moi. Anéanti, je m'endors.

« Le matin, au réveil, elle s'était envolée. Elle avait écrit sur la grande glace qui est là, au-dessus de la cheminée, avec son rouge à lèvres « Bienvenue dans le club du Sida ». Ça te fait froid aux miches de lire un truc pareil avant ton premier caoua. Et puis je me mets à penser à la môme, comme elle était belle, crevante de santé, et je décide qu'il s'agit d'une boutade, d'une blague de mauvais goût. Je me tape mon petit déjeuner en lisant les cours de la Bourse sur le *Financial Time*. Je me sentais radieux de mes prouesses plumardières de la nuit ; regrettant que la donzelle se soit esbignée sans me laisser son adresse...

Il se tait, épuisé.

— Tu veux qu'on remette la suite à plus tard, Marcus ?

— Non, non, pas le temps de remettre quoi que ce soit, Antoine.

Nouvelle gorgée. Il attend que sa respiration se régularise avant de repartir :

— Un peu plus tard, je suis allé prendre mon bain. Et c'est alors que quelque chose m'a fait tiquer : un point rouge auréolé d'un léger hématome dans la pliure de mon bras droit, comme si on m'avait pratiqué une intraveineuse. Et justement, grand, j'avais rêvé d'hôpital et de piqûre pendant cette nuit dingue. Brusquement, j'ai les claouis qui font la colle ! Je me précipite sur mon lit et découvre quelques gouttelettes de sang sur le drap, à la place où j'avais dormi. Pas d'erreur : la frangine m'avait piqué pendant mon sommeil, après m'avoir fait prendre un puissant soporifique. Fou de terreur, je cavale dans un labo où je réclame des investigations. On découvre que je véhicule encore dans mes veines un hypnotique dont j'ai oublié le nom. Des prélèvements sont effectués pour rechercher le Sida. Au bout de quelques jours les résultats me parviennent : négatifs. Ouf !

— Tu as alerté la police, à propos de cette piquouze, Marco ?

Il secoue négativement sa pauvre tronche dévastée.

— A quoi bon ? La fille ne m'avait rien volé. Les poulets se seraient encore tapoté la jugulaire en pensant que je les berlurais ! Qu'il y avait une combine de came ou je ne sais quoi là-dessous. Bref, j'oublie l'incident...

— Tu n'as pas cherché à retrouver la fille ?

— A vrai dire, je suis retourné au bar du *Waldorf* plusieurs soirs de suite, espérant qu'elle y viendrait, mais je ne l'ai pas revue.

— O.K. Après ?

— Il y a quelques mois, Duvalier étant au chevet de sa vieille mère qui se mourait, je pilotais moi-même ma voiture.

— La Lincoln de vingt mètres de long ?

— Non, j'ai une chouette BMW pour frimer quand je suis seul. A la fin d'une soirée chez des potes, je la rentre au parking, sous l'immeuble. Il devait être deux heures du matin. Comme je me dirigeais vers les ascenseurs, j'ai pris un terrible coup de matraque sur la nuque et je suis tombé évanoui. Quand je te dis un terrible coup, espère, c'était pas de l'imitation. J'ai encore la cicatrice. Je n'avais rien vu, rien entendu. Le mec devait se tenir embusqué derrière un pilier de soutènement et me cueillir au passage.

« Je suis resté plus d'une heure dans le sirop, Antoine. Mon retour à la réalité a été terrible. Non seulement je souffrais abominablement de la tronche, mais le fondement me faisait davantage mal encore. On m'avait tombé le pantalon, grand, ainsi que le slip et enfoncé dans le cul un truc en plastique plus gros que le poing dans lequel il y avait une petite tour Eiffel et de la neige artificielle. Cette espèce d'œuf était empli d'eau ; t'as dû en voir dans les bazars ? Quand tu le secoues, il neige sur la tour Eiffel.

« Comment a-t-on pu m'enquiller ce machin dans le fignedé, je pigerai jamais. Je ne me suis jamais fait miser, grand, tu connais mes mœurs. Je suppose qu'ils m'ont distendu le fion avec un appareil chirurgical. Et puis qu'on a vachement vaseliné l'objet ! Bref, il y était et il y restait. Ovoïde, tu penses ! Ça fait suppositoire, comme effet. Y a fallu qu'on me transporte en clinique ! Le déshonneur absolu, Antoine ! T'as beau chiquer à l'agression, prouver qu'elle a eu lieu because le coup de goumi derrière la tête, t'as l'air d'avoir subi une vendetta de pédoques. Ça fait drôlement équivoque, des sévices de ce tonneau ! Et puis, la tour Eiffel ! Tu juges l'intention que ça implique ? Ça porte atteinte, en plus, à ta dignité nationale, faut convenir. Tu conviens ? Bon. »

Nouveau silence. Nouvelles larmes qu'il ne peut, cette fois, retenir.

— A la clinique où on m'a opéré de la tour Eiffel, reprend Marcus, tu penses s'ils se sont régalés à me faire des tests. Quand ils tiennent un clille aux as, ces gredins, c'est le grand jeu automatiquement. C'est là qu'ils m'ont découvert le Sida. Du coup, ma répute n'était plus récupérable. Ce truc dans l'oignon, et puis cette bon Dieu de maladie, c'est pas remontable. Y a qu'un pote comme toi, un frangin de toujours, pour me croire.

Je lui saisis les deux mains et les presse tendrement.

— Antoine, je vais crever, c'est écrit. J'en ai pris mon parti. Il faut savoir se résigner quand t'as plus rien à tenter. On va tous mourir un jour, tous. Alors un peu plus tôt, tant pis. Mais je t'en supplie, trouve-moi le mec qui m'en veut assez pour aller jusque-là dans l'abomination, Antoine. Trouve-le vite et apporte-le-moi, grand. Je t'en supplie. Je me suis résigné à mourir, mais pas à être assassiné, tu saisis la nuance ? Mes dernières forces, mon vieux copain, mes toutes dernières, je vais les consacrer à me venger.

J'opine. Je le comprends, Marcus !

Et je nous revois, jadis, avec nos vélos, allant rôdailler près du hameau des Serves où des petites filles blondes passaient leurs vacances. Il aurait dû rester chez nous, à la forge paternelle, au lieu de venir conquérir l'Amérique, ce boulimique !

— Une chose que tu viens de dire me marque l'esprit, Marc : « le mec qui m'en veut assez pour aller jusque-là dans l'abomination ». Ce mec-là, tu ne peux pas l'ignorer, voyons! Il est impensable que tu ne devines pas qui c'est! Parlons franc, Marco, n'est-ce pas lui qui s'est vengé de toi?

Il parvient à se dresser sur un coude.

— Des mois, des nuits je tourne sur cette question, Antoine. Je me la pose telle que tu viens de me la servir! Eh bien, je n'ai pas trouvé la moindre réponse. Je n'ai pas pu faire la moindre supposition cohérente. Je ne suis pas un saint, mais j'ai vécu honnêtement, sans arnaquer personne. Coriace en affaires, mais droit! Je le jure sur la mémoire de ma pauvre mère. Tu te rappelles quand elle poussait sa brouette pleine de lessive jusqu'au lavoir? Avec son fibrome et son gros chignon sur le dessus de la tête?

Tu parles si je la revois, la mère Liloine. Elle picolait à mort! Il arrivait qu'elle s'arrache au gros rouge jusqu'à tomber. Son bonhomme allait la ramasser, parfois, le soir, dans quelque fossé, avec cette curieuse carriole à trois roues, tractée par un cheval, qu'on ne trouve que par chez nous, les magnauds!

Marc reprend :

— J'ai encorné pas mal de types, mais je ne suis jamais parti avec une femme mariée. Je n'ai jamais causé d'accidents graves.

— En somme, tu n'as qu'un défaut, grand.

Il me frime avec un rien d'anxiété.

— Lequel?

— Tu es riche!

— Tu crois que mon blé a quelque chose à voir dans tout ça?

— Pas impossible. Notion à retenir!

— Si on veut ma mort, on peut me buter sans m'inoculer le Sida et sans m'enfoncer la tour Eiffel dans le train! Ces tortures machiavéliques dénotent une haine éperdue, non?

— On va voir, Marcus.

— Tu es d'accord pour découvrir la sous-merde qui a manigancé le coup ?

— Je vais m'y coller immédiatment.

— Merci, Antoine, je savais. Tu es ma dernière lumière, grand. Va ouvrir le secrétaire entre les deux fenêtres.

J'obéis. Il me lance avec encore des relents de vanité dans l'inflexion :

— Tu sais qu'il vaut un saladier, ce meuble ?

— Il est signé ? plaisanté-je, en souvenir des croûtes d'antan.

— Et comment : deux fois !

Je m'abstiens de lui dire que c'est peut-être une de trop. J'actionne l'abattant verni. Des tiroirs en quantité. Une flopée de tiroirs. Avec, au milieu, une grande niche.

— Devant toi, il doit y avoir une grosse enveloppe jaune, tu la vois ?

— Oui.

— Prends-la.

Je me saisis de ladite et j'ai la surprise de lire mon nom dessus, calligraphié en anglaise tremblée par mon pote.

— De quoi s'agit-il ? demandé-je en soulevant l'enveloppe rebondie.

— C'est des dollars pour toi, gars. Tu vas avoir des frais, ici tout est chérot. T'auras peut-être des gens à soudoyer ou à arroser. Prends l'osier et va te louer un compte à la Chase Manhattan la plus proche ; tu le déposeras, sinon tu vas te le faire engourdir dans les meilleurs délais, ça chourave à tout va, ici.

Je soulève le rabat de l'enveloppe. Je découvre un matelas de talbins et pas des chétifs.

— T'es louf, Marcus ; y a au moins combien ?

— Deux cent mille dollars, Antoine. D'ores et déjà, ils sont à toi. Ça te semble beaucoup parce que tu es fonctionnaire, mais je te jure que ce n'est pas grand-chose, pour moi en tout cas. Je t'en donnerai bien davantage si tu m'amènes mon assassin. Dépense sans compter, et surtout me pompe pas l'air avec tes protestations : j'ai assez de mal comme ça à respirer !

J'opine.

— Très bien, je les prends, Marco, mais je te préviens que s'il t'arrive un turbin, je porterai la monnaie à ton père.

Putain ! Je crois qu'il va passer dans un accès de fureur.

— Mon vieux a plus d'osier qu'il ne pourra en dépenser, quand bien même il devrait vivre jusqu'à cent dix ans ! T'offriras du caviar à ta brave mère ; me fais plus chier avec cette pincée de billets, grand con ! Sinon je te lègue toutes mes peintures.

CHAPITRE DEUX

Dont tu me diras des nouvelles. Très performant, surtout sur routes mouillées. Convient parfaitement pour les soirées d'hiver à la montagne, voire les dimanches pluvieux en ville.

Je marche à grandes enjambées dans la chambre, mais ça ne s'entend pas car la moquette qui n'a pas été fauchée amortit le bruit de mes pas.

Marcus semble dormir. Mais de temps à autre il remue ses lèvres. Prie-t-il ? Ce ne serait pas impossible. Chez nous autres, dans le Bas-Dauphiné, on a toujours des reliquats de religion « à la bade ». Des bribes de caté qui vous vadrouillent dans la mémoire. Des échos de messe de minuit. Tout ça... Et je te mets au défi, nous autres, qu'agnostiques déclarés ou pas, quand on entend à la téloche ou dans une cérémonie religieuse quelconque un prêtre déclamer : « Il prit le pain, Il le bénit et dit en le distribuant à ses apôtres : *Prenez et mangez-en tous, car ceci est Mon corps* », qu'on n'ait pas une espèce de frisson de l'âme à cause de ce « IL » majuscule porteur de tant de suppositions lumineuses.

Je choisis un moment où ses lèvres restent soudées pour revenir m'asseoir sur son plumard, Marcus. Aussitôt, il débonde des falots.

— Tu phosphores, Antoine ?

— A en faire rougir les bielles de mes méninges. Tu vois, je viens de me reprojeter ton récit au ralenti, grand, et d'en noter les points d'ancrage.

— Il y en a ?

— Ben, heureusement, Fernand !

Comme ça, je le traite, mon agonisant : au ton léger, à la mutinerie décontracte, manière de lui dédramatiser l'agonie. Le coma, faut pas en faire un fromage. Mourir, et puis après ? Tu mords le ton ? Ce qui fait le plus peur à un gus en partance, c'est l'affolement de ceux qui l'entourent, leur chagrin, leur épouvante. Mais si tu plaisantes, ça le rassure. Il se dit confusément que son cas ne peut pas être désespéré du moment que tu le traites par-dessous la gambette.

— Lesquels ? il m'interroge.

— Je vais te dire... Cette gonzesse qui t'aurait inoculé le Sida, tu l'as rencontrée au bar du *Waldorf ?*

— Oui.

— Donc, *elle savait que tu allais y venir !* Si elle le savait, c'est parce que le gonzier avec qui tu avais rembour le lui a dit, ou bien ta secrétaire, ou encore quelqu'un de ton entourage au courant de tes faits et gestes. Impossible autrement, Marc ! Impossible ! On ne va pas draguer dans un bar avec dans un sac une seringue contenant un virus mortel. *C'était organisé.* A toi de me rencarder : qui donc a pu prévenir cette salope que tel jour, à telle heure, tu te trouverais à tel endroit ?

« Ça, c'est le premier point d'ancrage, et sûrement le plus important, nous y reviendrons. Voici le second : l'œuf ! Pas celui de Christophe Colomb, celui qu'on t'a enfoncé dans le cul et qui contenait la tour Eiffel. Voilà un objet qu'on ne trouve pas aisément à New York. Il aurait contenu la statue de la Liberté ou l'Empire State Building, je n'aurais pas tiqué ; mais la tour Eiffel, ici !

« Troisième point d'ancrage : le virus. Pour s'en procurer, il faut avoir ses entrées dans un hôpital ou un labo spécialisés dans le traitement de cette maladie. Tu me vois aller chercher le virus du Sida dans un drugstore, toi ? Donc, ça limite les investigations. »

Il m'écoute passionnément et il me semble lui voir prendre des couleurs.

— C'est un métier, murmure-t-il.

— Qu'est-ce qui est un métier ?

— Flic ! Cette manière, illico, de contrôler les faits... Chapeau !

— Merci. Maintenant, autre chose, mon drôlet. Qui va hériter de ta fortune le jour où tu boufferas ton extrait de naissance ?

Là, il paraît pris au dépourvu.

— Je ne sais pas, dit-il ; mon père, je suppose.

— T'as jamais envisagé la question ?

— Franchement non. Tu comprends, je suis seul. Cette fortune, je l'ai édifiée pour moi.

— T'as jamais eu l'idée de faire un testament ?

— Non.

— Après toi, le Déluge ?

— Oui. Tu veux que je teste en ta faveur ? ajoute-t-il, sans paraître plaisanter.

Tu sais qu'il le ferait, l'animal !

— Non, merci, j'ai mes propres emmerdes, si en plus je devais me faire chier la bite à gérer une montagne d'osier !

Et j'ajoute, en grande charité :

— Et puis rien ne te dit que je vivrai plus longtemps que toi.

Il renifle.

— Tu te fous de ma gueule ?

— Non, Marcus, je ne me fous pas de ta gueule ; je voudrais te faire piger et admettre que la vie c'est au présent, rien qu'au présent. Il ne faut pas être désespéré, et moins encore optimiste. Je vais peut-être m'écrouler sur ta belle moquette, zingué par une crise cardiaque, ou me faire shooter par une tire en traversant ta Cinquième Avenue de mes fesses. Et toi, dans les jours qui viennent, tu vas peut-être bénéficier d'un de ces remèdes miracles que les savants du monde entier se décarcassent cul et méninges à chercher et que tu pourras t'offrir en priorité, grâce à ton pèze, capitaliste de mes chères deux !

Un langage commak, ça le requinque, l'ami. Lui flanque la monstre bouffée bienfaisante ! L'espoir, merde ! Il me sourit, charmé inconsciemment par cette perspective que je pourrais crever sur l'heure et lui devenir nonagénaire.

— Bon, pour la rubrique héritage, je consulterai donc un notaire. Tu avais acquis la nationalité ricaine ?

— Un Dauphinois ! Ça va pas, la tronche ? s'insurge-t-il.

Je lui virgule un clin d'œil.

— Maintenant, on revient à la case départ : ton rendez-vous du *Waldorf*. Comment s'appelle le type que tu y as rencontré ?

— Harry Cower, c'est un boursier qui travaille à Wall Street. Je suis en affaires avec lui, mais il n'est pas mon principal partenaire.

— C'est lui qui a choisi le lieu du rendez-vous ?

— Non, c'est moi ; mais je donne souvent rancard au *Waldorf* qui est proche de mes bureaux dans la 52e Rue.

— Pourquoi ne pas recevoir carrément chez toi ?

— Parce que nous devions nous rencontrer en dehors des heures d'ouverture des bureaux, que je déteste être seul dans ces locaux commerciaux, regorgeant d'appareils informatiques et puis, surtout, parce que chez nous, dans notre province, on traite volontiers les marchés au bistrot. Te dire que le bar du *Waldorf* me rappelle notre *Café de la Mairie* serait exagéré, mais enfin, on y trouve une ambiance.

— Donc, c'est toi qui as posé le lieu. Rappelle tes souvenirs : lorsque tu es arrivé au *Waldorf*, la donzelle s'y trouvait-elle déjà ?

Il gamberge un instant.

— Oui. Sa copine est arrivée peu après, mais elle, elle y était.

— Il nous faut donc écarter la possibilité qu'elle t'eût suivi ; non : « elle t'attendait » bel et bien.

Il opine.

— C'est quel genre de type, ton Harry Cower ?

— Le boursier classique. Cinquante ans, costar de flanelle grise croisé jamais repassé. Chemise blanche, cravate qu'il ôte et passe sans défaire le nœud. Marié à une grosse connasse blonde qui va au restaurant avec des bigoudis sur la tronche et une étole de vison violet. Franchement, Antoine, je ne le vois pas tremper dans un coup pareil. Il n'a aucune raison de m'en vouloir, bien au contraire. C'est le brave type yankee dans toute sa gloire. Quatre bourbons avant de passer à table, deux autres en mangeant. De la couperose, consécutivement.

— Comment ta belle Mexicaine t'a-t-elle dit qu'elle se nommait ?

— Térésa.

— Térésa comment ?

— Pour un coup de bite, un prénom suffit ! soupire le pauvre Marc.

— Pousse un peu son signalement, grand, je te prie.

— Eh bien... Belle, ça c'est le premier point. La peau ambrée, les yeux en amande, d'un vert tirant sur l'or. De longs cils. Très maquillée, mais avec recherche. Cheveux noirs qui, une fois dénoués, lui tombent jusqu'à la chatte. Avec une raie dans le milieu. La bouche est souple, bien ourlée, comme on dit dans les romans pour midinettes. Elle a un grain de beauté sur une joue, mais je ne me rappelle plus s'il s'agit de la gauche ou de la droite. Elle en a un autre près du nombril. Sa toison est généreuse. Elle devrait l'épiler car elle grimpe un peu haut, mais elle sait que les mâles adorent le tablier de sapeur, alors elle laisse proliférer.

Elle a une cicatrice blanche à un genou, en forme d'accent circonflexe. Elle parle parfaitement l'américain, mais avec un accent espagnol. Ah ! elle est grande, exactement comme moi, ce qui est beaucoup pour une gonzesse. Et pour te compléter, je te signale qu'elle se met un parfum si « physique » qu'à le renifler tu te prends la trique !

— Que voilà donc une superbe description ! m'écrié-je. Nanti de tels renseignements, je suis sûr de ne pas passer à côté de la fille sans la reconnaître si d'aventure nos routes se croisent. Tout ça c'est du positif, mon lapin. Maintenant, passons à un autre genre d'exercice. Tu prétends que ton pote Harry Cower, le boursier, n'a pas trempé dans l'affaire. Auquel cas, qui a pu prévenir Térésa de ton rendez-vous au *Waldorf?*

Il s'acagnarde contre sa pile d'oreillers. Tu sais qu'il reprend vie, le Dauphinois ? Je lui insuffle un sang neuf à mon copain d'enfance.

— Il faut que je repasse cette journée en revue, dit-il, seulement, tu permets : ça fait des mois et des mois...

— Prends ton temps ! Pendant que tu gamberges, je vais téléphoner à Paname, si tu permets. Réclamer de la main-d'œuvre annexe. Avec mon staff, on va te décortiquer tes salades en deux coups les gros. Ce blé que tu viens de m'attriquer doit servir à quelque chose !

— Je te répète que c'est rien, tu as un crédit illimité, Antoine ! Va tuber dans mon bureau !

Là, il a fait dans le design ! Note que je préfère ça à ses cacateries Louis XV amerloques. C'est beau dans le genre, cet acier bruni, ce verre fumé, ces volumes hardis. Pas très confortable, mais efficace.

Je me dépose dans un fauteuil qui représente une gonzesse. Ses jambes sont celles du siège et ses bras figurent les accoudoirs. D'ordinaire, ce sont les frangines qui s'assoient sur mes genoux, aussi éprouvé-je un curieux sentiment de muflerie en prenant place sur cette dinguerie.

Comme tu le prévoyais, je sonne la Maison Poulman et je réclame Mathias. Le Rouquemoute est encore là, bien qu'il soit déjà huit heures du soir en Francerie.

— Ah ! c'est vous, commissaire, vous avez fait bon voyage ?

— Admirable.

— C'est grave, le problème de votre ami ?

— Pire. Besoin de toi, Rouillé. Par la même occasion, il me faudrait également M. Blanc.

— Je crois qu'il est sur une affaire de drogue avec Béru ; un petit trafic originaire du Moyen-Orient. Ils s'engueulent comme deux chiffonniers et parfois même échangent des coups.

— Alors amène-les tous les deux avec toi ! Je vais faire le nécessaire par télex pour qu'on vous fasse porter des billets.

— Mais, la drogue ?

— Colle Pinuche et Verdurier à leur place. Je veux vous accueillir demain soir à Nouille Vioque, chez M. Marc Liloine, 68 Cinquième Avenue. Si je n'étais pas là quand vous arriverez, attendez-moi, le personnel sera prévenu.

— O.K., boss. Je serai ravi de connaître les States.

Marcus murmure :

— Si je te disais, Antoine... J'ai envie d'écluser un scotch avec toi. Au point où j'en suis, ça ne peut pas me faire de mal, hein ?

Mon avis est qu'effectivement... Pourtant, je proteste pour la forme, pas lui laisser l'impression que plus rien n'a d'importance.

— Une lichette alors ! recommandé-je.

Il sonne la grosse femme de chambre noire. Quand elle se pointe, il lui ordonne de nous préparer deux Chivas Regal bien cognés. Elle proteste avec une familiarité qui me paraît un peu excessive, même de la part d'une ancillaire américaine.

— Tu te la serais pas embourbée ? je demande lorsqu'elle a quitté la pièce.

— Ah ! tu as repéré ça ?

— C'est l'évidence même.

Il hoche la tête.

— T'as gagné ! Un matin elle nettoyait les livres du haut de la bibliothèque et n'avait pas de culotte, et moi, quand j'allais au clandé, à Lyon, jadis, je n'osais jamais choisir la négresse. J'ai liquidé un fantasme.

— T'as été comblé ?

— Non, déçu. Passive et sans la moindre initiative ; avec en plus une peau froide comme celle d'un poisson. Par contre, elle a dû apprécier ma performance car, depuis, elle soupire en me regardant, comme une vache qui voit passer le Trans Orient Express.

— Je connais, j'ai vécu la même chose avec notre bonne espagnole, sauf qu'elle, elle a un tempérament de feu et t'arrache le copeau avec détermination.

Il se marre de nos polissonneries. Les hommes, c'est ce qu'il leur reste quand ils sont devenus sérieux.

— Alors, t'as réfléchi à ma question ?

— A fond. Ce rendez-vous avec Harry Cower, je vais te dire une chose, je l'ai pris directement et d'une cabine publique, donc y a pas eu d'intermédiaire.

— L'as-tu mentionné par la suite devant ton entourage ; ton chauffeur, par exemple ?

— Non, pour la bonne raison que j'avais décidé de prendre ma voiture personnelle.

— A propos de ton entourage, il se compose de combien de personnes ?

— Il y a Betty, la bonne, Duvalier, le chauffeur, et Boggy, mon porte-coton.

— Le mec qui est venu m'accueillir à l'aéroport et qui ressemble à un pélican malade ?

— Il a l'air sinistros, mais c'est un brave type, vachement démerde.

— Il te sert à quoi ? A désamorcer les paquets piégés qu'on pourrait t'envoyer par la poste ?

— Il me sert à tout, et quand il n'a rien à foutre, il aide Betty à passer l'aspirateur.

— Un peu garde du corps ?

— Je n'en ai jamais eu besoin, affirme Marcus. Ce mec, je l'ai connu à mes débuts. Il bricolait chez un *broker* où il paraissait se plumer. J'ai eu affaire à lui et l'ai trouvé malin, efficace. A cette époque, l'Amérique me pesait un peu sur les épaules. Quand tu viens t'implanter à New York, t'as les miches qui font bravo. Tu sais pourquoi cette ville a été surnommée *Big Apple?* La Grosse Pomme ?

— Je t'écoute, prof.

— Ce sont les jazzmen noirs qui lui ont donné cette appellation, parce qu'ils arrivaient du Sud et qu'elle les effrayait au point que, lorsqu'ils jouaient, ils avaient comme une grosse pomme dans la gorge.

— Marrant. Et alors, toi aussi, t'as eu la boule dans le gosier ?

— Et comment ! D'autant que l'anglais que je parlais à l'époque faisait rigoler les chauffeurs de taxi.

— Ton Boggy ne parle pas le français, cependant ?

— Non, mais lui pigeait mon américain.

— Il habite l'appartement ?

Il a un studio dans l'immeuble et une ligne directe nous relie.

— Il t'est devenu indispensable, on dirait ?

— D'une certaine manière, oui. Note qu'il est très effacé et n'a jamais mis le pied dans la porte. C'est toujours moi qui fais appel à lui ; il est discrètement présent.

Bon, faut pas toucher à son pote ! Moi, il me botte pas à l'excès, le pélican, je lui trouve même une frite pas très fleur de coin et un voyage de noces aux

Bahamas avec cézigue me plongerait pas dans les ivresses. Mais enfin, si Marcus apprécie ses qualités, ça le regarde. Chacun sa sensibilité.

— Et à part ce fringant trio ?

— Du personnel de bureau dans mes locaux de la 52e Rue Est, avec, à sa tête une femme nommée Cecilia Heurff.

— Ah ! bon, fais-je, soudain intéressé. Une gonzesse règne sur tes burlingues ?

— Mon ancienne secrétaire de l'usine, une fille dynamique et capable. J'en avais fait mon directeur des ventes sur la fin de ma gestion et l'ai gardée avec moi lorsque j'ai cédé l'affaire.

— La grosse veine bleue ?

— Non, pas avec elle. Une complicité terrible, une intimité délicate, mais le braque, jamais. Si tu la rencontres, tu comprendras.

— Elle est locdue ?

— Au contraire, mais avec elle la question ne se pose pas. Elle est de ces gonzesses avec qui, même les dragueurs comme nous, font ami-ami.

— Si tu disparaissais, elle y gagnerait quelque chose ?

— Le chômedu !

— Et à ce poste, elle n'a pas la possibilité de t'empaqueter de la fraîche, en loucedé ? Pardonne-moi mes suspicions, Marcus, mais je suis là pour foutre la vérole.

Il hausse les épaules.

— On voit qu'on n'a jamais fait d'affaires ensemble, Antoine. On a couru la gueuse et pris des cuites, mais c'est pas suffisant pour me juger au plan business. Pour m'enviander, faudrait la participation de tout le Pentagone avec ses ordinateurs monstrueux ! Les quelques malins qui s'y sont risqués ont été vite mis au pli.

— Tu vois que tu as des ennemis ! Ceux que tu as « mis au pli » ne doivent pas faire brûler des cierges pour ta guérison ! Il serait peut-être intéressant de fouinasser aussi de ce côté-là.

Mais il secoue la tête.

— Calmos, grand ! J'ai toujours opéré en souplesse. Les gens dont je te parle, je me suis contenté de les désamorcer sans tapage et de les orienter ailleurs ! Doigté, diplomatie et vaseline !

— Très bien, je vais te foutre la paix pour aujourd'hui. Je peux demander à ton pélican de me fournir les compléments d'infos dont j'aurais besoin ?

Marc Liloine dégoupille son bigophe et enfonce une touche.

— Boggy ? Tu va te mettre au service de mon ami San-Antonio, répondre à toutes ses questions et le faire conduire partout où il voudra, d'accord ?

Je perçois le « O.K. » nasillard du mec. Marcus raccroche. Il a un profond soupir.

— Il faut que je tienne le coup, murmure-t-il ; va, cours, vole et me venge, Antoine !

J'y vas !

C'est une ravissante maison en bois clair de l'Oregon et façade crépie de plâtre grossièrement taloché. Il y a un arbre important près de l'entrée, et moi, un bel arbre devant une jolie maison, je craque. Il est de l'espèce pleureuse, mais c'est pas un saule, un frêne plutôt, assez rarissime comme essence. La pelouse est tellement verte qu'elle semble peinte. Avec un parsemage de pâquerettes dû à un naïf yougoslave.

— Attendez-moi ! jeté-je à mes deux compagnons : Duvalier et Boggy.

J'emprunte les dalles roses légèrement sinueuses pour que ça fasse plus harmonieux et parviens à une porte vitrée cossue dont les verres cathédrale teintés jaune se marient parfaitement avec le bois caramel au lait. Le timbre de l'entrée fait de la musique. Me semble reconnaître quelques mesures du *Vaisseau fan-*

tôme, mais je garantis rien, ayant étudié la musique sur les juke-boxes de la grande friterie qui avait lieu de mon temps Grande Rue de la Guille. Mon menu d'élection c'était morue frite accompagnée de pommes frites, plus beignets aux pommes comme dessert. Avec des repas commak tu deviens champion de cholestérol en trois mois !

Une créature vivante vient m'ouvrir, si éberluante que je suis heureux de ne pas porter de dentier, sinon il chutait sur le paillasson, tant est grand mon saisissement.

Il s'agit d'une jeune fille si j'en crois la paire de loloches sans soutien-gorge qu'elle est en train de me brandir à bras ouverts sous le *nose*. Mais avec une frime d'adolescent. Cheveux blonds rasibus, tondus à trois millimètres de la boule. Pas une once de maquillage, un regard fauve (de fauve, insolent) et cruel, une bouche large, une fossette au menton, profonde, style Kirk Douglas, des pommettes plates. Néanmoins, bousculée comme une petite déesse. Simplement, un corps pareil, faudrait lui greffer une autre tronche mieux appropriée.

Y a dans le personnage un petit côté androgyne qui incommode et attire, tout à la fois.

L'individuse examine ma stupeur et, au bout d'un temps demande :

— Et à part ça ?

L'insolence dans toute sa gloire. Ses seins nus ne la gênent pas du tout.

— J'aimerais parler à Cecilia Heurff, je suis un ami de Marc Liloine, son employeur.

— Français aussi ?

— Aussi !

— Ouais, ça s'entend. Entrez, ma mère n'est pas encore arrivée, c'est le jour où elle va vider l'un des supermarkets du voisinage. Mon nom est Melody !

— Salut, Melody ! Moi, c'est Antonio.

Je pénètre dans un living moderne, pimpant, agréable de partout. Un escalier décoratif conduit aux chambres. La cuisine est en prise directe, seulement séparée par un comptoir de bois où les occupants de la maison doivent prendre leur repas.

— On parle ou on ne parle pas ? me demande Melody.

— Si on parlait, ce serait plus sympa. Pourquoi ?

— En ce cas, montez jusqu'à ma chambre, je suis en train de me préparer. Si vous n'aviez pas eu envie de causer, je vous aurais fait asseoir près de la cheminée.

Je suis la môme dans l'escadrin garni d'une moquette rêche, genre fibre de coco. Son petit cul pommé me fait penser à des trucs. Je le regarde danser devant mon visage et le filoche docilement jusqu'au premier.

Dans sa chambre, une hi-fi (génie) me déchiquette les membranes auditives.

Je me penche sur l'oreille de miss Heurff.

— Pour se parler, au milieu de ce gazouillis forestier, on va être obligés d'employer des petits drapeaux, comme dans la marine, non ? hurlé-je.

Elle rigole et va couper sa viorne. Le silence qui suit est archimille fois mieux que le *Requiem* de Mozart.

— Merci, dis-je, mais je crains qu'un soulagement aussi brutal ne me flanque en érection.

— Quand ce serait, je pourrais vous arranger ça, déclare l'androgyne avec un clignement d'yeux.

Alors là, c'est du bille en tête.

— Si vous trouvez une chaise libre, asseyez-vous, et si vous n'en trouvez pas, libérez-en une en flanquant par terre ce qu'elle supporte !

Là-dessus, elle dégrafe son jean et mes joues se mettent à ressembler à des pommes de Californie bien astiqués.

Sans complexe, je savais qu'elles étaient branchées, les petites Ricaines, mais à cette vitesse-là, je m'en gaffais pas du tout !

Sous le jean, elle porte que ses poils de famille. Et un point *that's all !*

Blonde pur fruit.

J'admire en silence.

— Bon, parlons ! Qu'est-ce qu'on se dit ? demande la môme.

— J'avoue que ce que je vois paralyse un peu ma faconde latine, dis-je. Votre Président Gerald Ford était, disait-on, incapable de penser et de mâcher du chewing-gum en même temps, moi, je ne peux pas être ébloui par votre intimité si ingénument révélée et vous dire ce que je pense des lois de la gravitation universelle !

Elle s'avance, pose un pied sur le bord de ma chaise, ce qui n'arrange rien. Dans ces cas-là, mes deux choses l'une : ou bien t'es puceau et tu te mets à pleurer en appelant ta maman, ou bien tu es un saligaud de tendeur et tu tends.

Je tends !

D'abord la main, ce zélé serviteur de la pensée. Ensuite, les lèvres.

Nympho, miss Heurff ! Un phénomène avec sa frite de petit garçon camé. Ah ! oui, tiens, voilà ! Elle vient de renifler une ligne, la mère ! Je me disais ! Là, pas de doute ! Troïka sur la piste blanche ! Elle a encore la cloison nasale farineuse comme une tranche de colin qu'on va mettre dans la friture. Moi, pour lors, cette perspective me met en dégodance. Les paradis artificiels, je t'en fais cadeau ! J'ai horreur des frelatures. Une bite saine dans un corps saint, Antonio.

La môme Melody vient de nouer ses mains sur ma nuque et me tient le visage plaqué contre son triangle de panne ! Tellement serré que je respire avec les oreilles ! Holà ! Où ça va, ça ! Je me dégage d'une brusquade et me lève.

— Mande pardon, j'aimerais mieux un coup de rye ! je lui fais.

Elle débonde des rancœurs aussi sec :

— Non, mais dites donc, le Français, c'est juste des promesses, chez vous ! Quand il s'agit de passer aux actes, vous déclarez forfait !

— Je m'expédie jamais dans l'azur avec une frangine pétée à bloc ou bien camée jusqu'aux sourcils, ma gosse ! L'amour, j'en ai une trop haute idée pour le galvauder.

Son regard, comme on dit puis dans les œuvres importantes, lance des éclairs.

Un instant, je crois qu'elle va dégainer ses griffes et me sauter au visage, et puis non, elle rengracie.

— Dommage, murmure-t-elle, vous étiez assez mon genre et ç'aurait pas été triste, nous deux. Je sais faire des trucs qu'on ne trouve pas dans le commerce de gros.

Elle avance, sans la moindre gêne, sa main vers le siège de mon amour-propre (je le lave avec Monsavon trois fois par jour, y compris les dimanches et jours fériés).

— Vous avez le goût du martyre, déclare l'androgyne, parce que si j'en crois cette protubérance, vous êtes plus disposé à me grimper qu'à me faire la morale !

Elle est marrante dans le fond.

— Tiens, regarde ! me dit-elle soudain.

Et elle exécute un mouvement que la décence m'empêche de te décrire. Si je le faisais, on me retirerait ma licence de romancier ! Faut pas trop charrier, les périodes où t'as la Droite au pouvoir (1). Note que si on me faisait du vilain, je convoque tous mes lecteurs à une manif, et devant l'ampleur du

(1) Elle y est du temps que je commets ce *book*, mais d'ici qu'il soit publié, le régime aura peut-être changé. On est en alternance, en France : un coup je te vois, un coup je te vois pas ! Comme ça, y en a pour tout le monde !

cortège, le miniss rapporte sa décision là où il l'avait prise. Les féodaux sont faits au dos !

Et bon, donc je te raconte juste un peu de son mouvement. Pas trop : t'imagineras le reste. Voilà cette chère enfant qui se place dos à moi, les cannes écartées et se penche jusqu'à ce que son minois fripon apparaisse entre ses jambes. Si bien que j'ai un peu l'impression d'avoir deux visages en face de moi. C'est terriblement choc, moi je dis, comme impression. Foutralement porno, même. Elle ferait ça sur la voie publique, tu verrais rabattre les draupers, mignonne ! Evidemment, une telle démonstration ne peut laisser insensible un homme comme moi, doté de tous les accessoires, avec turbo incorporé !

D'en plus de son visage, la gueuse passe sa dextre sous le pont charmant. Elle l'agite dans ma direction, comme pour faire les marionnettes. De toute évidence, c'est une invite pressante, presque un ordre. Mais comme j'obstine à demeurer un père turbable, elle laisse voltiger sa menotte jusqu'à sa case trésor, mon vieux ! Alors là, ça devient plus possible à raconter ; je renonce. Je suis lu dans toutes les couches, moi, mon cher : les vraies et les fausses. Une supposition que j'extrapole, où je me retrouve, hein ? Banni ! Répudié ! Balayé comme merde de chien sur trottoir du seizième ! Je peux pas me permettre. J'ai des potes dans les hautes sphères et dans les basses-cours ; y a des huiles lourdes qui se traînent à mes genoux en me brandissant des boîtes de caviar, ou des médailles, voire des chèques en blanc ! Je vais pas me les mettre à dos, si ?

Les temps sont difs, la guerre se prépare. Tu me vois chômeur ? Je sais rien faire d'autre qu'écrire des conneries. Même le vin en bouteilles, il tourne quand c'est moi qui le soutire. Le papier peint, prêt à encoller, quand j'essaie de tapisser, en deux coups les gros je ressemble à une momie. Faut une caravane de secours pour me dépêtrer ! Et la mécanique, dis, tu m'as vu mécaniquer ? Ma tire, ma machine à écrire, mon rasoir électrique ! J'y touche, y en a plus ! C'est devenu une sculpture de César !

Non, non, la délicate branlette à Melody, compte pas que j'y fasse même allusion. Elle a beau garder le petit doigt levé, style bon genre, jeune fille éduquée, elle reste pas moins érotique, et puis voilà tout, merde ! Y a pas à chercher d'excuses ! Mam'selle miss se manigance son solo de banjo, souate ! La névrose, la nymphomanie, ce sont ses problos à elle, pas les miens ! Je devrais même pas regarder si j'étais tout à fait aussi bien élevé que je prétends. En tout cas, fermer au moins un œil. Bon, je mate parce que, faut admettre, c'est pas tous les jours que t'as l'occase de voir une péteuse s'interpréter « Je m'aime à la folie » dans cette posture incroyable. Ça relève un peu de l'exploit. Théâtre expressionniste, intimiste en plein !

Qu'est-ce qui me retient de succomber à la tentation ? Mon ange gardien, tu crois ? C'est aimable à lui. Pourtant, d'ordinaire, il a plutôt un petit côté voyeur, le bougre ! Cela dit, je ne bronche pas. Juste de la membrane dodelinante, et encore ses élans sont-ils comprimés par mon Eminence. Mais je sais que, par la suite, je regretterai mon self-control. Dans l'existence, tu ne regrettes pas que tes mauvaises actions, il arrive aussi que tu regrettes les bonnes. Et alors, là, c'est beaucoup plus grave. Quand tu te déplores une saloperie, t'as des moyens d'expier, de mortificater. Tu peux prier, implorer ton pardon, te rouler dans la gadoue, te priver de baise ou de dessert, tout ça. Mais si tu regrettes une bonne action, Léon, tu l'as *in the* babe complétos ! C'est plus rattrapable. Perdu *for ever !* Te voilà meurtri à vie.

La manière qu'elle tient cette posture dingue, Melody, j'en reste comme deux ronds de flan Franco-Russe. Le sang à la tête ! Elle est écarlate. Sa délicate main de violoniste s'active à cent à l'heure ! La figasse en délire. Je parviens à m'arracher et je descends au salon. Bravo, Santonio ! Voilà de l'énergie de bon aloi !

Je m'assois près de la cheminée éteinte. Une pendulette tictaque aimablement. Au mur, l'est une grande affiche de voyage que ça représente deux fauteuils style Majorelle qui se font face sur une terrasse donnant sur la mer. Très évocateur.

Bruit de pas. C'est Mme Cecilia Heurff qui radine, portant deux immenses sacs en papier, de grande surface, emplis de denrées, comestibles ou pas.

Sa fille ne lui ressemble pas. C'est une femme encore jeune : la quarantaine, aux cheveux presque blancs, au teint hâlé (lampe) et au regard clair. Elle porte un tailleur de lin marron glacé, passablement froissé (c'est la chiasse, avec le lin) sur un chemisier crème. Je comprends illico ce que mon Marcus a voulu dire à propos de ses relations sans équivoque avec sa collaboratrice. Cette femme n'inspire pas le désir. Elle a de la personnalité, beaucoup, et peut-être trop, précisément ; une réelle beauté, de l'allure, mais il y a en elle quelque chose qui te court-jute les glandes.

Elle sourcille en m'apercevant.

Je m'empresse :

— Je suis l'ami d'enfance de Marc Liloine, madame Heurff ; mon prénom est Antoine.

Un superbe sourire illumine la pièce. Ces perlouzes, madoué ! Je ne sais pas avec quoi elle se les fourbit, mais en tout cas c'est pas au jaune d'œuf.

Elle dépose ses deux paxifs sur la table basse du salon et me tend la main.

— Ravi. Ma fille n'est pas là ?

— Elle est montée dans sa chambre se faire une petite délicatesse avant de sortir.

— Elle aurait pu vous tenir compagnie !

Tu parles ! C'était largement ses intentions, à Ninette ! Mais le grave personnage que je suis a refoulé ses avances.

— Vous habitez une maison bien agréable.

— Je l'aime beaucoup. Puis-je vous proposer un drink ? J'ai du très bon vin blanc de Californie au réfrigérateur ; Marc Liloine en raffole.

— Je ne voudrais pas vous causer de dérangement.

— Je vais vous faire une confidence : chaque jour, quand je rentre, je m'en verse un grand verre.

— En ce cas, je trinquerai volontiers avec vous, madame Heurff.

Elle s'empresse. On perçoit un grand gémissement prolongé en provenance du premier étage, et ça, je te parie les béquilles de lise Renaud contre une nuit d'amour au Spitzberg en été que c'est Melody qui est en train de prendre son fade. Sa mère doit avoir l'habitude de ses débordements solitaires car elle réprime une grimace irritée et se met à déboucher sa boutanche.

— Je crois bien que Marc Liloine m'a parlé de vous ! assure la jeune femme.

— Vraiment ?

— Vous êtes policier à Paris, non ?

— En effet.

— Et il vous a demandé de venir pour tenter de retrouver les misérables qui...

Elle se tait. Me porte un toast muet auquel je réponds pareillement.

— Les misérables qui ont fait quoi, madame Heurff ?

— Vous le savez bien, Marc a dû vous le dire, fatalement.

Marc ? Holà ! qu'est-ce à dire ! On est familier avec le patronat dans cette contrée, mon vieux ! A moins que mon pote ne m'ait chambré et qu'il ait bel et bien filé son coup de guiseau à la mère Heurff ? Mais pourquoi m'aurait-il berluré, le Dauphinois ? On s'est jamais caché nos calçades géantes et emplâtrades express, les deux. Pas non plus qu'on se vante, mais on ne se fait pas mystère de nos prouesses équestres, quoi !

— J'aimerais que vous me les répétiez, madame Heurff.

Elle boit délicatement et sourit.

— Pour vérifier ce que je sais et ce que j'ignore, monsieur le détective ? Rassurez-vous, Marc Liloine m'a je pense tout dit : cette bonne fortune d'un soir qui lui inocule le Sida, et ces gens qui, dans le parking, lui infligent le plus odieux, le plus déshonorant des sévices.

— Très bien, en ce cas nous allons pouvoir parler net, madame Heurff.

— Appelez-moi Cecilia.

Ils sont marrants, ces Etats-uniens : cette marotte, à peine se sont-ils dit bonjour, de s'appeler par leur prénom. Qu'à quoi sert un patronyme, chez eux ? Juste pour partir guerroyer au Vietnam et écrire ça, au retour, sur les pierres du cimetière d'Arlington ?

Elle possède un regard vachetement intelligent, la mère. Qui devine tout. Je sens qu'une fois encore, mon pif ne m'a pas chambré et que j'ai bien fait de venir la voir en premier.

Sa fifille déboule de l'escadrin, calmée, branlée et saboulée à mort. Elle porte, en guise de jupe, une espèce d'abat-jour froncé, en taffetas bleu Nil et un bout de bustier noir pas plus large qu'une bande Velpeau (de chambre). Fardée pire qu'un masque de carnaval allemand, la voici peinte en guerre pour aller sauter sur des bites plus dociles que la mienne. Elle secoue un sac à main, genre aumônière à chaînette, tel un encensoir.

— *Ciao !* qu'elle nous lance sans un regard.

Et puis elle ajoute un truc qui, selon moi, doit signifier « bonne bourre », mais l'américain c'est pas ma langue maternelle, Dieu merci, et certaines de ses subtilités m'échappent, faut pas m'en vouloir.

— Charmante jeune fille, dis-je à la maman, manière de lui faire plaisir pour pas chérot, car enfin, une botte de roses, voire de radis, la rendrait moins joyce et me coûterait de l'osier.

Contrairement à mes espérances, elle tord son nez, la Cecilia.

— Elle me donne beaucoup de soucis, soupire-t-elle.

Je m'abstiens de questionner, pressentant que si on aborde le délicat sujet, y aura séance de nuit à la Chambre. Néanmoins, elle ajoute :

— Il lui aura manqué un père.

— Vous êtes divorcée ?

— Non, mon mari est mort accidentellement alors que Melody avait cinq ans.

Bon, allez ! On va pas péter une pendule sur ses misères familiales, Cecilia ! Le refrain de sa goualante, je le sais par cœur et peux te le chanter a capella. Elle, accaparée par son job, négligeant de ce fait ses devoirs pédagogiques. Melody, livrée pieds et poings liés à elle-même. Pompant des pafs amis dès quinze ans, se sniffant à seize, partouzant à dix-sept. La tragédie des étangs modernes ! Et maintenant, indomptable, moulant des études sans pour autant travailler, envoyant maman chez Plumeau et ne rentrant qu'aux grises aurores, pleine d'alcool et de foutre. Pas rose, tout ça ! Le chemin des dépravations s'élargit, la pente fatale devient de plus en plus raide. Tout finira en clinique, en taule ou dans un claque sud-amerloque, selon les vacheries du hasard.

Un ange noir passe, avec un vol de chauves-souris. Je me démuqueuse le conduit :

— Cecilia, j'aimerais que vous me donniez votre sentiment sur les agressions infâmes dont a été victime mon ami Marc.

La voilà qui s'arrache à ses propres déboires pour se pencher sur ceux de son patron.

— Voyez-vous, Antoine, je n'ai pas de « sentiment ».

— Voyons, asticoté-je, Marc a dû susciter une

formidable haine pour subir une aussi formidable vengeance ! Le moins qu'on puisse dire, c'est que ses ennemis ont mis le paquet. Vous qui le côtoyez depuis des années et qui vivez une grande partie de sa vie, vous n'apercevez rien dans son passé, lointain ou récent, qui ait pu déclencher chez des gens un tel ressentiment ?

— Vous pensez bien que je me suis déjà posé ces questions, Antoine. Je n'ai trouvé aucune réponse.

Un silence suit. L'atmosphère est dodelinante, feutrée. Dommage qu'elle ait une grande fifille névropathe, Cecilia, sinon sa vie serait *cool.* Je pense aux simagrées de Melody, là-haut, dans sa piaule, et je me félicite à deux mains de ne lui avoir pas cédé. C'est un peu une sorte d'infirme, quelque part, cette môme ! Je contemple sa mère. Régime, gym, soins corporels. Pas empâtée, la maman. Sa chatte est-elle blonde comme celle de sa fille ? Il nous vient des bougrement sales pensées, nous autres, les jules. C'est plus fort que nous : elles s'imposent. Dans *Quai des Brumes,* Le Vigan dit : « Quand je vois un type qui se baigne, je pense à son cul ; à quoi bon lutter ?
pense à son cul, à quoi bon lutter ?

Tiens, pendant que j'écris, y a deux pigeons blancs sur un toit brûlant (tuiles romaines) ; le mâle est en train de penser au croupion de la pigeonne, la manière qu'il traîne de l'aile en lui tournant autour ! La nature, la nature, je te dis ! Et donc, Dieu, s'il y a Dieu ! J'en démordrai jamais, la tête entre les cuisses de Mme Thatcher !

Bon, alors, est-ce que les poils intimes de Cecilia sont blonds ? *The question !* Je suis certain, cette femme, intelligente à ce point, je lui poserais la question, elle ne s'offusquerait pas. Elle a un regard à piger toutes les situasses. Tu veux parier ? Je me lance le défi.

— Dites moi, Cecilia ?...

— Je vous écoute.

— Une simple parenthèse dans notre entretien.

Vous me flanquerez à la porte si vous voulez. Votre toison pubienne est-elle blonde ?

Tu crois qu'elle va courir à la cuisine chercher son gaufrier dans le placard et me le tordre sur la tronche ?

— Depuis un instant, je sentais que vous aviez des idées paillardes, Antoine. Oui, je suis authentiquement blonde. D'autres questions ?

— Non, merci. Et pardon.

— Je n'ai rien à vous pardonner. De mon côté je me demande si vous disposez d'un membre généreux. Je l'espère pour votre orgueil de mâle !

— Le Seigneur s'est montré bienveillant avec moi, Cecilia ; quelques dames pourraient vous le confirmer, enfin par quelques dames j'entends deux ou trois mille à vue de nœud.

Tu juges à quoi j'emploie mon temps, tandis que mon malheureux copain agonise en soupirant après la vengeance ! A papoter popotin avec une dame que je ne connais ni des lèvres ni des dents !

La honte, quoi ! Et ce bon Marcus qui me noie dans les dollars. Et les pieds nickelés qui m'attendent dehors à bord d'une Lincoln longue comme un porte-avions ! Tu sais que je débloque, moi ! J'ai les méninges qui patinent !

— Cecilia, vous avez la chatte blonde et moi un braque de cantonnier, d'accord, c'est chouette et réconfortant, mais ça ne fait pas progresser la recherche contre le Sida dont souffre notre ami. Travaillons ! Sans le savoir, vous détenez la solution.

— Croyez-vous ?

— Fa-ta-le-ment ! Les ennemis de Marc ont gravité autour de vous, ma chère. A nous de les identifier.

Elle opine. Puis :

— Antoine, voulez-vous dîner avec moi ? J'ai d'énormes steaks. Je vous les fais à l'oignon, avec une salade et des pêches au sirop. On finirait la bouteille de vin blanc !

— O.K., Cecilia. Mais en ce qui concerne les oignons, vous pouvez envoyer ma part à une œuvre de charité, car je suis allergique à ce bulbe, malgré son caractère profondément républicain. Je vais aller dire à mes accompagnateurs qu'ils aillent se restaurer de leur côté et qu'ils viennent me rechercher dans deux heures.

Je me sens guilleret tout à coup. C'est vrai que c'est un bon copain, cette femme. On se sent éperdument à son aise, avec elle.

Dans son genre, elle est presque aussi accueillante que sa fille.

J'ai dit « presque ».

CHAPITRE TROIS

Assez dégueulasse, mais pas trop, car si je passe le film « X » en lever de rideau t'auras le chipolata en déliquescence pour finir ce livre haletant, ce qui serait dommage et n'ajouterait rien à ton standinge.

M'man dit toujours d'une viande fondante qu'elle est « tendre comme de la rosée » ; je n'ai jamais bouffé beaucoup de rosée dans ma vie, malgré cette intense poésie qui est en moi et assume mon rayonnement, mais je pense en effet que le steak au gril servi par mon hôtesse est plus tendre que le regard d'une maman à son bébé. Bien simple, tu pourrais le bouffer à la cuiller.

Par esprit de solidarité, Cecilia a renoncé elle aussi aux oignons frits, ce qui va me permettre de pouvoir l'écouter à moins d'un mètre sans courir au refile. Tu te demandes à quoi tiennent les répulsions pour tel plat ou tel autre ? C'est fâcheux, souvent. Un pauvre, allergique au caviar, ou un baron de Rothschild allergique au topinambour, bon, ils peuvent s'en sortir. Mais imagine le contraire, tu mords d'ici les dégâts ? L'existence perturbée que ces malheureux seraient obligés de traîner !

Nous clapons en silence. Cecilia, en bonne Américaine, arrose sa viande onctueuse d'une kyrielle de saucailles débectantes. On a beau leur traduire nos livres de cuisine, les yankees, ils continuent à patauger des mandibules. Pour apprendre à jaffer, faut deux millénaires, tu comprends ? La planète sera en cendres radioactives bien avant qu'ils sachent confectionner des mouillettes pour déguster leurs œufs coque. Je m'abstiens de commentaires cinglants, étant galant de nature, mais la manière que je refuse sa corbeille de condiments quand elle me la propose doit lui donner à penser qu'il y a l'Atlantique entre son assiette et la mienne.

Le repas expédié, je l'aide à desservir, chose dont j'ai une sainte horreur. Mettre la table, à la rigueur, je veux bien : c'est générateur d'allégresse. Mais tremper ensuite son pouce dans des sauces figées, merci bien. J'étais né pour être prince ou pour bouffer au restaurant, mécolle, voire les deux à la fois ! Tout de même, dans certains cas je propose mes services, et s'ils sont acceptés, je me dis que la journée ne m'est pas favorable.

L'or du soir tombant allume les vitres de la coquette masure. C'est l'instant serein de la journée. Un jour de plus, un jour de moins. Et la Terre continue de tourner sur l'air du *Beau Danube Bleu.* Je mate ma Cartier : elle exprime 3 heures. Je suis resté à l'heure de Paname ! Y a pas de raison, on doit vivre avec son continent ! Je l'ôte pour la retarder de 6 plombes. Cecilia admire l'objet. La Pasha, tu parles, elle peut ! La montre de Renaud !

— Les policiers sont riches, en France ? demande-t-elle, en femme pratique.

— Ça dépend, lui dis-je, seuls sont aux as les quelques pourris, rarissimes, qui fricotent avec le Milieu, et puis moi parce que j'écris des livres ; sinon, les autres ont des montres en carton et ils déplacent eux-mêmes les aiguilles avec le doigt.

— Quel genre de livres écrivez-vous ?

— Des livres sans queue ni tête, mais pleins de

queues et de têtes, dans lesquels j'essaie de persuader les gens que nous sommes une immense bande de cons. Ils ne me croient pas, ce qui est la meilleure façon d'authentifier cette connerie que je dénonce. Et alors, comme ils pensent que je plaisante, ils rigolent. Je vis d'un merveilleux malentendu.

Elle me déchiffre de son regard perspicace.

— Vous êtes un homme intéressant. Un peu vaniteux, je crois, mais cet orgueil a quelque chose de désespéré.

— Je comprends que Marcus vous ait choisie comme gardien de but dans ses affaires, dis-je. Au fait, je vous propose une chose, Cecilia : racontez-moi tout de votre activité avec mon ami, depuis le début. N'omettez rien. Il se peut qu'en vous écoutant, je fasse « tilt » à un moment ou à un autre.

Elle voit très bien où je veux en venir et ne rechigne pas pour ce parcours du combattant. Quand Liloine a démarré son affaire, il s'est adressé à une agence spécialisée afin d'obtenir une bonne secrétaire parlant français. On lui a proposé Cecilia. Tout de suite ça s'est mis à bien coller entre eux. Elle a été son initiatrice aux méthodes ricaines, le conseillant sans commettre d'erreur. Grâce à elle, il sut très vite ce qu'il convenait de faire et de ne pas faire. Bon, alors son bitougnet pour le blocage des serrures se met à faire fureur. L'affaire extensionne. On bâtit de nouvelles ailes à l'usine, on embauche.

— Une question, Cecilia : vous le voyiez beaucoup en dehors du boulot ?

— Pas tellement, sauf lorsque nous partions en voyage pour le travail.

— Car vous l'accompagniez ?

Elle sourit, l'air de m'expliquer que sans elle il était paumé, Marcus.

— Vous avez eu une liaison, les deux ?

— La question ne s'est jamais posée.

— Pourtant Marc est un tringleur et vous êtes très belle !

— Merci du compliment, Antoine. Malgré tout, je vous le répète, la question ne s'est jamais posée.

Voilà qui est net. Y a même une pointe d'agacement dans sa dernière réplique.

Il existe un mystère chez cette femme. Si j'avais du temps devant moi, j'aimerais le percer (avec mon vilebrequin).

Elle me dévide les péripéties de l'entreprise. Les marchés enlevés de haute lutte, les aléas, les bagarres. Parfois, je crois flairer un bout de piste, mais non : ça retombe ou bifurque. Rien que du courant. La chicorne des affaires, mais de bon aloi. Quand elle arrive au bout de son récit, je dois avouer que je n'ai pas fait tilt du tout.

— Vous connaissez le boursier nommé Harry Cower ?

— Bien sûr : un gros dindon marié à une grosse dindonne.

Décidément, sa mégère ne passe pas inaperçue, au père Cower, pour qu'on ne manque pas de la mentionner chaque fois qu'il est question de lui.

— Vous savez que Marc se trouvait avec lui au *Waldorf* le soir où il a connu la dénommée Téresa.

— Je sais.

— Vous ne voyez pas ce type impliqué dans l'affaire ?

— Absolument pas. Pour tremper dans des manigances criminelles, il faut avoir un minimum de courage qu'il n'aura jamais. Quand vous le rencontrerez, vous en serez convaincu après cinq minutes de conversation.

— Et Boggy ?

Elle fait la moue.

— Je n'ai jamais compris que Marc s'entiche de ce traîne-lattes qu'on devine prêt à tout et bon à rien. Mais les hommes comme lui ont curieusement besoin de bouffons. Boggy est le genre à qui on demande de vous apporter un rouleau de papier hygiénique, à travers la porte de la salle de bains, quand le distributeur est vide. teur est vide.

Je ris. Sa définition me semble parfaitement coller au personnage.

— Vous croyez qu'il y a un cadavre entre eux ?

— Ça m'étonnerait : pas de Boggy, mais de Marc. Votre copain n'est pas le genre d'homme à avoir un cadavre dans son placard, et s'il en avait un, il l'y aurait mis tout seul !

Je me lève, un peu oppressé. Confusément furax après moi et après tout le monde. Me mets à marcher dans son salon comme un prisonnier dans sa cellote pour conserver la forme.

— Ecoutez, Cecilia. J'ai une grande qualité et un gros défaut : j'aime comprendre ! Quand je ne pige plus, je me dis que je suis gâteux ou que ça va être la fin du monde. Et ces deux perspectives me sont aussi intolérables l'une que l'autre. On a inoculé le Sida à Marc ! On lui a enfoncé la tour Eiffel dans le rectum ! Deux actes révélateurs d'une vengeance implacable. On l'a assassiné en usant d'une arme qui n'avait encore jamais servi. On l'a humilié de la pire des façons. On lui a arraché sa vie et son honneur. Putain de merde ! on ne fait pas cela à n'importe qui ! Un tel châtiment doit sanctionner le plus monstrueux des crimes ! Qu'a-t-il fait pour l'encourir ? Il a violé et égorgé un petit garçon ? Il a vendu aux Russes le plan d'attaque des Ricains ? Il a enceinté la fille d'un roi du pétrole ? Sodomisé le Parrain de la Mafia ? S'il n'a rien fait de cela, ma chère amie, son aventure, pour aussi odieuse qu'elle soit, paraît absurde. Vous m'entendez ? Ab-sur-de !

J'ai dû hurler, ma parole ! Un peu honteux, je reprends ma place en face de la jeune femme.

— Je lui ai déjà posé la question, murmuré-je, il jure

ses grands dieux qu'il est blanc comme l'agneau de la crèche et qu'il ne comprend rien à son épouvantable histoire.

— Je crois qu'il vous a précisément demandé de venir à New York pour que vous éclaircissiez la chose, Antoine. Il ne voudrait pas mourir avant d'avoir compris.

Je tire mon fauteuil plus près de celui de mon hôtesse, jusqu'à ce que nos genoux se touchent.

— Cecilia ! Il n'a fait de tort à personne. Sa mort n'enrichira que son vieux père à qui il a déjà donné trop de fric et le Trésor français ou américain. Alors, à quoi bon le faire disparaître ? Pourquoi l'avoir torturé ? C'est un homme énergique, un battant au grand cœur. Où se situe la faille ? Des femmes ? Vous lui avez connu des pouffiasses inquiétantes ?

Elle a un pâle sourire.

— A vrai dire, il semblait se satisfaire de dames peu compliquées, propres au repos du guerrier, et auxquelles il ne consacrait que peu de temps. Elles n'ont jamais eu à se plaindre de lui, car il était très large.

— Alors, qui a fait le coup, Cecilia ?

Elle me regarde avec calme. Infiniment maîtresse d'elle-même (et de personne d'autre).

— Je l'ignore, Antoine. Par contre, ce que je sais, c'est que vous allez le découvrir !

Et puis elle se penche et sa bouche s'écrase sur la mienne, tchloff ! Sa langue force mes lèvres. Je suis content qu'elle n'ait pas bouffé d'oignons (1). Voilà un baiser qu'on pourrait, dans un roman mal tenu, connement qualifier de « brûlant » et qui, pourtant, ne me fait ni chaud ni froid. Je l'encaisse sans le rendre, ce qui n'est sans doute pas très honnête mais correspond à

(1) A son sens inné de la poésie, San-Antonio ajoute un côté pratique révélateur de l'homme d'action qu'il est malgré son tempérament contemplatif. Sainte-Beuve.

mon humeur du moment. Décidément, les dames Heurff n'ont pas de chance avec ton pote Sana ! La fille d'abord, la mère ensuite, me sautent dessus, et je reste imperturbable..

Déjà consciente de ma froideur, elle a récupéré sa langue et libéré une bouche que je destine à d'autres joies. Me sens plus gêné qu'elle.

— J'ai pensé qu'avec vous, je n'avais pas besoin de refréner mes bas instincts, dit-elle.

— C'eût été dommage, déclaré-je civilement (mais je peux me mettre en militaire si tu insistes).

Là, il serait opportun que je place quelques notes explicatives destinées à éclairer mon comportement, mais je n'ai rien de valable à lui déballer.

Au-dehors, la grande Lincoln funèbre est de retour. Boggy se tient acagnardé contre l'aile avant droite (non : contre l'aile avant gauche, ça fera plaisir à Roland Leroy). Il fume un long et mince cigare. Je le contemple, et puis mon regard revient à Cecilia, sagement assise en face de moi. Cecilia, belle et altière et dont je n'ai pas envie. Et voilà que je ressens un confus sentiment d'impuissance. Une sorte d'intime désarroi. Merde, c'est pas blanc-bleu, tout ça. Et ce serait même un peu glauque, si tu veux mon avis. Qui donc a dit « les choses sont derrière les choses » ? Michel Rocard, Montesquieu ou le père de Foucauld ? Mets une croix en face du nom que tu estimes être le bon.

— Vous semblez pensif ? remarque Cecilia.

— Plutôt troublé.

— Par quoi ?

Si elle espère que je vais répondre : « Par votre baiser », elle se carre le doigt dans l'œil jusqu'à percer le fond de son slip, Poulette !

En tentant de lui expliquer, je tâche à me l'expliquer à moi-même ; c'est souvent comme ça : les autres ne te sont utiles parfois que dans la mesure où ils te servent de révélateurs.

— Flic, c'est pas un métier, Cecilia, plutôt une philosophie. Ça consiste à sentir les choses qui sont cachées derrière les choses (ne jamais se gratter le cervelet quand tu peux faire autrement). A l'instant, j'ai jeté un coup d'œil au-dehors et j'ai aperçu la grande bagnole stupide et prétentiarde de Marcus. Duvalier assoupi au volant, Boggy fumant un affreux cigare qui doigt puer comme des pieds de clodo, dans une pose pour film policier de série B. Mon regard est revenu se poser sur vous, belle dame. Et là : clic! Ou plutôt « déclic ». Une décharge d'adrénaline est venue freiner la digestion de votre excellent steak. Je n'ai pas aperçu les choses cachées derrière les choses, mais j'ai pressenti leur présence. Ce qui est très important.

Je me lève.

— Merci pour votre accueil, votre repas et votre baiser ; je sais que nous nous reverrons très bientôt.

Je me rapatrie dans le carrosse de mon pote.

— Programme ? demande laconiquement Boggy en écrasant son cigare.

— Dodo ! Et servez-moi donc un bourbon pour la route : j'ai failli manger de l'oignon et cette perspective me chamboule l'estomac.

J'en écrase pis qu'avec un rouleau compresseur. La toute grosse dorme obtuse. Parfois, j'ai le sommeil rustique, surtout quand je viens de changer de puceau horaire, comme dit Béru. Comme si mon corps prenait des initiatives, rompait avec des habitudes pour compenser un certain dérèglement.

On toque à ma porte et, sans que je prie d'entrer, la femme de chambre noire s'avance vers mon plumard grand luxe avec une table de lit chargée de petite déjeunance.

— Je me permets de vous réveiller, fait-elle, d'abord

parce qu'il est onze heures, ensuite parce qu'il y a ici trois messieurs qui vous demandent !

Putain, me dis-je grossièrement, j'ai fait le tour du cadran ! Que doit penser mon pauvre Marcus ! Que je viens chez lui pour tirer ma flemme !

Je prends une pose adéquate ; tu vois, comme ça, le dos contre l'oreiller pour me laisser enjamber par la table.

— Monsieur a dit que le matin, vous prenez du café noir.

— Il a bonne mémoire. Vous voulez bien faire entrer les trois messieurs en question ?

Le plateau est lesté de petits pains croustillants, de cakes, de saucisses frites et d'un tas de trucs propres à te surmener les salivaires.

— Y en a des qui s' font pas chier la bite ! tonne la voix grumeleuse de l'apôtre Béru. Des qui se prendent pour un millardaire amerloque !

Sublime trio ! Et qui me chaleurise l'entendement ! Mathias, le rouquin, en tweed feuille-morte ; M. Blanc, qui en jette dans un prince-de-Galles bleu, et enfin Béru, vêtu en Bérurier, avec des œufs d'Air France plein son revers et de la mayonnaise Olida en belles traînées pâles sur sa cravate sombre.

Bienvenue, chers vous trois ! Somptueuse trinité qui m'éclaire l'âme ! Mousquetaires de ma vie aventureuse ! Troupe d'élite que rien ne rebute et qui se joue des dangers ! Ils sont là, mes rois mages. Eclatants, somptueux. S'avancent pour se prosterner. Qu'au passage, Béru rafle tous les petits pains du plateau.

— Bon voyage, les gars ?

— Ben, on a traversé l'Atlantide, quoi ! répond modestement l'Emplâtre, comme si c'était à un Lindbergh inculte qu'on eût posé la question.

Il s'est déjà assis sur mon lit, se penche de côté pour balancer une louise et attend un instant, les narines en alerte.

— Ce pâté de campagne de mon plateau m' paraissait pas d'une bonne inauguration. Quand t'est-ce tu trouves des olives noires dans un pâté d' campagne, c'est signe qu'y vient pas d' la campagne que tu croyes.

Il m'empare le beurrier pour tremper ses petits pains dedans.

— T'es logé smart, mec ! Tu es chez qui est-ce ?

— Mon copain d'enfance.

— T'as été élevé à Nouille Vioque ?

— Non, c'est lui qui a moulé notre Bas-Dauphiné pour venir faire fortune ici. Il aimait le papier vert.

Mathias et M. Blanc, sur mes instances, prennent chacun un siège et se placent d'un même côté du lit.

— Les gars, ouvrez grands vos baffles : je vais vous bonnir une histoire du genre effarant.

Et me voilà parti à narrer. Je détaille tout avec minutie. Mes trois compagnons m'esgourdent que t'entendrais marcher une mouche. Six lotos béants sont braqués sur moi. Les plus larges étant bien sûr ceux de Jérémie. Je ne m'interromps que pour avaler une gorgée de caoua, de temps à autre, les nourritures solides, elles, sont la proie du Mastar, lequel mastique inexorablement, en toutes circonstances et en tous lieux.

Mon récit est complet, parfaitement exhaustif, tous les personnages sont décrits avec minutie. Rapport de haut niveau qui mériterait un 19 sur 20 au bac de gendarmerie.

Lorsque je me tais, Béru résume son point de vue par une série de rots assez impressionnants qui ne sont pas sans rappeler le zoo d'Anvers, section « tigres du Bengale ». Mathias se lime un ongle ébréché, à l'aide d'une râpe de carton. Quant à M. Blanc, il tente de se pincer le nez, mais l'éteignoir de cierge à double capuchon qui décore son beau visage sombre n'est pas saisissable entre le pouce et l'index.

C'est lui qui prend la parole le premier :

— Je peux donner mon avis, bien que je soïs un homme de couleur ? demande-t-il.

— Si t'en aurais un, faudrait pas l' laisser perd', Niacouet ! ricane Bérurier.

Jérémie le fustige d'une œillade méprisante.

— Ecoutez ce sac à merde, qui ne s'exprime que par pets ou renvois et qui voudrait faire de l'esprit alors qu'il ne sait même pas ce que c'est !

Béru se lève et fait l'enjambée qui le sépare de M. Blanc.

— T'imagines-tu-t-il que j'vas m' laisser traiter d' sac à merde par un orange-outange ? Trouverais-tu-t-il qu' t'as le pif pas encore assez large pour qu' tu voulasses prend' mes trois livres avec os dans l' portrait ?

— Stoooooooop ! hurlé-je. Dites, je ne vous ai pas fait venir à New York pour entendre vos dégueulantades ! Vous êtes ici pour turbiner, mes drôles ! Le premier des deux qui balance un mot de traviole à l'autre saute dans le zinc pour Pantruche ! On se le dit !

Ils continuent de se toiser, Jérémie blanc de rage, Béru noir de courroux.

— Tu voulais parler, je t'écoute, monsieur Blanc.

Il s'arrache à son duel oculaire, revient à mes noirs moutons.

Mathias a poli son ongle récalcitrant et rayonne comme un Van Gogh. Il attend, confiant, les opinions du Noirpiot.

Celui-ci se désosse la pensarde avec une méticulosité clinique :

— Erreur de diagnostic, au départ, déclare le Sherlock noir.

— Messe encore ?

— L'opération Sida et l'opération tour Eiffel n'ont pas la même origine.

— Qu'est-ce qui t'amène à penser cela ?

— La tour Eiffel dans le cul, c'est un acte nègre de la grande tradition. Quand j'étais môme, dans mon village, à Tébotounu, un médecin est venu s'installer. Un jeune, idéaliste, qui voulait refaire l'Afrique à lui tout seul. Il a commencé par débiner notre guérisseur local en clamant bien haut que ce n'était qu'un charlatan dont les manœuvres étaient criminelles. Ça ne lui a pas réussi, mon vieux ! Une nuit, des types sont allés dans sa maison et lui ont flanqué dans le train tout son matériel : son stéthoscope, son spéculum, son tensiomètre. Les autorités ont dû le faire évacuer par hélico à Dakar. Il avait un pot d'échappement large comme une entrée de métro ! On l'a sauvé, mais il a jamais plus pu jouer du piano, vu que le tabouret lui rentrait dans le fion !

Il rit de la bonne farce.

— Et là, pour ton pote, mon vieux, c'est pareil ! enchaîne-t-il. Des nègres, je te parie n'importe quoi ! La tour Eiffel pour lui faire comprendre qu'il doit retourner en France. Bon, alors si tu admets que ce sont des Noirs qui lui ont défoncé l'oigne, sois certain par contre que ce sont des Blancs qui lui ont inoculé le Sida ; parce que des *coloured,* tout ce qui touche à la maladie, ils en ont la trouille, mon vieux. Une trouille tellement effroyable que jamais un pareil projet ne pourrait naître dans l'esprit de l'un d'eux. Tu me crois ou tu vas te chier, mon vieux, mais je suis certain de ce que j'avance.

Un temps de réflexion général, puis je demande à Mathias ce qu'il pense du déduit de notre *dark* pote.

Il bat des cils, et une pluie de confetti ocre s'abat sur ses revers.

— J'ignore si la tour Eiffel est une idée de Noirs, dit-il, mais je partage effectivement l'avis qu'il y a deux agressions totalement dissociées. Ne serait-ce que l'ordre dans lequel elles ont été perpétrées. La plus douloureuse n'est pas la plus cruelle. En général, quand on veut se venger de quelqu'un, les brimades sont croissantes. Or, la pire, à savoir l'injection d'une maladie mortelle, devrait être le point d'orgue à ces actions, et non une étape.

Je me tourne vers mon troisième roi mage par souci d'équité.

— Ton avis, Béru ?

Avant de répondre, il s'extrait d'une béante carie un morceau de saucisse trop hâtivement mastiquée, le dépose sur le couvre-lit et déclare, lentement, en martelant :

— Où m' prouvez-vous-t-il qu'on a inenculé le Sida à ton aminche, Sana ? J'reprends les fêtes dans l'ordination tétralogique : Liloine s'lève une péteuse et l'embarque, souate. L'lendemain, y constate qu'il a une trace d' piquouze au creux du bras, resouate. Y va dans un labo manière qu'on détectasse quelle vacherie la gerce y a éjecté, et on découv' quoi-ce ? Des traces d'hypnotiseur ! Pas plus d' Sida que d'Tampax dans la culotte d'Armand Dalire. Des mois plus tard, après qu'on y ait farci le fignedé à la tour Eiffel, on découve qu'il est stylopositif. Et pour lors, comme la Térésa avait écrit « Bienvenue dans le club du Sida », sur la glace, on se dit : « Pas d' doute, c'est bien c'te gueuse qu'y a filé l'bocon dans les tuyaux ! » Moi, j'me pose la question et j' vous la pose aussi, sauf tout'fois à ce chien panzé que Sana appelle môssieur : pourquoi il se la serait pas chopée tout seul comme un grand, la vérole, ton copain, Antoine ? L'est pas marida et, étant ton ami d'enfance, il a probab'ment des nœurs indissolubles lui aussi, tout pour aller à la pêche au virus av'c sa bitoune, grand !

Satisfait, il cherche la particule de saucisse naguère dégagée de sa carie, la retrouve et la consomme prestement.

— Tu sais que ton Einstein a peut-être raison, mon vieux ! soupire Jérémie.

Bérurier sursaute :

— Comme qu'il m'a-t-il appelé ? Einstein ! J'tolérerai pas qu'y m'traite de con !

— Maintenant, je vais vous répartir la besogne, les gars.

Ils lèvent la patte avant droite et attendent, comme trois chiens de chasse prêts à être lancés sur une proie.

— Toi, Mathias, tu vas t'occuper du département médical, ce qui est ton rayon. Enquête au labo où eurent lieu les premières analyses. Interrogatoire du chirurgien ayant opéré Liloine de la tour Eiffel et du personnel hospitalier où il a été en traitement. Tu parles couramment l'anglais, tu n'auras aucune difficulté. Vu ?

— Vu !

— Voilà mille dollars, fais au mieux. Toi, monsieur Blanc, puisque tu subodores une combine nègre dans cette affaire, enquête dans ce sens. Je crois me rappeler que toi aussi tu manies convenablement la langue de Faulkner ?

— Assez bien pour commander un Coke, plaisante-t-il.

— Alors prends également ces mille dollars et bois des Coca. Quant à toi, Gros, tu restes ici pour assurer la permanence. C'est à toi que nous téléphonerons, les uns et les autres, quand nous voudrons établir la liaison. Implante-toi dans la carrée, parle avec mon pote sans toutefois l'épuiser. Observe les agissements de chacun ; bref, tu constitueras notre bastion.

— C'est pas un bastion, c'est une pissotière, murmure M. Blanc en se levant.

Il y a des miracles : Béru, emporté par un pet délicat, ne l'a pas entendu.

Comme j'en ai classe de la Lincoln porte-avions et plus encore, de la présence catafalqueuse de Boggy, je prends un taxoche. Rien de plus facile à N.Y. où ils grouillent comme des bacilles dans une éprouvette. Tu te places carrément dans la rue, à la lisière du trafic, et tu lèves le bras. Le temps de compter jusqu'à dix (sauf cas particuliers) t'as l'une de ces chignoles jaunes qui stoppe à ta hauteur.

Bien reposé, ragaillardi par l'arrivée de mes sbires, je me sens à New York comme Rastignac à Paris.

Avant de sortir, je suis passé voir Marcus dans sa piaule, mais il dormait, épuisé par la toilette que vient lui faire quotidiennement une infirmière qualifiée. Je l'ai contemplé un long moment, troublé par d'étranges images. Des bouffées de mémoire morte... Je nous revoyais à la pêche aux écrevisses. On avait des « balances », espèces de filets ronds et plats que des fils pyramidaux maintenaient suspendus à un bâton. On attachait un morceau de barbaque avariée au centre du filet, ensuite on l'arrosait d'essence de térébenthine car l'écrevisse est conne (à preuve : elle se déplace à reculons) et la térébenthine la fait bander. On déposait la balance dans un élargissement du ruisseau, là que la flotte cesse de galoper. Et puis on attendait en cassant des branches de noisetier pour s'en confectionner des arcs, des flèches, voire des lance-pierres. De temps à autre on allait relever nos balances. Des écrevisses s'affairaient à tortorer la bidoche en décomposition. Y avait plus qu'à les bicher par le dos et à les glisser dans un petit arrosoir rouillé, à demi empli d'eau et servant de vivier provisoire ; nous possédions chacun le nôtre.

Tu vois, tout ça en regardant crever un homme. Un homme que j'ai connu petit garçon. On se mesurait la bite et chaque fois on tombait d'accord : il avait la plus longue (de peu), moi la plus grosse (de beaucoup). Et maintenant, il crève avec sa bite entre les jambes, Marcus. Et ça me fait chier de le voir mourir dans les Amériques, loin de la forge paternelle. Mourir parmi les gratte-ciel alors que chez nous, les vieux murs de pisé, pleins de lézards et de touffes d'herbes, retournent doucement au sol d'où ils sont sortis, en une lente coulée blonde.

Mais cela dit, j'aime bien New York, tel qu'il est en ce début d'après-midi, sous un soleil pâle, avec ses bâtisses de verre et de béton qui ne vous écrasent cependant pas car tout cela se dresse à angle droit, si bien que lorsque tu te places au milieu d'un carrefour, tu vois le ciel par les quatre bouts. C'est de là que vient la féerie. Et c'est pour ça que cette putain de ville, si prodigieusement cosmopolite, m'impressionne presque autant que Venise, dans un sens... M'impressionne, la cité formidable par sa population si tant tellement mêlée, où grouillent des rabbins, des flics négligés, des gagne-petit ambulants jaunes, noirs ou gris ; des dames en vison, d'autres en bigoudis et d'autres encore en vison et bigoudis. M'impressionnent, ces rues numérotées dont quelques-unes, comme la 42e, par exemple, ont plus d'importance que les autres. M'impressionnent, ces boutiques insensées où l'on vend des choses invendables, jamais vues nulle part ailleurs, ces épiceries pleines de laisser-aller, ces arbres rares brusquement découverts dans quelque renfoncement de building. Et ces aveugles qui mendient sur leur pliant ! Ces restaurants de toutes les nationalités qui se succèdent en une sarabande lourde d'exhalaisons inquiétantes. Et la vie qui galope sans trop se presser. Un concert de klaxons brusquement au cul d'un bus qui a du mal à manœuvrer. Un flic à cheval, payé sans doute par le syndicat d'initiative ? Des êtres errants, soliloqueurs, qui invectivent la vie brusquement parce que eux, sans doute, la voient telle qu'elle est !

Un énorme poisson jaune sort du flot pour se ranger devant moi. Le *driver* attend que je monte, impassible. Il porte une petite calotte tricotée. Je lui balance l'adresse et il décarre sans avoir marqué le moindre signe d'entendement. Sa plaque professionnelle dit qu'il se nomme Moshe Pilaro. L'étoile de David, en faux rubis, est collée contre sa boîte à gants. Il vire à gauche. Bientôt, on passe devant le Rockefeller Center et sa patinoire, sa librairie française qui rétrécit d'année en année. Autrefois, elle occupait tout un côté du bloc, et maintenant ce n'est plus qu'une petite boutique coincée entre des magasins plus importants. La France fond gentiment, mes frères. Pas la peine de vous gargariser au sirop de coq gaulois ! Elle est en train de faire du nanisme, la chérie, quoi que clament nos leaders !

Bon, tant pis, ç'aura été une belle histoire.

Les banquettes de faux cuir du bahut sont crevées par endroits, et poisseuses je te dis que ça ! Une vitre me sépare du conducteur, mais ce con de Moshe l'a criblée de tellement d'autocollants qu'on ne voit plus à travers.

Je me rencogne, comme on dit. Je pense à mes loustics et à notre conseil de guerre, tout à l'heure. Leurs opinions plutôt concordantes : crime de nègre, assure Jérémie ; Marcus a chopé le Sida tout seul ! prétend Alexandre-Benoît ; les deux agressions sont à dissocier, conclut Mathias.

Et moi, comme hier, je me répète : « Les choses sont cachées derrière les choses. » Tu parles d'une antienne ! Nous sommes tous logés à la même antienne. Des flashes qui me font soubresauter les cellules grises. Hier, chez Cecilia : Boggy fumant contre la Lincoln ; elle me regardant de ses grands yeux qui pigent tout. Et puis, à l'instant : Marcus endormi, épuisé, presque évanoui à force de fatigue. Et pourquoi ça me fait évoquer nos pêches à l'écrevisse ? Je sens confusément qu'il y a un rapport direct entre Marc endormi dans son lit d'agonie et nos équipées de gamins. Une certitude profonde, enfouie sous des montagnes d'oubli et qui pourtant me lance je ne sais quel bizarre signal.

Moshe Pilaro stoppe devant une ravissante maison peinte en rose praline, de deux étages, au cœur du

Village. Il n'a pas prononcé une syllabe. Je mate son rongeur et lui balance un bifton de cinq. Je lui dis de tout garder, bien que la course se monte à trois dollars vingt, uniquement pour entendre le son de sa voix, car il va fatalement me dire merci. Dans le fion, Gaston ! Il marque sa gratitude d'un simplement mouvement de buste en avant, comme s'il était à prier devant le Mur des Lamentations.

Je regarde le petit immeuble étroit. Son rose est agréable, mais quelle idée à la suce-moi-le-zigomar-à-roulettes de peindre en noir portes et fenêtres ? Sûrement parce que Harry Cower est d'origine irlandaise et qu'à Dublin on raffole des maisons peintes.

Une sonnette de cuivre étincelante. Dring !

Comme on tarde, je remets la sauce : Dring ! Dring ! Et j'attends. Un perron de six marches me permet de dominer la rue, presque provinciale pour N.Y., encombrée de boîtes à ordures débordantes. Il y a des arbres, des grilles noires le long des maisons. On se croirait à Londres.

Je carillonne à nouveau, mais personne ne répond ; pourtant, Harry Cower m'a bien fixé rancard à son domicile pour 2 heures (p.m.). Qu'est-ce à dire ?

Un boursier ! Ça doit respecter l'heure, ces petites bébêtes. Et comment se fait-il qu'il n'ait pas de domestique ? Sans être vaste, la maison nécessite fatalement de la main-d'œuvre, c'est pas la mère Cower qui peut l'assumer à elle seule.

« Bon, me dis-je, je vais attendre, sans doute est-il en retard ? »

Comme je la fous mal, debout sur mon piédestal, je redescends le perron, traverse la rue et vais m'asseoir sur la plate-forme finale de l'échelle d'incendie qui zigzague contre un immeuble de briques sales, en face. Aux premières loges ! Je déteste rester debout. A mes débuts, dans la Rousse, j'ai failli tout lâcher à cause des planques qu'on me faisait prendre et qui m'obligeaient à jouer la cigogne, d'une patte l'autre, des heures dupont (ou durant, si t'es traditionaliste).

J'attends. Un quart de plombe. Alors, je retourne sonner, des fois que le père Cower aurait été occupé à limer sa vieille lors de ma première intervention. Mais c'est toujours *nobody* qui répond. Heureusement que cette rue est quiète, peu passante. On ne fait pas attention à ma pomme, sur ma plate-forme rouillée. Ici, ce n'est plus Nouille Vioque (comme dit le Gravos). On se laisse glisser dans des quiétudes. Mon estom' gargouille vu que je n'ai rien pris depuis le steak de la mère Cecilia, le Mastar ayant clapé la boustif de mon petit déje. Je regarde la rue, voir si une enseigne de restif clignoterait quelque part, mais elle n'est que résidentielle et ne comporte aucun commerce. Dis voir, l'Antonio, tu comptes moisir longtemps encore ? Je ne suis pas cap de répondre à ma propre question. Il y a deux sortes de flics en moi : celui qui gamberge à s'en faire cramer les méninges, et puis celui qui obéit à des instincts mystérieux qui ne lui fournissent aucune explication.

Là, « on » me dit : « Attends ! » Alors, j'attends.

Les choses qui sont derrière les choses... La pêche à l'écrevisse. On se fabriquait des arcs dérisoires pendant que ces crustacés d'eau douce commençaient à s'approcher de la viande mise en appât (là, c'étaient les appâts rances, on peut y aller franco du calembour !). Nos flèches avaient une portée de trois quatre mètres, pas plus. On visait un arbre, le pieu d'une barrière barbelée...

La nature sentait bon l'enfance.

Et Marcus est en train d'avaler son extrait de naissance pendant qu'au pays, le père Liloine émonde des noix ou bien « ramasse » des pissenlits pour se faire une salade aux lardons-croûtons-œufs mollets ! Chez nous, on dit qu'une bonne salade « ça fait un plat ». Merde, ce que mes souvenirs me collent au cœur dans ce putain de New York ! Ils sont plus poisseux que la banquette du taxi de Moshe.

Justement, en voici un de taxi ! Un vrai tombereau jaune, déglingué, rouillé, avec des pare-chocs comme les moustaches de Dali. Quelque chose me chuchote qu'il va stopper devant chez Harry Cower.

Et bon bien vu, San-A ! : il s'arrête à la hauteur de l'immeuble. Une dondon blondasse en descend. La Tour de Nesle ! La Tour Nestlé ! En manteau de drap bleu à col de renard noir. Aux oreilles, deux lustres à pendeloques. La trogne vultueuse. Des yeux bleus écarquillés au fond de teint, une bouche pour prononcer le mot banane. L'air con, ça je m'en aperçois depuis l'autre rive de la rue. Elle douille son cornac et escalade le perron. Cette dame, je suis prêt à te parier le pont de Brooklyn contre une chaude-pisse maghrébine que c'est l'épouse de Cower.

La voilà qui carillonne à la porte du donjon. Comme moi, elle réitère au bout de peu. Onc ne venant délourder, elle farfouille dans son sac en faux croco *made in Hong Kong* et y prend sa clé. Elle aurait pu commencer par là, cette flemmarde. Déranger quelqu'un juste pour s'éviter un geste ! Les gens méprisent les autres, je te jure !

Elle déponne et rentre ses cent soixante-dix livres de connerie additionnée d'eau dans la baraque. Je me dis que je vais lui laisser le temps d'enlever son manteau.

Voilà. A mon tour, *now !* Au lieu du mari, j'interviewerai l'épouse en attendant.

Je sonne.

Et ça recommence : on ne répond pas. Alors là, je la trouve saumâtro-bizarroïde ! Merde, y a des émanations ou quoi dans cette crèche ? Je tourloute de plus rechef, mais fume ! Putain d'elle, le maure aux dents, je biche !

Moi, tu connais ma patience angélique ? Aussi sec je cramponne mon copain sésame dans ma poche revolver. Cet engin a fait sonner l'arceau de contrôle à Orly et le préposé, quand je l'ai eu arraché de ma vague, l'a longuement examiné, avec toute la suspicion souhaitée, avant de me demander à quoi il servait. Je lui ai répondu que je l'utilisais pour revisser les jambes articulées des unijambistes en panne. Il n'a pas aimé et y a fallu que je lui montre ma carte de commissaire pour qu'il m'oublie. Je te cite ça au passage parce que ça me revient à l'esprit, mais c'est pas nécessaire à l'action et tu peux biffer ces dernières lignes sans trembler : il ne t'arrivera rien de fâcheux.

Or, muni de mon gadget, j'interprète « parlez-moi d'amour » à la serrure qui dit « oui » rapidement.

Elle est délicieuse, cette maison. Encore plus provinciale que la rue. Tu te croirais chez un notaire de Pont-à-Mousson. A N.Y., c'est pas fréquent de débarquer dans un petit hall comprenant une patère, un gracile guéridon supportant un vase de Gallé et une vue de Casablanca sous la neige, dans un cadre noir, de Saumur, ajouté-je régulièrement car je suis un romancier avant tout humoristique et je dois un calembour par page à mon éditeur, que sinon c'est le martinet. Cette délicieuse entrée comprend un escalier et un couloir dans le fond, une double porte vitrée dans le milieu et un porte-parapluies creusé dans une patte d'éléphant (beurg !) à droite de la lourde.

Chose stupréfiante, la dame au manteau bleu est là, debout dans l'encadrement de la porte, rigoureusement, que dis-je ! féodalement immobile. A croire qu'elle est en pierre, en bois, en fer ou en n'importe quoi d'autre d'infiniment rigide. Et que ma survenance ne la fait pas bouger d'un poil de son pubis ni de son col de renard. Elle me tourne le dos. Elle ne répond pas lorsque, doucement, je gazouille :

— J'espère ne pas vous importuner, mistress Cower.

Franchement, c'est saisissant. Oui, saisissant, une

telle immobilité chez un humain en vie. La pétrification, la minéralisation dans toute sa rigueur indicible.

— Hello ! monté-je le ton. Mistresse Cower !

Toujours rien. Toujours roide ! Je m'avance, veux la doubler pour aller examiner son visage de près, comprendre enfin à quoi ça correspond, ce bigntz.

Et c'est dans ce mouvement que je pige.

Car je vois.

Au beau milieu de la pièce est une table de marbre rouge. Un homme est allongé en travers de la table, les pieds tournés vers le mur d'en face. Ses épaules affleurent le bout du plateau de marbre, du côté où nous nous tenons, la blondasse et moi. Juste les épaules car on lui a tranché la tête. On voit la coupe (si je puis dire) du cou d'où sourdent encore des gouttelettes de sang. Sur le tapis y en a une mare d'au moins cinq litres !

Le sommet de l'horreur, c'est qu'on a placé la tête sur le ventre du mort, en biais. Une tête de con à cheveux poivre et *salt* aux yeux exorbités et déserts. Aux plus grandes heures du Grand-Guignol, y a jamais eu un tel spectacle de super-gala. Le travail a été rondement mené. Et — tout étant relatif —, proprement exécuté. La section est presque aussi nette que si on avait décollé Harry Cower (car, tu l'as bien compris déjà, gros malin, c'est de lui qu'il est question !) à la guillotine. L'instrument du crime n'est plus sur les lieux, ce devait être de l'outil de haute précision. Chirurgical.

Je me tourne vers la pauvre veuvasse. Pas étonnant que cette vision sauvage l'ait plongée en une espèce de catalepsie verticale. Si je la touchais, je suis certain qu'elle basculerait. Alors je me plante entre la table et elle et, comme le font les hypnotiseurs pour réveiller leurs sujets, je place ma main à dix centimètres de son pif de cantinière et fais claquer mes doigts.

L'effet finit par se faire sentir. Elle a un léger sursaut,

un papillotement de paupières. Un beau sourire retrousse sa bouche de pompeuse.

— *Hello, darling!* qu'elle me fait, d'une voix harassée mais joyeuse pourtant.

En plein sirop, mémère. Le court-jus intégral. Tous ses plombs ont sauté en même temps; c'est le schwartz total sous ses tifs.

J'en profite pour la saisir aux épaules et l'obliger de décrire un cent quatre-vingts degrés. A présent que la voilà tournée vers l'entrée, je lui biche le bras, direction l'escadrin. Nous montons, bras dessus, bras dessous, comme un couple qui vient de s'engouffrer dans un hôtel de passe pour la tringlée de l'après-midi (la meilleure!).

Elle semble avoir banni de son esprit la vision du bas. Lorsque trop c'est trop, le cerveau te propose la nuit de l'oubli. Elle fredonne *Strangers in the Night* en faisant comme ça : « Babibobabi babinaèère ». Ça ajoute au terrific du moment.

De mon côté, je phosphore comme toute la rédaction du *New York Times* un soir de bombe atomique soviétique sur Washington. Dis voir, il s'en passe des choses excessives dans ce pays! *Les Mystères de Nouille York,* j'intitulerai mon *book* quand je l'aurai fini. Quoique, à bien réfléchir, c'est pas suffisamment racoleur. Ça fait trop « Pléiade »; y en a qui clameront comme quoi je m'académise. Peut-être que je l'appellerai « La tour Eiffel dans le train », plutôt. Ça reste sobre, mais ça implique un petit côté dégueulasse qui va avec mon style. Ne jamais faillir à sa légende, sinon tu déçois tout le monde : tes amis comme tes ennemis.

Voilà ce à quoi je pense en aidant mémère à monter son escadrin. Lorsque nous sommes parvenus *at the first floor,* elle va droit à une porte qui est celle de sa chambre. Elle entre, se retourne et me dit de « *cominer, baby* ». Ce que je.

La voici qui ôte son manteau, le jette sur un fauteuil

et fait une grâce d'effeuilleuse, les bras levés comme si elle allait s'étirer la flemme, mais juste elle joue des coudes kif un pingouin faisant croire qu'il sait voler.

Elle s'assied au bord de son grand plumzing recouvert d'un couvre-lit en peau de loup, croise les jambes pour me déballer deux Bayonnes qu'on devine roses à souhait sous les bas fumés (car la chérie porte des bas). Sa robe noire, semée de tulipes jaunes à queues vertes, contient mal ses planturades débordantes. Faudrait une armure dans son cas, ou au moins ces bons vieux corsets de nos arrière-grands-mères à laçage en quinconce. Quand elles allaient à la pointe, ces chéries, leurs amants devaient compter une plombe de mieux pour réharnacher médème. C'est un luxe plus possible de nos jours où on va brosser en laissant sa voiture en double file avec un écriteau bidon sur le tableau de bord marqué « Livraisons ».

Elle tapote le pelage du loup pour m'inviter à la rejoindre. Si le loup vivait encore, elle se montrerait moins familière avec lui ! Je m'approche.

— Tu es très beau, *darling, darling !* elle me dit.

Puis du temps qu'elle a la bouche ouverte, elle agite sa langue de veau par la fenêtre, bien me fasciner de son agilité.

— Ecoutez, mistress Cower, il serait souhaitable que nous parlions sérieusement...

Mais non, elle m'écoute pas. De ses mains boudinées, elle remonte sa jupe trop étroite. Je découvre alors ma folie mignonne : deux jarretelles ensorceleuses agrémentées de petites fleurettes mauves sur fond blanc. J'ai idée que dans le privé, elle doit pas se priver lulure, la veuve ! C'est la grande fantasia à toute heure, pour elle ! La furia cosaque dans la plaine du Don ! La charge des cuirassiers à Reichshoffen ! Plein les galoches ! Telle est sa devise.

Et moi, tandis qu'elle se met à me caresser l'entrejambe comme une maquerelle détimidant un collégien puceau, je pense au gonzier en bas, sur sa belle table de marbre rouge. Avec sa trombine sur l'estomac ! Et tout son raisin sur le tapis chinois.

Non, mais y a de la barbarie aux Amériques, mon vieux ! On te fout la tour Eiffel dans le prosibus ! On te sectionne le cigare ! Ils sont mauvais, dans leur genre, les forbans U.S.

Passant outre l'indignation qu'engendrent de tels actes, je tisse ma toile de déductions. Si on a décapsulé Harry Cower aujourd'hui, c'est parce qu'on savait que j'allais lui rendre visite ou du moins s'en doutait-on. Qui était au courant de notre rendez-vous ? Lui et moi. Et peut-être d'autres personnes à qui il l'aurait dit, comme sa gravosse par exemple. Et qui s'en doutait ? Marcus, Cecilia, probablement Boggy. Le pauvre Marcus, lui, n'a pu en parler qu'aux trois personnes qui l'approchent : Boggy, Duvalier, la femme de chambre. Alors ?

Les choses se cachent derrière les choses, plus que jamais. Mais je trouverai. Tu me fais confiance ? Bon ! Surtout ne regarde pas la fin de cette œuvre, tu perdrais l'effet de surprise ! Ou alors va lire en douce et dis-moi comment ça finit, ça m'arrangerait à ce point du récit ! Mais qu'est-ce qu'elle branle, mammy Cower, pendant que je pense ? Tu sais quoi ? Popaul ! V'là qu'elle te me l'a dégainé du fourreau. Alors là, j'en suis scié ! Tout à mes profondes réflexions, je ne me gaffais de rien. Et puis je remonte et qu'est-ce que je vois ? Mélanie qui me chipolate le nougat ! En plein deuil ! Tu sais qu'il n'y a que dans mes *books* qu'on voit ça ? Tu peux tout reprendre depuis les incunables, si tu me montres une scène identique je te paie un voyage à Venise en compagnie de Michel Debré ! Enfin, écoute, c'est un peu raide, non ? Comment ? Ça l'est beaucoup ! Oui, je vois, c'est ma nature, que veux-tu, je vais pas me refaire juste au moment où je suis au point, non ?

Elle m'a capturé par surprise, la blondinette à

bajoues. Tu sais qu'elles sont un brin salaces, ces Amerloques ! Sitôt que j'en approche une, c'est la grande scène du viol par toute la troupe ! T'as vu, hier, la môme Melody, en pleine nymphomanie ; d'ensuite sa petite moman que j'ai échappé de justesse. Et maintenant, la pauvre mère Cower qui se rappelle plus ce qu'on a bricolé à son vieux et qui me prend pour un Casanova de passage !

Je la laisse se divertir un peu, sachant que plus dure sera la chute. Toujours mon altruisme latent qui se manifeste, même dans les cas désespérés. Quand t'as l'esprit de dévouement, tu existes pour les autres, mon gars. Cette pauvre dame, ce qu'elle vient de vivre, c'est comme si le Pacific Express, au lieu de rentrer en gare, lui était rentré dans le baquet. Sa raison a volé en éclats. Un traumatisme pareil, elle s'en remettra jamais. La tête de ton bonhomme sectionnée et déposée sur son bide, tu peux pas supporter, quand bien même tu lui fais du contrecare à longueur de mariage.

Et voilà ma brave doudoune qui me goinfre, que ça lui fait les joues d'Armstrong interprétant « Sainte Louise Blouse » ! Et puis, experte malgré son bon point, comme dirait le Mammouth, qui s'entreprend le décarpillage de printemps avec sa main disponible. La tirette Eclair dans le dossard. Le trémoussement pour l'éviction de sa robe. Une mue de boa qu'aurait bouffé un hippopotame, j'assiste !

Non, mais tu sais que ça ne met pas de soutien-gorge, ces tombereaux ? Cinquante bougies ! Des loloches pareils à deux sacs de patates ! et ça se promène avec les glandes en liberté ! Faut oser ! C'est du culot ! La témérité — ou l'inconscience — ricaine, quoi ! Et ça tient à peu près d'aplomb, bongu de bois ! Vingt kilos chacun, j'estime.

Oh ! c'est pas la fermeté absolue, hein ! T'as des affaissements, de-ci, de-là, des fluidités sur les pourtours, des choses qui flanchent, d'autres qui déclarent forfait, certaines qui penchent et des velléités de reddition sur les arrières. Mais quoi, merde, à cinquante balais, elle continue de faire le coup de polochon avec, mémère ! Et vaillamment, espère ! L'est encore capable d'assurer les beaux soirs d'un boxon de sous-préfecture, quand la négresse est en vacances et que l'Alsacienne a ses histoires. Faut avoir une pétroleuse de ce tonneau dans ses effectifs quand on se lance dans le pain de fesses. Avec une telle virago, t'es jamais pris au dépourvu. C'est le S.V.P. du prose, la vioque ! Pas d'esbrouffe, de tintamarre, mais du solide. Sa prestation, y a rien à redire. T'embarques, tu traverses, t'arrives à bon port.

La manière qu'elle m'investit, me dévêt, me fornique, me dégoupille ! Bon, je suis pas bégueule. Je me rends. Qu'elle vive un dernier beau moment avant de réapprendre la dure réalité, Maâme Cower. Alors je lui vote les crédits pour une troussée du style bistrotière de campagne. A l'énergie, la bonne volonté. Pas d'éclats ; du nerf ! Une bonne ardeur pour parcours moyen. Sans embûches. Franco ! Hardi !

Elle participe en toute frénésie, Mammie. Feux de la Saint-Jean ! Sunset Boulevard ! Eté indien ! Sa première tournée d'adieu. Ce n'est qu'un au-revoir, mes *brothers !* Tringlette *is good for me !*

N'ensuite de quoi, après quinze ou vingt soupirs évoquant une machine haut le pied, elle trottine menu jusqu'à sa salle de bains. Moi je lui fais un bout de conduite, puis tandis qu'elle pratique sa chevauchée héroïque, je me remets dans mes fringues et m'esbignos.

Tu veux que je fasse quoi d'autre ? Que j'alerte les draupers d'ici ? Ceci cela ? Va-t'en leur expliquer pourquoi j'ai poireauté des temps infinis devant la crèche des Cower. Pourquoi j'y suis entré par mes fractions (Béru dixit) ; pourquoi, enfin, j'ai embourbé la fraîche veuve au lieu de lancer les signaux de détresse. Faut pas tenter le diable, mon drôle. Je suis suffisamment mouillé comme ça ! Ma conduite est inexplicable. Considérée depuis l'extérieur, n'importe qui perd son latin à tenter de la comprendre. Ou plutôt, il n'essaie même pas. Il voit le louche d'emblée.

Un dernier examen de mister Harry Cower coupé en deux dans son salon. Ils se sont mis à plusieurs pour obtenir ce tableau champêtre. Deux qui le maintiennent sur la table de marbre et un troisième qui lui sectionne la tronche. Mon côté enquêteur reprenant le dessus, je ne peux m'empêcher de mater attentivement les lieux. Quand tu tranches une gorge, un flot de sang jaillit. L'exécuteur des basses œuvres a dû se protéger à l'aide d'une blouse, voire d'un drap. Comme je n'avise rien de pareil dans la pièce, je conclus que le meurtrier a emporté tous ses accessoires.

Prenant d'infinies précautions pour ne pas marcher dans le sang répandu, je contourne la table afin de mater le corps de l'autre côté. Harry a perdu une godasse à l'autre bout du salon, près d'un fauteuil. Curieux ! A moins que... Je me penche afin de lui mater la tronche, derrière. Pour cela, je dois la bouger et je te recommande cette sensation rare, l'aminche : remuer une tête humaine décollée en l'empoignant par les tifs. J'aperçois une tuméfiance importante à la base du crâne. Compris ! Cower a été assommé dans un fauteuil. Son agresseur a traîné le corps jusqu'à la table. Cheminement faisant, la victime a perdu l'un de ses mocassins.

Le meurtrier devait avoir un sac, ou un attaché-case. Il a enfilé une blouse protectrice, a sorti un couteau électrique à découper le gigot, l'a branché et a fait son atroce turbin. Et je vais même plus loin : il avait, à toutes fins utiles, apporté un prolongateur de courant pour le cas (qui s'est d'ailleurs présenté) où la prise serait trop éloignée. On aperçoit un sillon qui serpente dans la flaque de sang. M'est avis que l'homme qui a accompli ça est un technicien.

Il y a tueur et tueur. Rien de commun entre vider un chargeur dans la frite d'un mec et la lui découper.

— *Hello, darling darling! Where are you?* crie ma brave matrone depuis le premier.

Je m'abstiens de répondre, gagne la porte sur la pointe des salsifis et sors.

Je suis surpris de trouver une grande enveloppe blanche posée sur la dernière marche du perron. Chose abasourdissante, mon nom s'étale dessus, en caractères d'imprimerie, mais tracé au Stabilo Boss orange.

Je l'empare, évidemment (chacouilles) (1).

A l'intérieur, je trouve une photo polaroïd qui me représente en train de bricoler la serrure de la porte au moyen de mon sésame. C'est pris d'une certaine distance, mais je suis très reconnaissable tout de même et, une fois agrandi, ce cliché, c'est du gâteau!

Une feuille de bloc pliée en quatre. Je la développe fébrilement. Le message est bref, je te le livre in extenso :

Tu as compris? Alors retourne vite en France, connard!

(1) Je raffole de ce calembour. Il me rappelle un prof de maths que j'ai eu et qui, à chaque phrase, usait de l'adverbe évidemment. Toute la classe ajoutait « chacouilles ». Ça faisait manche à couilles, tu comprends? Non, tu comprends pas? Bon, tant pis, ça ne fait rien. San-A.

CHAPITRE QUATRE

Encore plus formidable que le précédent qui pourtant, hein, gagnerait à être lu avec un whisky on the rocks *à portée de main, voire, pour les émotifs, une boîte de « Sympathyl ».*
Se lave à trente degrés, comme les lainages.
A consommer avant le 31-12-1999, car ce produit ne traverse pas les siècles.

Mon premier réflexe, instinctif puisque réflexe, est de sonder la rue.

Déserte. Je cherche d'où a été prise la photo et je repère zézaiement l'endroit : un perron assez conséquent appuyé à un immeuble qui part en sucette. Il en est des fagots à N.Y. T'as les fiers gratte-ciel, et puis des maisons foutriqueuses, en briques sales appauvries de ferrailles rouillées. Rien n'exprime davantage l'abandon, la mort des choses que le fer rouillé. Dans les ruines de pierres ou de briques, un espoir demeure. La ruine de métal est lugubre, morte définitivement.

Je glisse photo et message dans ma fouille pour gagner ce qui fut, j'en suis extrêmement convaincu, la planque du photographe. Quelque chose me dit que mes fesses et gestes continuent d'être observés à la loupe ou, du moins, à la jumelle. A tout instant je me volte-face, mais derrière, c'est aussi innocent que devant. Alors je presse le pas, because la pauvre mammie Cower ne tardera pas à retrouver son vieux julot morcelé et qu'elle aura fatalement une grosse crise à la clé avant lulure.

Te dire ma perspicacité, Dorothée !

Derrière le perron pourri tu sais ce que je trouve ? Le cliché du polaroïd ayant impressionné la photo ! Tout noir et luisant, dans une flaque de soleil, avec sa languette verte.

Le recoin est effectivement propice à la planque. Et même à des isolements très intimes puisqu'on y trouve quelques colombins plus ou moins bien conservés pour leur âge. Quelques boîtes vides de Coke et de Root-beer, des emballages de pop-corn, ainsi que d'aimables préservatifs roses ayant rempli leur triste office ; un vrai dépotoir !

J'en fais, à contrecœur mais scrupuleusement, l'inventaire. Je sais à peu près ce que je cherche. Donc le trouve.

Un mégot ! Frais, car l'embout est encore humide d'avoir été naguère mâchouillé. Mégot de cigare au faible diamètre.

J'arrache une page de mon calepin pour l'envelopper et le dépose dans mon porte-cartes. Et maintenant, Sana joli, emporte-toi vers des quartiers moins sanglants !

— Ecoute, Marc, j'te tutoye biscotte t'es le frelot à mon Sana, c' que je veux t' dire c'est : pète-nous pas une horloge av'c ton Sida à la con ! Faut pas en faire une maladie, mon grand. T'aurais morflé une maladie wagnérienne, telle que la phylisis, le chantre mou, et même l'abbé norragie, bon, j' fermererais ma gueule. Mais l' Sida, mon drôlet ! L'Sida ! C't'un truc mondain, ça. Une maladie d' vedette ! Tiens, v'là le grand qui s' la radine. Y t' confirmera la chose. N'est-ce pas, Tonio, qu' le Sida c'est d' la roupette de pensionné ? A peine just' plus grave qu'une méchante grippe ? Y veut pas m' croire, ton pote ! Y s'estime à l'antarctique d' la mort ! Aye du nerfe, quoi merde ! Ah ! y sont pas frais, frais, les Dauphinois !

Le Gros me ponctue le tout de clins d'œil complices, lesquels bien entendu, n'échappent pas à Liloine. Ce dernier m'accueille d'un léger remuement de sa main sur les draps.

Il balbutie :

— Dis à ton gars qu'il ne se fatigue pas, Antoine.

Puis il abaisse ses paupières trop lourdes. Me semble qu'il a encore changé, depuis hier. Il s'éloigne de lui-même. J'ai presque honte de me sentir costaud et plein de vigueur en sa présence. Il faut que les autres meurent pour qu'on s'aperçoive de sa propre vie ; qu'on la prenne en considération.

— Tu as du nouveau ? demande-t-il au bout d'un instant.

— Je vais pas te faire un rapport au fur et à mesure, Marcus ! Pour une fois que je ne travaille pas pour la grande Boutique, laisse-moi usiner à ma botte.

— Ça presse, tu comprends ? articule encore mon ami.

Le Mastar croit opportun d'en remettre une tirade :

— Fais-nous pas des manières, Marc. Interprète-nous pas la « Dame aux Bégonias », j'te prille ! T'es un peu sur les rotules, vu que cette charognerie d' Sida, ça vous coupe les jambes sous les pieds, j' sais. Mais d' là à nous jouer « La mort d' l'Aiglon », tu pousses un peu d' trop ! L' roi du rhum, mon vieux, y l'avait des charançons dans les soufflets, tandis qu' cézigue tu nous fais juste un chouïa d'anémie. Si tu m'laisserais opérer, j' te donnerais l' remède à la mère Bérurier, ma sainte maman : un verre à eau plein d' gnôle, deux jaunes d'œufs, cinq six sucres, t'avales ce bonheur, tu t'endors, et quand t'est-ce tu t' réveilles, t'es d'attaque comme un contre-torpilleur repeint. Tu veux qu'on va essayer ?

— Plus tard, refuse Marcus, je me sens trop faible.

Nous le laissons à ses projets d'agonie.

Fuir le malheur, est-ce une façon de le conjurer? On va se mettre à jour dans ma chambre. Les fenêtres donnent sur Central Park. Je vois des groupes de mecs en traininge qui font du jogging, coudes au corps, en remuant leur fessier comme des bourrins. C'est plein de rochers, Central Park, qui sortent du sol ou bien l'affleurent. L'herbe y est chétive, presque galeuse, les arbres mal à l'aise, on le sent. Tout au bout, là-bas, à des kilomètres, il y a Harlem, mystérieuse, menaçante.

— Comment s'est passé ton après-midi, Gros?

— Très bien, assure-t-il sans jambage. Betty, la grosse Noiraude m'a flanqué dans le portrait une jaffe mémorab'. Une boîte d' foie gras des Landes d'une live, av'c des toastes et du Sauternes frappé, et puis une dinde aux choux rouges; fromages, tarte à la pomme. Café, pousse-café. Avec une pipe pour finir. Magine-toi qu'é connaissait pas, la gravosse. J'eusse pas v'nu, elle aurait mouru idiote! Ces mâchurés, ça y va au manche, et pointe à la ligne. Eux aut', les délicatesses, connais pas! D'abord, elle a rechigné d'vant l'outil, Betty, comme quoi, un braque de mon envergure, y eusse fallu y faire une césarienne à la bouche qu'elle putasse l'enquiller. J'y ai prouvé l' contraire, la mère. Bon, j' peux pas t' dire qu' ç'a été l' calumet des grands jours, mais enfin y avait d' l'idée. En récompense, j' l'ai terminée, su' sa tab' d' cuisine par une tringlée de magnitude 10 à l'échelle des riches terres. Tiens, ça m' fait penser qu' j' doye lu réparer sa table dont consécutivement, un pied s'est fait la malle sous mes assauts, la manière que j' l'ai fourgonnée, c' te négresse. Moi, l'astrakan, ça m'a toujours inspiré. Je déteste les chaglattes filasse comme t'en trouves chez les Scandunaves. Ça t' donne l'impression d'embourber une algue.

— Je suis ravi de constater que tu as fait progresser

l'enquête, ronchonné-je. Avec toi, ça commence toujours par de la bouffe et ça se termine immanquablement par du cul !

Il me virgule une œillade ensanglantée comme certains jaunes d'œufs.

— C'est ben pour l' plaisir de rauner, bordel ! explose l'Eminent. Y a une chose dont à laquelle tu t' rends pas compte, c'est que Betty, en lu ravageant la case trésor, je m'en ai fait une potesse. Une sœur capab' d' t' pomper le joufflu t'mange dans la main, une fois la régalade tassée. Ç'a été du gâteau d' la faire causer.

— De qui, de quoi ?

— De tout et du reste, répond l'Hermétique.

Je m'installe dans une bergère près d'une fenêtre.

— Accouche et essaie de ne pas faire de littérature, Gros, j'ai déjà bouquiné tous les classiques.

Sa Majesté Connard Ier propose le plus gros cul de la police parisienne à un fauteuil qui n'en demandait pas tant.

— Aujord'hui, je m'ai occupé du personnel, déclare-t-il.

— Je vois.

— La môme Betty peut pas piffer le grand Boggy ; elle dit qu'y lu fait peur. Faut admet' qu'il a une frime gerbante.

— Très. A ce propos, il est sorti, tantôt ?

— Positivement su' tes talons aiguilles, mon mignon !

— Je m'en doutais. Continue.

— Betty raconte comme ça que ton ami Liloine est moins entiché d' ce grand flandrin qu'il ne le dit. Ell' prétend même que lu aussi aurait les chocottes d' ce vilain-pas-beau.

— Intéressant. Quoi d'autre ?

— J'sus été dans la turne à Boggy, au dernier laitage.

— Comment as-tu ouvert ?

— Betty a un doub' de la clé pour aller faire l' ménage.

— Je pense en effet que tu as été bien inspiré en honorant cette dame de tes attentions particulières.

Mon Gradube est ravi de ce tardif hommage rendu à ses royales performances.

— J'te l'dis, Grand, qu' dans not' job, avant toutes choses, faut assurerer ses arrières ; pour baliser un parcours, n'existe rien d' mieux qu'une belle chibrée éblouissante...

— Donc, tu as pratiqué une furtive visite domiciliaire chez Boggy ?

— Textuel.

— Et tu y as déniché des trucs intéressants ?

— Faut pas s' plaindre.

Il sort de sa poche supérieure de veston, où jamais ne figura la moindre pochette, un rectangle de papier hygiénique sur lequel il a griffonné ce qu'on est bien contraint d'appeler « des mots ».

— Dans une valoche maçonnique (1) à double fond, bien enveloppé dans de la feutrine huilée, y a un pétard gros calibre av'c deux boîtes de balles. Ensuite, j'ai trouvé qu' la tête d'son plumard était creuse et qu'é s'ouvrait du bas. Dedans, c'est bourré d' talbins de cent dollars trombonés par paxons d' dix. J'ai pas compté, mais y peut voir v'nir la misère ! En outrance, j'ai déniché en ouvrant le trappon d'vidange de sa baignoire des produits pharmaceutiques et des s'ringues par bottes d' douze. Te dire ce que sont-ce ces produits, impossib' : y a rien d'écrit dessus, juste des chiffres.

Le Déterminant replie consciencieusement son faf à train.

— Rien d'aut', Grand. Mais j' croye qu' c'est suffisant pour démontrer que c'vilain coco n'est pas blanc-bleu : y a comme des bulles dans son pedigree.

(1) Béru entend par là une valise Samsonite, de toute évidence.

S'rait intéressant d'savoir d'où est-ce qu'il sort, l'hareng ! C'serait de Singe-Singe que ça n' m'étonnerait pas !

— Je crois que le plus simple, ce sera de le lui demander, réfléchis-je.

— A ta dispose, Grand.

— On l'entreprendra à la langoureuse, une nuit, dans sa casemate.

— La prochaine ?

— Pourquoi pas. Auparavant j'aimerais savoir où en sont nos deux potes Mathias et Blanc.

Le Dédaigneux fait la moue :

— Où veux-tu qu'ils en sommes ? Perdus dans c' te putain de ville.

Je sonne Betty qui se pointe rapidos malgré sa forte surcharge pondérale, et lui demande si mister Boggy est rentré. Elle me répond qu'à l'instant.

— Voulez-vous le prier de passer me voir ?

Elle opine et sourit large à Béru, lequel vient de glisser sa paluche sous les jupes de la femme de chambre pour une vérification express.

— Tu vois, murmure Béru, c'te femme, si ton pote Liloine lâche la rampe, je croive bien qu' j'l'emmènerai à Paris ; ma Berthe cherche une bonne, justement. Ça lui soulagerait l' ménage. D'puis qu'on a Apollon-Jules, l'boulot manque pas.

Il me la coupe au sécateur, par instants, le Mammouth.

— Mais, Apollon-Jules est chez nous ! C'est ma mère qui l'élève ! objecté-je.

L'Enorme renifle.

— Oublille pas qu'on l' prend un après-midi par s'maine, Sana. Et c't'après-midi-là, il compte dans les anus, croive-moi !

« Ah ! le ch'napan ! Un vrai volcan ! Tu sais qu'y nous a cassé la soupière d' la salle à manger qui nous venait de ma belle-sœur ? Celle qu'était paralysée et qu'est morte d'une strombolie pulmoneuse. »

— Je suis navré, Gros. Je t'en achèterai une autre.

Magnanime, Bérurier a un geste conciliant.

— J'en fais pas une histoire, Sana. On sait c' que c'est qu'un gosse. Simp'ment, ta mère aurait une aut' vieille soupière pour nous remplacer l'aut', j' dirais pas non. Les objets, on s'y habitue comme aux bêtes ou au monde : quand y n' sont plus là, y nous manquent.

Là-dessus, on toque à la lourde et c'est le toucan qui se pointe, avec sa frime en coin de rue sinistrée, son regard franc comme deux huîtres gâtées, son mutisme de tueur à gages pour films « C ». Il a son éternel cigare entre les ratiches.

Je le visionne posément, qu'à la longue, comme je ne moufte pas, il finit par demander :

— Vous avez besoin de quelque chose ?

— Oui, de votre cigare.

Là, je le surprends. Il concentre ses yeux glauques sur ma personne.

— Vous voulez un cigare ?

— Celui que vous êtes en train de fumer fera l'affaire ; si vous y tenez, je pourrai vous le rendre.

Je lui présente un cendrier. Il hésite, puis ôte le cigare de ses lèvres minces pour l'y déposer.

— Merci, fais-je.

Je place le cendrier devant moi, tire mon porte-cartes et déplie le mégot trouvé auprès du vieux perron. Illico, je m'aperçois qu'il s'agit de la même marque.

Je présente à nouveau le cendrier au grand vilain pas frais.

— O.K., Boggy, ce sera tout. Pardon de vous avoir dérangé.

Il reste immobile.

— Ça signifie quoi, ce micmac ?

— Je vous raconterai ça plus tard.

D'un signe sec je le congédie. Il sort en serrant les poings.

Donc, Boggy peut être le guetteur au polaroïd, en tout cas il n'est pas l'assassin de Cower puisqu'il n'a quitté la maison qu'après mon départ.

— Ça voulait dire quoi, l'espérience du cigare? demande à son tour le Mastar.

Mais je n'ai pas envie de parler. Les gags de la tête coupée, de la veuve qui perd la tronche à sa façon et me dégaine Coquette, de la photo et du message déposés devant la porte de Harry Cower, je préfère les tenir secrets pour le moment. Tout ça, c'est de la dynamite. Si ça se trouve, la police new-yorkaise est déjà en train de faire établir mon portrait robot sur le témoignage de mammie Cower et aussi des gens du voisinage, dont certains n'auront pas manqué de m'apercevoir sur le perron de la maison rose. Même quand tu te crois seul, on t'observe.

— Viens avec moi, Gros, enjoins-je au lieu de lui répondre.

— Où cela-t-il?

— Dans le parking de l'immeuble.

— Quoi foutre?

— Respirer l'air du large.

L'ascenseur nous y dépose. Le garage comporte un seul niveau car dans cet immeuble super-luxueux, les locataires sont peu nombreux. Il est brillamment éclairé par une dégueulade de néons qui font chanter les chromes des bagnoles « classe » remisées en ce lieu. Un poste de lavage carrelé de blanc et comportant tous les accessoires nécessaires au nettoyage, ponçage, lustrage des tires équipe l'endroit. Justement, Duvalier, en bras de chemise, un tablier de toile verte noué devant soi, est en train de fourbir la Lincoln-corbillard.

— Tu trouves pas qu'il ressemble à Raymond

Barre ? murmure Béru. En noir et plus sympa, c'est franc le gros Babar.

Le chauffeur de mon pote nous décoche son sourire tahitien des jours en liesse.

— Besoin de moi, m'sieur l'ami ? il me demande.

— De vous, mais pas de la voiture, fais-je. Vous vous rappelez que M. Liloine a été agressé dans ce garage il y a quelques mois ?

— Oui, m'sieur. J'étais absent.

— Hélas pour lui.

— Ce soir-là, il avait pris la BMW, là-bas.

Il me désigne une bagnole dans un box. Duvalier cligne d'un œil et ajoute, égrillard :

— C'est sa voiture de jeune homme, au boss !

— Réservée à ses sorties fines ?

— Voilà, m'sieur l'ami, exactement !

— Vous savez où il a été agressé ?

— Là, près du pilier, selon ce qu'on m'a dit.

— C'est quelqu'un qui l'a trouvé ?

— Non, il s'est désévanoui tout seul et il s'est traîné jusqu'au téléphone que vous apercevez près des ascenseurs pour appeler le gardien de l'immeuble.

— La BMW est fermée à clé ?

— Oui, mais j'ai la clé dans ma poche.

— Passez-la-moi un instant.

Il dépose son éponge, essuie ses mains mouillées à son tablier et tire un trousseau de clés de sa fouille. Il en sélectionne une qu'il me tend.

Quelle idée d'aller visiter cette bagnole ? Cherche pas. Une idée à moi, voilà tout. Ce qui la motive ? Probablement le fait que la BMW soit la tire privée de Marcus, son bahut à galipettes.

Elle est bioutifoule en plein : d'un bleu très clair, intérieur cuir bleu marine. Je m'installe au volant. Ça sent bon la chignole de haut niveau. Plus des parfums subtils : ceux des gerces de luxe qui ont voyagé à son bord.

J'ouvre la boîte à gants.

Outre les carnets d'entretien de la chiotte, j'y trouve un objet particulièrement insolite : un porte-aiguilles ancien qui ressemble à un minuscule livre dont la couverture serait en bois et les pages en soie rose. Quelques aiguilles s'y trouvent encore piquées. La chose est inattendue dans cette voiture puissante. Quelque diable me poussant, je la glisse dans ma fouille.

Ensuite, je fais l'inventaire des poches de portières. Dans celle de gauche, je dégauchis une carte des States, et une autre de l'Etat de Pennsylvanie.

Le pif ! Le groin ! Le nez ! Le flair ! Je déploie cette deuxième carte routière et tout de suite mon attention est sollicitée par un cercle bleu tracé au crayon bille près de la ville d'Harrisburgh, capitale de l'Etat. Ce cercle entoure une localité nommée Overdose City et qui doit être très petite car le nom est écrit en minuscules italiques ; plus fin, y a que le blanc ! Je conserve la carte par-devers moi, comme on disait autrefois. Y a des expressions comme ça, qui n'ont pratiquement plus cours. Elles quittent le langage doucettement, se laissent couler au bas des converses pour ne jamais plus regrimper.

La suite de mes investigations me livre une boîte de préservatifs roses de la marque Ibis, un couteau de chasse et un flacon d'élixir de la Grande Chartreuse dans son emballage de bois. Cette dernière trouvaille m'émeut car ce vulnéraire ne se trouve que dans notre région rhône-alpine. Et ce flacon n'est plus tout jeune puisque, depuis longtemps déjà, un emballage de carton a remplacé celui de bois.

Pendant ma visite de la voiture, le Mastar est resté en converse avec Duvalier. Il lui raconte des histoires belges, mais Duvalier ne sait pas ce que c'est que la Belgique (il ignorait de même que la France existait) et ses rires sont de pure complaisance.

Les choses qui sont derrière les choses !...

Je regarde de loin le chauffeur en bras de limouille, avec son tablier de toile verte. Je repense à Cecilia, à sa fille, à la tête de feu Harry Cower, à Boggy, au père Liloine, jadis, ferrant ses bourrins. Lui avait un tablier de cuir devant soi. Tiens, un peu comme les radiologues avec leur tablier de plomb. Le vieux, c'était pas des radiations qu'il redoutait, mais les soubresauts toujours inattendus de ses clients.

Je rends la clé de la BMW à Duvalier.

— Merci.

Il remarque la carte routière que je tiens à la main.

— Vous la gardez, monsieur l'ami ? demande-t-il dans son français des îles et avec un léger ton de réprobation.

— Juste un renseignement à demander à M. Liloine.

— Si moi je peux vous le donner ?

— Non, non, merci, ça concerne quelque chose qu'il a écrit sur cette carte.

Il hoche la tête. Oui, bon, il voit. Et d'ajouter :

— Quand vous en aurez plus besoin, monsieur l'ami, vous pourrez me la rendre à moi, je la remettrai à sa place.

Un serviteur plein d'ordre et sûrement maniaque avec les voitures qui lui sont confiées.

Mathias est de retour. Il nous attend dans la chambre-P.C. en lisant le *New York Times* qui est épais comme l'annuaire des téléphones (le dimanche, il pèse au moins deux kilos).

— Ça boume, Rouquemoute ? m'informé-je.

Il a un sourire flottant et, du menton, me désigne la cheminée de marbre adornée d'un faux feu au néon, bûches imitation parfaite, fausses flammes de verre, faux chenets en matière plastique. Le genre de gadget qui correspond aux goûts picturaux de mon pauvre ami d'enfance.

Sur le marbre (véritable) de ladite cheminée, il y a une pendule dorée et, posé tout à côté, une sorte de gros œuf transparent contenant la tour Eiffel.

— Le corps du délit ! annonce Mathias.

— Ç's'rait plutôt l' délit du corps, rigole l'Enflure.

Je vais cueillir l'objet. Plus gros qu'un œuf d'oie, plus petit qu'un œuf d'autruche. Avec ça dans l'oigne, t'es mimi tout plein ! Le plus redoutable, c'est le socle de plastique bleu, sur quoi l'œuf trouve son assise. Mal ébarbé, tu parles d'un gratte-cul !

— Où as-tu trouvé ça, l'Incendie ?

— Dans le bureau du chirurgien qui a opéré Liloine.

— Il te l'a donné ?

— Je l'ai volé !

Mince, Sac-de-Son qui chaparde en vieillissant ! On aura tout vu. Un gars comme lui, catholique, apostolique, romain, messe le dimanche, n'ayant jamais raté ses pâques ! Voilà qu'il secoue en loucedé des objets chez les médecins !

Mathias s'explique :

— J'ai obtenu un rendez-vous du professeur Mac Heubass du Consternation Hospital. Pas facile. J'ai fait jouer mon titre de chef de service au Laboratoire de Police Technique de Paris. Il m'a reçu. Je lui ai alors déclaré que son ex-patient, M. Marc Liloine, était apparenté à l'une des sommités de la police parisienne.

Je me soulève de ma chaise et la sommité salue devant, à gauche, à droite, avec sa modestie coutumière.

Mathias poursuit :

— J'ai déclaré que Liloine avait décidé d'entreprendre des recherches, à titre privé, pour découvrir les agresseurs qui l'avaient violé de cette sauvage manière. Ma visite au professeur a donc un caractère absolument officieux. Il m'a écouté gravement. C'est pas un marrant. Un grand diable chauve à lunettes, du genre glacial et silencieux. Lorsque je me suis tu, il m'a dit qu'il ne voyait pas ce qu'il pouvait faire pour moi. Je lui ai alors demandé s'il avait conservé la tour Eiffel. « Quelle idée ! » a-t-il objecté. « Vous auriez pu, monsieur le professeur, c'eût été une espèce de souvenir professionnel. » « Je ne fais pas ce genre de collection. »

« Chose curieuse, je ne l'ai pas cru, car il a eu un réflexe, vite dominé, qui l'a poussé à regarder vers sa bibliothèque.

« Ensuite, continue le Rouillé, j'ai fait allusion au Sida de Liloine. Il m'a déclaré que, compte tenu de la nature de l'agression dont il avait réparé les dégâts, la question se posait de savoir si la victime avait des mœurs spéciales ou non. On a profité de ce qu'elle séjournait plusieurs jours au Consternation Hospital pour pratiquer des tests, lesquels se sont avérés positifs. A compter de cette détection, Liloine a été confié au service compétent, une telle maladie n'étant pas de son ressort. »

— Et l'œuf ? demandé-je en l'agitant pour faire neiger sur le Champ-de-Mars.

— Une infirmière est venue appeler le professeur pour lui parler. Il est sorti dans le couloir. Moi, j'ai sauté sur la bibliothèque. Ce machin s'y trouvait bel et bien, coincé entre des livres. Je l'ai glissé dans ma poche. Attention, mes amis, ce n'est pas du vol, car, somme toute, il est la propriété de Liloine puisqu'il lui fut offert de la manière brutale que vous savez !

Eclat de rire du Dodu qui se met à chanter une rengaine du début de siècle dont le refrain était :

C'est pas l'objet qu'il faut regarder
C'est la façon de le présenter.

Mais ça n'amuse pas le grave Mathias, qui continue :

— Cet œuf-tour Eiffel a été fabriqué à Saint-Claude, dans le Jura, par la Maison Lapipe et Fils, place du Président-Edgar-Faure. J'ai appelé la Maison Lapipe et Fils au téléphone, ce qui m'a amené à réveiller l'un des fils Lapipe car il était plus de minuit en France. Il a été formel : il ne travaille pas, n'a jamais travaillé avec l'Amérique ni aucun autre pays étranger. Leur production de tour Eiffel neigeuse (c'est ainsi qu'il qualifie l'objet) est destinée uniquement à Paris. C'est donc à Paris que celle-ci a été achetée.

Je retourne déposer le « corps du délit » sur la cheminée.

— Pourquoi crois-tu que le professeur a prétendu ne pas avoir conservé cet œuf, alors qu'il était sur un rayon de sa bibliothèque ?

Le Rouquemoute hoche le tournesol qui lui sert de tête.

— Probablement parce qu'il était gêné d'être pris en flagrant délit de basse collection, si je puis dire. C'est un puritain.

— En tout cas bravo pour le boulot, Mathias.

— On va arroser nos prouesses, décide Béru.

Il décroche le téléphone intérieur et appuie sur le bouton marqué « Kitchen ».

— Allô, Betty ? roucoule le gros pigeon, it is Béru, my poule, volume apportadet one boteule of champaigne, plize ? Vouise beaucoup mutch d'ice. Et come vouizaoût ton slip, qu'on pusse causer ! Jockey ?

Il raccroche et nous affirme :

— Si vous voudrez qu' j' vous dise : l'angliche, c'est comme la bicyclette, ça ne s'oublille pas.

Et toujours, ce leitmotiv : « Les choses se cachent derrière les choses ».

— Vous paraissez très très soucieux, commissaire ? note le Rouquin.

Le moment est-il venu de leur parler d'Harry Cower ?

Point encore.

Malgré tout, je sors la photo me représentant sur le

perron du décapité, ainsi que le message qui l'accompagnait.

— Voilà ce que j'ai trouvé devant une certaine maison que je visitais.

Il s'abstient de me demander ce que j'allais branler dans la taule en question car, Mathias, tu peux pas trouver plus discret. Si je ne le lui dis pas, il part du principe qu'il n'a pas à me questionner. Pour l'instant, Béru batifole dans ma salle de bains. La chasse d'eau est à l'unisson de son allégresse.

— Déjà des menaces ! soupire mon collaborateur éminent. Vous permettez que je conserve le billet pour en étudier la graphologie ?

— Bien sûr. Pourquoi dis-tu « déjà des menaces » ?

— Parce que vous venez d'arriver et que vous êtes déjà connu des ennemis de Liloine.

— Ils sont sûrement très près de lui !

— Ça m'en a l'air, commissaire.

Bérurier revient en rajustant son pantalon dont la fermeture Eclair est coincée.

— J'ai bloqué mon ventral, fulmine le Gros. De trop l' surmener, y finit par paumer ses ratiches !

Betty arrive judicieusement avec un seau à champagne et des verres.

— Tu tombes well, my poule ! s'écrie Béru. J'ai mes trousers qui débloquent. Canne you pute une other Eclair fermeture

Il dégringole aussi sec son bénoche et le tend à la brave femme. Elle promet de réparer le désastre dans les meilleurs délais.

Et voilà qu'en gagnant la sortie, ce lourd trophée chargé de graisse, de foutre et d'histoire sur le bras, elle tombe en arrêt devant la cheminée.

— Oh ! fait-elle, en désignant l'œuf. *Vous l'avez retrouvé ?*

CHAPITRE CINQ

Qui, s'il avait comporté deux cents pages aurait pu faire à lui seul un livre très convenable.
Ne pas le mettre au réfrigérateur, mais le conserver dans un endroit frais et à l'abri des mouches. Comporte quelques passages graveleux propices à l'onanisme ou à la méditation.

Le temps qu'on surmonte sa surprise, elle est déjà à la lourde, Betty, à trémousser son plantureux prosibe que le Gros ne songe plus à palper, flatter, caresser, forcer, bisouiller, oindre, voire tout bonnement contempler.

Juste comme la voix me revient, après cette panne de son due aux turbulences cérébrales de mon cigare, Boggy entre précipitamment. Plus pâle que d'ordinaire, plus volubile aussi.

C'est à moi qu'il s'adresse.

— Venez vite, me dit-il, l'infirmière du boss voudrait vous parler d'urgence.

Il ajoute, la voix cassée :

— Ça ne va pas du tout !

Je droppe jusqu'à l'apparte de mon pauvre Marcus. Deux éléments distincts et, pour dire vrai, contraires, m'énucléent.

Le premier, c'est Marcus, visiblement à la toute

dernière extrémité, dolent, abandonné, cireux, sans souffle, juste un reliquat de lucidité sous ses paupières incomplètement fermées.

Le second, c'est son infirmière, que, oh ! la la ! pardon, nonobstant la très grande gravité de l'instant, il est impossible de ne pas la trouver sublime à l'en lécher de partout : recto, verso, de haut en bas et jusque sous la plante des pieds.

Ecoute-moi : d'une blondeur qui confine presque au blanc. Bronzée comme un coco-fesse. Moulée selon les canons anti-grêle de Michel-Ange. Et des yeux jaunes (je te parle pas du blanc, mais de l'iris) avec d'infimes bulles noires dedans. Seigneur, c'est la réussite totale ! La beauté à l'état pur. Bref, le chef-d'œuvre humain. Sa blouse blanche est d'une coupe grande couture. Du Saint-Laurent (sur Var), j'estime.

Elle me concède un hochement de tête plutôt bref.

— Vous êtes de sa famille ? demande-t-elle.

— Son meilleur et plus ancien ami, ce qui est encore mieux que d'être cousin issu de germains, non ?

— Une décision est à prendre d'urgence.

Elle m'a tiré au fond de la grande chambre pour me chuchoter ça, histoire d'être hors de portée des baffles à Marcus.

— Quelle genre de décision ?

— Si on ne lui pratique pas des transfusions d'urgence, il ne passera pas la nuit.

— En ce cas, il faut les lui faire.

— Ici ce n'est pas possible. Je préconise son hospitalisation.

— Eh bien, prenez les dispositions en conséquence, mademoiselle.

— Il y a un hic : il refuse. Ne pourriez-vous essayer de le convaincre ?

Ce regard me chavire. Et son parfum discret ! Et ses fabuleux seins que l'échancrure de la blouse laisse deviner. Et ces lèvres parfaites sur la double rangée de perles, comme l'a écrit un jour, l'une des grandes Marguerite en service dans les lettres françaises, mais je sais plus laquelle c'était, pas la plus moche puisqu'il n'y en a pas de plus belle. L'une, quoi. De toute manière, hein, c'est aussi chiant d'un côté que de l'autre. Tu mélangerais les paragraphes, personne s'en apercevrait. Si tu me crois pas, essaie, je t'attends ici.

Elle m'impressionne et me trouble en profondeur, cette personne. Si capiteuse, si belle, si tout ! Merde ! Tu regrettes, en voyant un être de cette qualité, qu'il ne soit pas placé sous ta tutelle. T'aimerais en avoir l'usufruit, la jouissance !

— Je vais tenter de le fléchir, dis-je.

Et je m'approche du lit où gît mon pauvre copain. Si mal en point ! Si à l'extrême bord de la vie qu'un pas de plus et il plonge !

— Marcus, appelé-je, tu m'entends ?

— Oui, répond-il si bas qu'il faudrait presque un miroir devant ses lèvres pour entendre la buée.

— Ta ravissante infirmière assure qu'il te faudrait une série de transfusions.

— Je sais.

— Paraît que tu refuses de te faire conduire à l'hosto ?

— Je veux crever chez moi.

— Justement, c'est pour te permettre de récupérer que ton admission en milieu hospitalier est indispensable. Allons, Dauphinois, il faut se bagarrer, tu le sais mieux que quiconque : tu fais cela depuis que tu es au monde !

— Plus envie. Râpé !

— Non ! Lutte, bordel ! Lutte ! Je suis sur une piste. Je vais le retrouver le gars qui t'a fait ces sales misères !

— Trop tard !

— Ecoute, Marcus, tu m'as appelé à l'aide et je suis accouru. Alors, tu vas faire ce que je te dis, bougre de nœud volant ! On t'embarque à l'hosto ! On te change le raisin. Tu te colmates et tu reviens. Et moi, pendant ce temps, avec mes zèbres, on dénoue ta petite affaire et on t'apporte le criminel sur un plateau. On te le livre même avec un tisonnier rougi que tu pourras lui enfoncer dans le baigneur ! Fais ça pour ton père, grand. Et pour moi. Tu nous le dois, tu m'entends ?

Un silence. A-t-il sombré dans la choucroute ? Non, car il rouvre ses yeux et ils me semblent lucides.

— Alors, à une condition, balbutie-t-il.

— Je t'écoute.

— Tu va prendre mes dernières volontés, devant témoins, et je les signerai, et les témoins signeront également.

— Banco !

Une effervescence discrète, feutrée. Boggy, à ma demande, va quérir mes potes Mathias et Bérurier. La sublimissime infirmière apporte de quoi écrire.

Quand tout le monde est rassemblé, Marc Liloine saisit ce qui lui reste de forces à deux mains et dicte. La voix est imperceptible, mais la pensée reste claire et le texte sans faille :

— « Je soussigné San-Antonio, officier de police à Paris, reconnais recueillir de mon ami Marc Liloine les dernières volontés ci-après exprimées... »

Dieu que ça lui coûte. Et à moi, donc ! J'écris en retenant mes larmes. Quel dur moment ! Est-ce bien la peine de lui infliger d'ultimes tracasseries en le coltinant à l'hosto, ce pauvre homme qui termine, exténué, sa trajectoire terrestre ? A quoi bon lutter pour tenter de lui ménager quelques heures de vie supplémentaires ? Mais c'est la grande règle du jeu que nous jouons. Durer coûte que coûte. Se traîner jusqu'aux limites extrêmes.

— « Marc Liloine accepte d'être conduit à l'hôpital pour un ultime traitement, à la condition expresse que, s'il y décède, il sera, sitôt sa mort constatée, cousu dans un drap blanc brodé qui se trouve dans la commode de sa chambre. Ce drap fut celui de sa naissance. »

Curieux comme il s'est mis à parler rapidement. Son débit est haché, mais il se dévide comme la bobine d'un magnéto placée à la vitesse supérieure. Qu'à peine j'ai la possibilité de percevoir le sens de ses paroles. Il continue :

— « Marc Liloine souhaite que personne ne le contemple mort, hormis les infirmières qui l'enseveliront, car il veut laisser à ses proches le souvenir d'un homme en vie, et non celui d'un cadavre.

« Son corps, ruiné par la maladie, sera inciné dès que possible, sans le moindre service religieux préalable. »

J'écris à toute vibure, mais comme ces derniers mots me font mal ! Je pense au petit cimetière de son village, à l'écart du bourg, sur la hauteur. L'été, des abeilles viennent y butiner et font du miel avec les fleurs des trépassés.

— « Ses cendres seront répandues dans la baie de New York, devant la Statue de la Liberté. »

Il s'abandonne et je crains une perte de conscience. Pourtant, au bout d'un instant, il ajoute :

— Date et signe, Antoine. Et puis passe-moi le stylo. Et tu ajouteras les noms des personnes présentes et tu les feras signer à leur tour.

Quand l'ambulance se pointe, avec deux malabars de couleur munis d'un brancard sophistiqué, je propose à l'infirmière de les accompagner. C'est Marcus qui me fait signe que non.

— Laisse, tu as mieux à faire. On se reverra plus tard : ici ou là-haut.

Je me penche pour l'embrasser. Je serre les dents à m'en faire péter les maxillaires pour retenir ma chialerie. Bonté divine, qu'est-ce qu'il ne faut pas traverser comme instants déchirants au long de cette putain d'existence ! Ah ! la tartine de merde, je t'en donnerai des nouvelles, Adèle ! Il est jalonné de basses cruautés, ce chemin de peine et de solitude. T'as beau vouloir enjamber, tu mets le pied dedans inexorablement.

Béru qui assiste également à ce départ (que nous devinons sans retour), renifle fort et torche deux grosses belles larmes qui sentent l'oignon.

On reste un instant indécis, les trois. Frappés à l'âme par cette tragédie.

Le Gros murmure :

— C't'un mec grand format, ton pote, Sana. On d'vrait boire un' aut' boutanche à sa santé.

Et il va passer commande à Betty, également en pleurs.

— M. Blanc n'est toujours pas de retour ? demandé-je à Mathias.

— Toujours pas, commissaire.

— En l'attendant, on va interviewer la femme de chambre à propos de l'œuf de Christophe (gros) Colomb.

— Je l'ai fait, annonce Mathias.

— Alors ?

— Elle prétend que cet œuf se trouvait sur le bureau de son patron. Un jour, ayant constaté sa disparition, Liloine s'est mis très en colère car il tenait à cet objet de bazar, pour des raisons sentimentales, je suppose. Il a accusé Betty de l'avoir brisé en faisant le ménage et d'avoir jeté les débris.

Cette révélation me surprend. Pourquoi, en ce cas, Marcus ne m'a-t-il pas dit que l'œuf lui avait été dérobé ? A-t-il craint que je fasse porter les soupçons sur un occupant de l'appartement ? Cette cachotterie ne lui ressemble pas. De toute évidence, s'il s'est tu, c'est parce qu'il redoutait quelque chose ; mais quoi ? Les choses cachées derrière les choses !... Qui sait quoi ? Qui sait tout ? Le docteur prétendait n'avoir point conservé l'œuf-tour Eiffel alors qu'il se trouvait à deux mètres de lui sur un rayon de sa bibliothèque !...

La nuit est tombée. Des voitures font un pointillé lumineux sur les voies carrossables de Central Park. C'est l'heure inquiétante où il convient de ne plus s'y aventurer à pied si l'on tient à son portefeuille, voire à sa vie.

Où en est l'enquête sur le meurtre de Harry Cower, le pauvre boursier décapité ?

Je branche la téloche. Mais y a une telle grouillance de chaînes que, bientôt submergé de dessins animés, de shows fracassants, de pronostics météorologiques, de pub, de pub et encore de pub je finis par tourner le bouton. Faut être dans le bain ricain pour s'y retrouver dans cet écheveau d'images.

Je pense au drap brodé que Liloine a rapporté de notre coin de France. Pensait-il, en le prenant avec soi, qu'un jour il lui servirait de linceul ?

Le bigophone, la nuit.

Je ne dors pas car je lis un bouquin pris dans la bibliothèque de Marcus : *Les Oberlé,* de René Bazin. C'était ça ou *Maria Chapdelaine,* de Louis Hémon. Ses goûts littéraires, à mon pauvre copain, rejoignent ses goûts artistiques. Pour lui, les grands auteurs sont Pierre Loti, Claude Farrère et Anatole France.

Il est minuit comme chez le premier docteur Schweitzer venu. Et le bigophone retentit. Somptueux, délicat, ronronneur.

Je décroche.

La voix de M. Blanc demande si elle pourrait me parler.

— Parle ! lui réponds-je.

En voilà un qui commençait à me faire faire du mouron ! Plus de nouvelles.

— Ah ! chouette, c'est toi ! fait-il. T'es pas couché ?

— Jamais tant que mes effectifs ne sont pas rentrés.

— Toi, pour être chié, t'es chié ! prends un taxi et viens me rejoindre à Harlem, vieux ! Une boîte de jazz qui s'appelle *Old Country* dans la 129e Rue. Surtout fais-toi stopper pile devant la taule si tu ne veux pas te retrouver avec un portemanteau entre les omoplates. Je t'attendrai sur le trottoir.

— J'amène les pieds nickelés ?

— T'es de plus en plus chié, ma parole ! Un goret et un rouquin dans une taule de Noirs, tu te crois à Palavas-les-Flots, merde !

Il a déjà raccroché.

C'est terrible, Harlem. La nuit surtout. Tu te croirais pas en Amérique, ou bien alors tu te dis que l'Amérique c'est aussi ça, et tu la trouves pitoyable malgré sa répute d'opulence.

Jadis, c'était le beau quartier, ou plutôt une localité résidentielle où les riches Nouillorkais venaient passer le véquende. On s'y rendait par le train, ou bien on rivalisait de voitures luxueuses. Et puis, un jour, les Noirs sont arrivés du Sud, attirés par Nouille York. Ils ont cherché à se loger et, tout naturellement, ont tâté du quartier chinetoque. Ce que voyant, les Jaunes ont mis le cap sur Harlem et c'est tout de suite devenu moins résidentiel. Ensuite, des Noirpiots ont investi Harlem à leur tour, pour lors c'en a été terminé de la prospérité de cet endroit de plaisance. Les cours des locations ou des ventes se sont effondrés et le flot noir s'est mis à déferler de plus en plus fort. Les Chinois se sont barrés à leur tour. Les anciens esclaves sauvagement transplantés ont établi là leur première conquête. Harlem a fini par être à eux seuls.

Le quartier riche, au nord-ouest, a eu droit aux célébrités noires, style Duke Ellington. Des lycées réputés s'y sont créés. Les belles demeures conservaient leur cachet. Mais sur les flancs de la colline, et plus bas, le grouillement est devenu phénoménal. La misère a pourri la ville, amenant le vice, son corollaire, puis le crime, sa finalité. Alors Harlem est devenu un enfer noir. Le haut lieu de la came et du meurtre. A tel point que la moitié des Noirs ont eu peur de l'autre moitié et se sont tirés à Brooklyn ou dans le Queens. Aujourd'hui, des rues entières sont mortes. Les propriétaires des immeubles invendables ont fait murer les ouvertures pour les préserver des squatters ; ce qui n'empêche que, de-ci, de-là, des brèches ont été pratiquées et que t'aperçois des lueurs, la nuit, au creux de ces immensités de briques noircies.

La perspective de certaines voies est saisissante dans l'obscurité. Cet alignement de grandes maisons mortes, aux portes et aux fenêtres obstruées, avec leurs échelles d'incendie rouillées zigzaguant contre les façades, te flanque le frisson. Parfois, un point lumineux : la cigarette d'une créature accroupie sous un porche. Les quartiers habités ne valent guère mieux et ne sont pas plus réconfortants. Les flics eux-mêmes en ont peur. C'est le pire des films noirs. Manque d'éclairage avec des zones de lumière crue qui étirent des ombres inquiétantes. T'aperçois des groupes sauvages, plantés au milieu de la chaussée, et qui chahutent méchamment comme des hordes de loups en attendant le passage d'une proie.

Moi, je serre les miches au fond de mon bahut. Quand je l'ai affrété, sur la Fifth, le chauffeur, un Philippin, m'a regardé bizarrement et il a objecté :

— C'est en plein Harlem, ça !

— Je sais. Pourquoi ?

Il a hoché la tête et déclenché son rongeur. Et alors il roule plein tube. A un moment, comme on longe une large avenue obscure et grouillante, il marmonne :

— Je voudrais pas tomber en panne.

Puis, comme je ris, il me jette un coup d'œil dans son rétro et déclare :

— Si par malheur j'écrasais un type, vous savez ce que je ferais ? J'appuierais à fond sur le champignon !

Mais bon, on n'a pas d'autres encombres que cette frousse et il finit par stopper devant l'enseigne au néon bleu de l'*Old Country*. La boîte est coincée entre deux porches. Sur les marches de l'un, un vieux Noir coiffé d'un chapeau melon fredonne une mélopée. Sur l'autre, deux filles aux cheveux défrisés portant des manteaux de fourrure orange et mauve, fument je ne sais quelle saloperie qui empuantit l'air.

Mais ces trois personnages exceptés, la rue est vide.

— Vous pouvez attendre un instant ? demandé-je au Philippin.

Il secoue sa bouille pareille à un plat d'offrande.

— Sûrement pas. Vous me payez et vous débarquez, ou alors je vous remporte dans des contrées plus sympas.

Moi, tu me connais ? Bayard, en comparaison, était un bougre de foireux au froc plein de merde !

J'allonge un bifton vert au mec et il s'en va comme la fusée Ariane les jours où tout se passe bien. Je me dis que M. Blanc va sûrement apparaître. Il aura surestimé le temps de ma venue. Alors je mets mes mains dans mes poches et je fais les quatre pas devant l'*Old Country*. Le son d'un saxo déchire le silence. Le mec qui en joue est un virtuose. Son âme et ses poumons sont à l'unisson. Bientôt, un piano le soutient. Puis un deuxième saxo entre dans la partouze, et encore une chanteuse noire qui me fait vachement songer à la Fitzgerald. Putain, quel instant ! Le vieux au chapeau melon, les deux pétasses en fourrure de couleur. La rue obscure qui se perd dans l'angoisse. En face, il y a un de ces immeubles aveugles que je t'ai causé plus haut. Pas de lune mais des clartés froides sur le sol, au loin. Saisissant ! Malgré l'inquiétude latente, je prends un pied terrible. Quand t'as le tempérament artiste, la réalité passe au second plan, fatal.

Je me laisse bercer pendant dix bonnes minutes. La musique s'interrompt. Une maigre ovation lui succède.

Je me dis : « C'est maintenant que Jérémie va sortir ; il était pris par la magie du jazz. » Mais que tchi ! Mon Noirpiot personnel n'apparaît toujours pas. Bon, à toi de jouer, l'artiste !

Et alors t'entres, et ça fait comme un bar avec deux trois tables et un comptoir. Des couples de Noirs consomment tandis que le barman en veste blanche abondamment souillée prépare des consos. Au-delà du comptoir il y a la salle, de dimensions moyennes, avec une estrade sur le côté gauche. D'une marche, l'estrade. Deux projos l'éclairent. Fixes. Y en a un braqué sur le pianiste, et l'autre qui occupe le centre de la scène. Les musicos, quand ils font un solo, viennent se placer alternativement dans le cercle de lumière jaune.

Dans le fond de la salle se trouve un deuxième comptoir.

Si tu crois que ma survenance fait sensation, tu te goures. Rien de plus impassible que des Noirs quand un blafard déboule dans leur univers. Comme s'ils ne le voyaient pas. Une grosse dame luisante, avec les cheveux crêpés large et qui porte une robe en lamé, dans les tons rose bonbon sucé, surveille les lieux. Pas beaucoup de trèpe dans la taule. Un seul Blanc s'y trouve, en dehors de moi, et c'est l'un des saxophonistes. M'est avis qu'il doit jouir d'un statut spécial à titre de musicien. C'est un petit juif qui ressemble à Woody Allen, souffreteux d'apparence, le dos rond, les tifs pendants. Mais quand il souffle dans sa grosse pipe d'argent, ça devient un typhon. Ses joues se gonflent pis que celles de Béru quand il cherche une rime à un pet.

Je parcours l'assistance du regard. Illico, je constate l'absence de M. Blanc. S'est-il emporté précipitamment ? Ou bien a-t-il eu un os ? Je me laisse tomber sur une banquette, à l'extrémité d'une longue table. Non loin de moi, sur ma droite, une entraîneuse est en train de chambrer un petit bonhomme au costar presque bourgeois. Devant, entre l'estrade et moi, il y a un couple. Lui, bien saboulé, le cheveu blanc, lunettes cerclées d'or ; elle, très élégante, jeune et passionnée. Son vieux doit la tirer de première, j'ai idée : la manière lascive qu'elle coule sa longue main brune sur sa cuisse. Marrant de voir la vie en sombre. Etre Blanc parmi les Noirs, ça te fout d'étranges complexes. Je me raccroche au petit saxophoniste juif comme à une balise.

« Réaction raciste », me dis-je. Et, cependant, je me sens tellement en fraternité avec tous les hommes, n'importe la couleur de leur peau. Tellement à leur unisson, qu'on est tous à nager comme des perdus dans ce fleuve en crue qui s'appelle la vie, bonté divine !

Une barmaid saboulée idem en lamé, mais dans les bleus, vient s'informer de mes désirs. Toujours sans me regarder. Plus exactement, elle fixe mon front.

— Ce sera ?

— Bourbon Coke !

Elle file sans marquer une réaction, s'arrête à une table pour bavasser un instant avec deux couples plutôt jeunastres. Les mecs portent des tee-shirts rouges, les frangines ont des robes noires décolletées plus bas que le coccyx. Ils éclusent de la bière et des manhattans. Au bout d'un instant, la serveuse va au bar et me commande ma mixture. Elle la rapporte à la main, sans plateau, façon hôtesse de l'air. La dépose devant moi et se tire.

Les musicos se mettent à mouliner un truc genre torpeur de fin de nuit, très connu, mais j'arrive pas à me rappeler le blaze du morcif. Ça langoure à t'en faire éjaculer dans tes guenilles tout en chialant sur la détresse de notre condition. Les deux saxos rivalisent de sanglots rentrés. Le petit juif porte des lunettes cerclées de fer. Il fait trotskiste ou un machin de ce genre. Son partenaire, lui, est un Noir de deux mètres, basketteur comme dégaine, avec un complet de soie gris perle et une chemise blanche à col ouvert. Une frime fantastique. Sculpturale, ça tu peux croire. Les gerces de l'auditoire se sentent mal à l'aise en le regardant musiquer ; c'est la fête aux petites culottes, espère ! A la batterie, fait rarissime, y a une femme. Plutôt opulente, cheveux décrêpés tirés en arrière. Mais elle frappe comme un julot, la bougresse ! Tu la verrais se démener, les yeux exorbités, la robe trempée de sueur, tu te dirais que c'est pas le moment d'aller lui grumer le zignougnouf. Le piano est tenu par un gars du genre intello. Etudiant en médecine qui a tout moulé en dernière année pour se consacrer à la musique. Je me lasse pas de contempler ces quatre interprètes en plein délire. C'est grand, le jazz. Ils y reviendront toujours. C'est un langage, tu comprends ? Vivant !

J'avale une gorgée de mon breuvage. Le barman a pas lésiné sur le bourbon. C'est du moitié fifty comme dosage !

Et puis voilà qu'entre, venant du bar, un étrange tandem. Un grand type portant un manteau d'astrakan qui lui tombe jusque sur les ribouis. Couvert d'or. Lunettes en écaille véritable. Nez aquilin, regard bleu. Il fume un cigare gros comme ma bite, à se demander comment il arrive à se le carrer dans la clapante. Il fait chef de gang noir. Toujours cette impression de traverser un film en noir et blanc des années 30. Il est accompagné d'un petit bonhomme boulot, aux cannes arquées, vêtu d'un jean et d'une veste pied-de-poule : son porte-flingue, selon la tradition. Coiffé d'une gapette surmontée d'un bistounet, très ancien lad passé au Milieu. Il trottine au côté de son seigneur en fourrure. Celui-ci s'arrête un instant pour regarder l'orchestre. Il se tient pile devant moi, les mains dans les poches de sa pelisse comme pour l'écarter et me masquer la vue.

Agit-il par bravade ? Probable. Mais comme je n'ai pas les moyens de déclarer la guerre à Harlem, je sirote mon *long drink* en m'efforçant de penser à autre chose. Pas dif ! Des canevas de préoccupations, j'en possède à revendre, mon vieux ! L'absence de M. Blanc, l'agonie de Marcus, la décollation de Harry Cower et la photo prise à mon insu, j'ai de quoi phosphorer. C'est pas encore cette nuit que ma pensarde affichera relâche !

Au bout d'un moment, le morceau cesse et le grand type au manteau d'astrakan continue son chemin jusqu'au bar du fond, toujours suivi de son petit jockey à la débine. Il s'y adosse, les coudes en arrière sur la barre ronde. Dans l'établissement, on sait ce qu'il écluse, car le loufiat se grouille de lui confectionner une mixture en gévacolor.

Bon, alors il fait quoi, l'Antonio, raconte ? Il attend la fermeture de l'établissement ou bien il va guigner un bahut devant la porte de l'*Old Country* pour essayer de se rapatrier sans encombre dans la Cinquième Avenue de Beethoven ?

Les jazzmen font relâche pour un moment. Un disque les remplace au tympan levé. Il y a une connivence entre les musiciens et le public car, une fois descendus de leur petite estrade, ils se dirigent vers des clients. Le pianiste serre la louche du vieux bien sapé qui se fait caresser la jambe par sa jeune rombiasse ; la batteuse se rend à la table des deux couples. Le petit saxo juif, lui, va à une table où l'attend un fond de consommation. J'émets un sifflement canaille entre mes dents. En France, tu fais ça, t'es catalogué voyou d'emblée, mais aux States, où les dames en vison hèlent les taxis en se carrant deux doigts dans la bouche pour obtenir de la stridence, c'est hautement bien éduqué.

Le saxo lève la tête. Je lui souris et lui fais signe que je lui offre un godet. Il liche son fond de saloperie et s'approche de moi. De près, il a l'air d'un rongeur malportant, le côté rat qui aurait bouffé quelques perfides petites graines à l'arsenic.

— Je peux vous humecter la gorge ? lui demandé-je. La vache, vous y allez ! Depuis Sidney Bechet, j'avais rien entendu de mieux.

Il a un petit sourire incertain.

— Mon copain joue mieux que moi, assure-t-il, non par fausse modestie, mais parce qu'il le pense sincèrement.

Il ajoute :

— Français ?

— Oui, ça s'entend, hein ?

— Même quand vous ne parlez pas. Vous êtes gonflé de vous aventurer ici en pleine nuit !

— Ben et vous ? Je vous trouve un peu blanc pour un nègre !

Il hausse les épaules.

— Oh ! moi, je suis connu. Ça fait quinze ans que j'habite le quartier. En évitant certains coins un peu trop critiques, je fais à peu près ce que je veux.

La serveuse s'avance en jetant des lueurs comme une cohorte d'ambulances une nuit de plan Orsec.

— Que prenez-vous ? je demande au saxo.

Mais la fille s'est penchée à son oreille pour lui chuchoter quelque chose et mon vis-à-vis se lève.

— Rien, excusez-moi, je suis déjà invité.

Il me moule délibérément et s'en va rejoindre le grand Noir au manteau « d'estragon » (comme dirait le Gros).

Je l'ai dans l'os.

A présent je suis sûr et certain que rien ne va plus. Jérémie a eu un problo et je ne dispose pas de moyens me permettant de lui porter secours, voire tout bonnement de me renseigner à son propos.

Comment m'arracher de cette turne néfaste ? Je gamberge un chouïa sur la meilleure conduite à tenir, et puis je fais signe à la barmaid.

— Je vous dois ?

— Quatre dollars.

Je lui tends un bifton de cinq en lui disant que c'est O.K.

— Où est le téléphone ?

— Derrière le bar.

Tout ça sans que nos regards se soient croisés une seule seconde.

Je termine mon verre et gagne le fond de la salle. Mon saxophoniste discute avec le grand Noir à la pelisse. L'ancien lad aux cannes Louis XV planque sa trogne derrière un verre de bière d'un litre. Le trio ne m'accorde pas la moindre attention.

Je trouve le bigophone dans un couloir encombré de caisses de spiritueux, d'une saleté plantureuse. Comme les gogues sont à deux mètres, l'endroit sent la merde et le désinfectant trop généreusement aspergé.

Ici, les portes des chiches ne vont pas jusqu'au sol, si bien que t'as l'opportunité de contempler les pieds et les chevilles des usagers. Je me rends compte que la cabine des chiches est occupée par une dame sûrement dodue à en juger aux bourrelets cascadant par-dessus la bride de ses escarpins.

Je file quelques *nickels* dans la panse de l'appareil et compose le numéro de chez Liloine. Ma tocante parle d'une heure du matin. Alors ça frelonne très longtemps avant qu'une main tâtonnante ne décroche. Une voix teintée d'accent français fait un « J'écoute » maussade.

— Mathias ? je demande.

— Oui.

— Navré de te tirer des plumes, j'ai besoin de toi. Tu vas te sabouler, sauter dans un fiacre et te faire conduire dans la 129e Rue, en plein Harlem jusqu'à une boîte appelée *Old Country*. Je t'attendrai devant la porte. Si je n'y étais pas, attends un peu à bord du bahut, mais surtout n'y entre pas. Mon absence se prolongeant, tu irais droit à l'hôtel de police signaler la disparition de Jérémie Blanc et la mienne à partir de cette taule. Tu saisis ?

— J'arrive.

Je repose le combiné doucement ; mais un fracas de chasse d'eau couvre le déclic. Bon, je me sens soulagé par cette communication. Il sera ici dans une trentaine de minutes, le Rouillé. Je profiterai de son taxoche pour m'évacuer du quartier. Reste l'épineux problo de M. Blanc. Il lui est *fatalement* arrivé un turbin. Il m'a téléphoné de cet appareil en m'assurant qu'il allait m'attendre dehors. Donc, s'il m'a fait venir ici c'est parce qu'il avait découvert quelque chose d'intéressant. Qui l'a intercepté ? Quelqu'un de l'*Old Country*, ou quelqu'un du dehors qui lui aura fait sa fête pendant qu'il m'attendait ? Je devrais peut-être questionner le vieux au chapeau melon, qui fume sur le perron, ou bien l'une des deux greluses en fourrure peau de lapin synthétique ? Mais je suis convaincu qu'ils ne me répondraient probablement pas. Un Blanc, dans ce coinceteau, n'est pas considéré comme un humain à part entière.

La porte des goguenuches s'ouvre et la forte dame que je subodorais paraît. Deux quintaux (des modernes valant cent kilos l'un). Elle a cette forme d'obésité qui pullule aux States. Faut dire qu'ils se gavent de saloperies à longueur de journée. Au départ, tu les prends pour des ruminants, ces mecs, car ils mastiquent inlassablement des trucs frits ou sucrés arrosés de ketchup ou de sirop en éclusant des hectolitres de boissons douces et gazéifiées.

Ils ont des culs larges de deux mètres, des jambes qui les obligent à des démarches robotiques tellement qu'elles sont mahousses et s'entrechoquent.

La personne que je te signale ci-dessus a eu la bonne idée de se mettre un chemisier jaune et un pantalon de soie noir dans lequel, si tu le fermes du bas, tu pourrais coltiner un tombereau de betteraves. Son rouge à lèvres sur sa formidable bouche donnerait à penser qu'elle a dans le visage un panneau d'interdiction de stationner.

Et c'est la première Noire qui plonge ses yeux dans les miens depuis que j'ai débarqué céans.

— Hello ! elle me fait.

Moi, toujours facétieux, je lui répondrais bien que l'eau, elle est en train de remplir à nouveau le réservoir de la chasse, mais comme elle ne comprend pas le français, ma calembredaine passerait à côté de son humour. Alors, je lui retourne un « Hello » guilleret.

Elle s'arrête face à moi, si bien que le couloir se trouve complètement obstrué et que même un Biafrais ne pourrait pas passer entre nous deux. Au point que je sens frémir son énorme ventre. Elle a une odeur drôlement obsédante, la dame. Elle renifle, la grosse Noirpiote, le parfum sortant de chez les plus grands parfumeurs de Chinatown. Rance et ambre confondus : un vrai bonheur olfactif.

— Vous voulez vous amuser un peu, *baby ?* me demande cette sympathique personne.

— Ça dépend où et avec quoi, réponds-je, en m'efforçant de refréner mon enthousiasme pour ce projet.

Elle me sourit, puis il se passe un événement : elle entrouvre sa bouche et me tire une langue de six livres qui appelle irrésistiblement la sauce gribiche. Cet organe charnu frétille mollement, kif une carpe concluant son asphyxie par d'ultimes spasmes.

Ça doit être une tradition dans le patelin, pour les gonzesses pétassières, qu'elles soient blanches ou noires, d'aguicher le mâle par un déballage de menteuse plus ou moins appétissante. Cet aprème, la follingue de dame Cower, déjà, m'a chambré en exhibant sa bavarde !

Je regarde tristement ce tas rose et je me dis qu'un mec qui se laisserait caler ça dans la clape, par inadvertance ou bonté d'âme, périrait étouffé.

— J'ai un studio à deux pas et je vous ferai des trucs inouïs, m'assure la dame.

Sa main que j'avais pas vue partir m'arrive sur les aumônières et les palpe.

— Beau paquet ! complimente-t-elle.

J'ai oublié de te dire qu'elle porte aux oreilles des boucles qui sont vraiment des boucles, à savoir des anneaux de la taille de ceux qui servent en gymnastique.

J'exécute une esquive rotative pas trop impolie afin de soustraire ma panoplie de queutard à ses gestes hardis.

— Avec moi, vous seriez drôlement servi, *baby !*

Baby pense, qu'au poids, il aurait certes son taf.

Elle chuchote :

— Je suis noire.

— Vous faites bien de me prévenir, je ne l'avais même pas remarqué dans cette pénombre.

— Vous n'auriez rien à faire, je m'occuperais de tout.

De quelles formalités veut-elle donc parler ?

Devinant ma question, elle y répond :

— Je vous lécherais des pieds à la tête, *baby*, jusqu'à ce que votre engin soit aussi gros et dur que le flambeau de la Liberté. Ensuite je me mettrais à cheval sur vous, *baby*. Ma chatte est plus large que le Queens Midtown Tunnel. Pendant que je vous chevaucherais, vous pourriez profiter de mes seins. Croyez-moi, je vous ferais crier d'extase.

Note bien que si ce plan était réalisé avec un partenaire tel que Bérurier, par exemple, tu pourrais filmer la séance avec deux caméras simultanées et tu serais certain d'aller à Cannes.

Et puis tout à coup, soudain, brusquement (1), il me vient une idée.

(1) Biffer la manutention inutile. *Bérurier.*

— Il est loin, votre studio ?

— Dans l'immeuble. Si vous voulez, on peut même passer par la porte de service de l'*Old Country* pour y aller.

— O.K., mais auparavant j'aimerais boire un pot car je crève de soif. Vous prenez quelque chose avec moi ?

— Pas de refus, *baby*.

Et me revoilà dans la salle, cornaquant mon éléphante noire, sans fierté superflue, je dois dire, mais enfin, brèfle, je préfère m'exhiber avec ce tombereau dans une boîte de Harlem plutôt qu'au *Fouquet's*.

La gravosse planture sur la banquette. Elle déborde de partout. Son cul forme une flaque qui dégouline jusqu'à ma jambe. Son odeur m'incommode terriblement. Je me dis qu'un coup de raide me fera le plus grand bien et je commande un dry martini, tout comme ma sombre conquête. Quand je pense qu'il existe des frémissants de la membrane pour escalader la face nord de cette montagne de viande, je mesure combien l'on est peu de chose ! Capable de toutes les déviations, l'homme. Sa baguette magique l'incite aux pires turpitudes.

Elle est diserte, la mère. Me dit se nommer Loli. Paraît que sa mère était plus grosse qu'elle et que tous les hommes lui grimpaient dessus comme sur la coque renversée du *Poseidon*. Elle est contente que je sois français. Elle a beaucoup entendu parler de la France par son père qui a été G.I. pendant la dernière guerre. La France, c'est bien ce pays qui se trouve en Afrique, entre l'U.R.S.S. et l'Australie, n'est-ce pas ? Presque ? Elle est contente de sa mémoire. Tout ce que son vieux lui a raconté demeure intact dans sa tête.

Je louche sur ma Cartier. Trente minutes se sont écoulagas depuis mon coup de grelot à Mathias. J'ai idée qu'il ne va pas tarder, l'apôtre. Et alors j'ai des picotements plein le recteur, avec des élancements diffus dans la région précolombienne. Ce qui va suivre ne doit pas cafouiller. La moindre foirade peut comporter des conséquences graves. Avant tout, être bien certain que l'Ecarlate se trouve en position.

J'attends encore un brin avant de cigler. Puis je fais signe à la serveuse et la couvre d'or.

— On monte, *darling ?* proposé-je à mon égérie d'un soir.

— D'accord, d'accord...

Je me lève et écarte la table afin de permettre à mon gros cargo de sortir du port. Les musiciens se remettent en formation sur l'estrade. Les deux projos anémiques se rallument. Tiens, le gonzier au manteau d'astracon s'est fait la valoche avec son lad.

Tout naturellement, je me dirige vers la sortie.

— Vous ne préférez pas passer par l'intérieur de l'*Old Country, baby ?* demande Loli.

— C'est comme vous voulez, fais-je nonchalamment en continuant toutefois de marcher vers la rue.

Parvenu à la porte, je balance un coup de sabord à l'extérieur et j'ai l'immense satisfaction d'apercevoir un taxi jaune à trois mètres de là. Je m'efface pour laisser passer ma conquête. Résolument, je mets ma main sur son épaule, bien signifier au Rouque que je l'accompagne et qu'il doit se garder au chaud en attendant la suite.

Il est marle comme un sapajou, le Mathias, sauf qu'il a la queue moins longue. Rien ne bronche dans le taxi. Ma grosse négresse emprunte le perron où le vieux au chapeau melon continue de fumer.

Elle lui grommelle de tirer ses saloperies d'os de merde en shootant dans ses genoux. Le vénérable la traite de pute pourrie et m'annonce qu'elle va me foutre toutes les véroles des cinq continents, ce qui te montre l'esprit de bon voisinage qui règne dans ce vieil immeuble nécrosé.

Je mate une dernière fois en direction du taxi : calme

absolu. On ne distingue même pas s'il y a quelqu'un à l'intérieur.

Nos pires ennemies sont les odeurs. Sitôt que je plonge dans la maison, mon odorat est assiégé par une quantité féroce de remugles. J'en ai un sursaut, des élancements à haut voltage. Ma faiblesse ? Le pif, je te le répète sans cesse. Mais quoi, on a tous nos misères, non ? Chacun sa tiare (comme disait Pie 1416) : Bossuet zozotait, la Pompadour avait une jambe de bois, Borotra était manchot, Lindbergh aveugle, et Beethoven souffrait d'un diabète sucré. L'essentiel est de faire avec. Regarde Alice Sapritch : elle fait avec ! C'est ça le courage, mon grand ! Et la reine Fabiola ? Tu l'as déjà entendue se plaindre, toi, la reine Fabiola ? Mon cul, oui ! Mme Mitterrand, c'est pareil : stoïque ! Je leur tire mon chapeau, ces dames. Note que je préfère leur tirer le chapeau que je ne porte pas plutôt que le pantalon que je porte bien. La princesse Margaret, qu'était si jolie quand elle était belle, tout comme ! Elles endurent, ces pauvres femmes, et puis c'est tout. Elles forcent le respect en silence. Inclinons-nous, et puisque tu as la foi, prie ! Comment ? T'as pas la foi ? Pourtant, l'autre jour tu m'as dit que ta foi te taquinait ? Ah ! tu parlais de ton foie ! J'avais mal entendu.

La musique sévit de nouveau dans la boîte. Les quatre compères interprètent *Let me see,* un truc chiemment *cool* qui fait comme ça : « Bali bali bali bali... Balala balala... »

— C'est haut, chez vous, mon papillon de nuit ? questionné-je.

— Au quatrième.

Je sors mon Parker à bille, le décapuchonne de manière à le rendre opérationnel. Une fois au quatrième, la gravosse sort une clé de son soutien-gorge (dans lequel elle remise également sa trousse à maquillage, sa boîte de Tampax, sa flasque de whisky, et une omelette de six œufs avec vue sur Manhattan.

Pendant qu'elle dégoupille la serrure, j'écris rapido sur le plâtre blanc du mur « Ici ». Laconique, mais suffisant pour que, le casier géant (1), mon camarade le *Reddish* ait la possibilance de retapisser l'endroit où l'on me retiendrait.

— Entrez, *baby*.

— *After you, my Loli darling!*

Nouvelle salve d'odeurs inféconde. Ça fouette la pizza froide, le restant de ragoût aux patates douces, la lessive à faire (depuis six mois), le rhum répandu, la fumée de cigarette, le cul sans surveillance, la brillantine à l'huile d'olive, la vaisselle d'hier, le chat mal dressé, la chatte négligée, la nippe amoncelée, le plâtre humide, la salle d'attente de gare guinéenne, la marijuana, la confiture de pets, l'amour bâclé, et encore quatre ou cinq trucs que je n'ai pas le temps de définir, ou alors je risquerais de me tromper (et donc de te tromper, ce qu'à Dieu ne plaise !).

Loli actionne le commutateur. Vue spontanée — et d'ensemble — sur son studio. Le côté *soft*. Il est très vaste, au moins cent mètres carrés. Un coin cuistance, un coin chambre, le reste pour vivre à sa guise : télé, sofa dépenaillé, hi-fi, bar roulant, bibliothèque pleine d'albums à colorier et de magazines concernant la sexualité depuis le doigt sur le clito jusqu'à la partouze quinze pièces.

Je savais que je devais m'attendre à quelque chose. C'était écrit au burin dans le marbre de ma destinée, comme dit puis ma marchande de poissons. M'y attendant, je n'éprouve donc pas de surprise à le constater. Simplement, après mon coup de périscope

(1) San-Antonio rédige beaucoup trop vite, à preuve : il écrit le casier géant pour le cas échéant !

Pierre Ier de Serbie (2).

(2) Non mais, de quoi y s'mêle, ce Yougo de merde !

San-Antonio

avant dans le local, décrivé-je un cent quatre-vingt-dix degrés, ce qui me permet de trouver ce que j'attendais confusément, à savoir le grand Noir à la pelisse d'astragale et son pote, l'ancien lad, assis de part et d'autre de la porte, avec, chacun, un flingue en pogne. Le grand tient un pistolet et l'autre un revolver. Je te rappelle que le revolver est à Barillet et le pistolet à Grédy (1).

Je les salue d'un doigt négligemment porté à ma chère tempe où bat le sang du juste.

— Salut, les gars, lancé-je, j'espère que je ne vous ai pas trop fait attendre ?

Le lad aux cannes arquées s'approche de moi de son allure de canard boiteux et me palpe avec une dextérité douanière.

Assuré que je ne porte pas d'arme, il adresse un signe d'inintelligence à son boss. Ce dernier renfouille donc sa rapière. Ensuite il tire un étui à cigares de ses profondeurs, un grand machin de cuir à quatre compartiments, pareil à une cartouchière de Cosaque, et en extrait un barreau de chaise du même calibre que celui qu'il fumassait naguère.

— Deux dans la même soirée, vous avez pas peur des palpitations, noté-je. Moi, je me cognerais ces chibres d'âne, il faudrait me transporter en réanimation !

Il fait comme si je ne parlais pas. Allume son mastar selon les règles, après en avoir sectionné le petit bout avec ses dents de fils d'anthropophage.

La grosse Loli, pudique en plein, est ressortie. Note que je préfère avoir une explication verticale avec ces deux vilains plutôt qu'une explication horizontale avec

(1) Jeu de mots seulement compréhensible par les amateurs de théâtre de boulevard français ; mais moi, tu le sais, j'œcuménise à tout berzingue. San-A.

elle. Cette beauté nocturne, une remise en jeu dans le rond central, ça ne doit pas être le repos du guerrier.

Et voilà que je tends l'oreille car il me semble déceler, venant du coin chambre, précairement isolé par un paravent, le bruit d'une respiration.

Je m'y dirige.

— Stop ! crie le lad.

Je continue d'avancer en disant :

— Moment, mec ! Je reviens !

Derrière le paravent, je trouve mon pote Jérémie, garrotté, bâillonné, avec une arcane sourcière fendue et la lèvre inférieure grosse comme une banane. M'est avis qu'il a morflé une vilaine trivaste, M. Blanc, avec un coup-de-poing américain (dame, aux U.S.A.).

Son regard, un rien proéminent, m'enveloppe d'ondes reconnaissantes.

— Eh ben, dis donc, grand, on t'a fait beau ! m'exclamé-je. Tu vois, fils, malgré tous tes sarcasmes, le commerce des Blancs te convient mieux que celui des Noirs. Ici, « Touche pas à mon pote », connaît pas !

Je suis contraint de taire ma gueule, vu que le grand branleur au manteau d'astrakan vient de m'allonger un coup de crosse en pleine pommette et que mon mâle visage s'en trouve instantanément paralysé. Je vais devoir parler avec une paille, pendant quelque temps.

— Décidément fous ne refpectez pas les fœuvres d'art ! lui reproché-je.

Flegmatique, il rengaine une deuxième fois son soufflant.

Une période que d'aucuns — voire d'aucunes, car je suis foncièrement féministe — déclareraient indécise succède.

Les copains de la grosse Loli, si tu veux mon avis, n'ont rien à me dire, rien à me demander. Je suppose que leur converse précédente avec Jérémie les aura éclairés ; simplement, ils voulaient nous neutraliser. Jusqu'où ira cette neutralisation ? *That is the question.*

Le lad s'avance avec des cordes.

— Mains au dos ! aboie-t-il.

Et toujours sans un regard.

Moi, je me dis que pour me ligoter, il va avoir besoin de ses deux pognes et donc se séparer de son revolver. Déjà mon plan s'organise sous le chapiteau de mon génie. Sitôt qu'il commencera de passer sa ficelle autour de mes poignets, je lui filerai un coup de saton arrière dans les roustons et, presque en même temps, je plongerai de la boule sur le grand. Ensuite, ce sera l'affaire de la Providence. Mais j'espère avoir le temps de les chicorner avant qu'ils fassent parler la poudre !

Aussi, juge de ma déconvenance lorsque je vois le lad tendre sa rapière à l'autre avant de m'attacher. L'astrakaneux s'en empare et me braque avec un sourire absent. Ce flingue est colossal. Le modèle au-dessus et c'était un canon de marine ! Il me semble, vu ainsi, en gros plan, qu'il occupe toute la pièce. Alors bon, je me laisse saucissonner. Et voici qu'on se met à toussoter, les quatre, comme des tubars d'autrefois pendant la sieste au sana. Des petites toux mièvres et sèches.

Pour ma part, je dois me payer une quinte en chapelet. Et puis un grand flou me vole mes jambes et me soustrait.

J'affale.

Dans un brouillard gris, je vois se déplacer une lueur boréale. Je m'efforce de capter. Dur dur.

J'entends siffloter. L'air *Paris c'est une blonde.* Mistinguett.

Ma vision se précisant, je distingue Mathias qui s'affaire. Il a une espèce de nez postiche, de couleur brune. A croire qu'il interprète *Nez de Cuir* de mon camarade La Varende.

Je tente de me mettre sur mon séant.

— Ne bougez pas, commissaire, ça vous forcerait à

respirer davantage. Dès que j'aurai achevé d'attaquer ces types, j'ouvrirai les fenêtres et le courant d'air dissipera mon petit gaz.

Sacré Rouquin ! L'homme aux gadgets infernaux ! Le M. Bricolage de la Rousse ! Y a que lui pour parler couramment seize langues et être un génie de la chimie et de la physique. Moi, quand je pense à lui, je me dis qu'il y a des Prix Nobel qui se perdent, franchement.

Il reprend son petit turf, toujours très honnête, toujours comme il faut.

— Tu as fait vite ! lui dis-je.

Il rit clair, comme un qui chercherait des champignons en lisière de forêt, par un frais matin d'automne et qui dénicherait un bolet de six livres.

— Quand je vous ai vu partir du bar au bras de la grosse Noire, sans que vous me jetiez un regard, je me suis dit qu'il y avait du neuf. Et quand la femme est ressortie sans vous, au bout de trois minutes, j'ai su que je ne devais pas tarder pour intervenir. Heureusement que vous avez eu la bonne idée de m'indiquer la bonne porte. J'ai toujours sur moi mon bric-à-brac qui vous amuse tant, dont un faux stylo Montblanc plein de capsules soporifiques. J'en ai lâché une dans la pièce par le trou de la serrure. Ce gaz est à effet instantané.

— Je m'en suis rendu compte.

Il se relève, satisfait.

— Voilà, ils ne vous ennuieront plus.

Et il va ouvrir les deux fenêtres du grand studio. En revenant, il se plante devant M. Blanc, lequel est agenouillé et se tient la tête à deux mains.

— Ils t'ont salement assaisonné, mon pauvre Jérémie ! s'apitoie le Rouquinuche. Bouge pas, j'ai là un petit peu d'onguent.

— Après lui s'il en reste ! fais-je en palpant ma pommette tuméfiée.

— Oh ! il en restera, commissaire, car une noisette suffira pour chacun de vous.

— Ton taxi t'attend toujours ?

— Oui, le chauffeur est un Albanais qui s'est sauvé de chez lui par les montagnes ; il a tous les courages. Je l'ai prié de patienter en lui donnant la moitié d'un billet de cinquante dollars. Il est prêt à m'attendre jusqu'aux aurores pour obtenir l'autre moitié !

Il cause encore plus drôlement que moi, M. Blanc, avec sa lèvre surenflée. Son récit, faut bien tendre l'oreille si tu ne veux rien laisser perdre.

Encore envapé, il a du mal à rassembler ses idées pour en confectionner des bottes de phrases convenables. Je ne le brusque pas. Alors il parle à l'économie, se taisant parfois pour masser sa nuque douloureuse.

— Comme je vous l'ai dit ce matin, les gars...

— Hier matin ! rectifie Mathias, toujours soucieux d'exactitude.

— O.K., hier matin, la tour Eiffel dans le train, ça ne pouvait qu'être une histoire de négros. Or, il y a deux Noirs au service de Liloine, j'ai commencé par là.

— C'est-à-dire ? demandé-je avec une avidité très professionnelle, que je devrais refréner vu les circonstances, mais ma nature impulsive l'emporte !

— Je me suis dit Duvalier, le chauffeur, Betty la femme de chambre, ont-ils des raisons d'en vouloir à ton pote ? A priori j'en voyais une qui leur est commune : ils sont ses employés. Il est rarissime que des larbins fassent brûler des cierges pour le bonheur de leur patron. Le mec qui t'emploie est fatalement ton ennemi puisque, te rétribuant, il t'est supérieur et dispose d'un pouvoir que tu n'as pas. Le problème des suzerains et des vassaux ne date pas d'aujourd'hui.

— Alors ?

— Alors je me suis payé une enquête en catastrophe sur ces deux loustics, enquête comprenant l'exploration de leurs chambres.

— Alors ?

— J'ai été rapidement convaincu que Duvalier et Betty étaient amant et maîtresse depuis leur entrée en service chez Liloine. Certains billets que j'ai dénichés chez la grosse prouvent même que le chauffeur est jalmince comme cent tigres.

Moi, ça se met à poindre intensément dans mon rucher. Certaine confidence arrachée à Marcus me revient dans les circonvolutions de l'encéphale.

— Je crois bien, Antoine, que ton copain qui est un enfoiré de baisouilleur aussi chié que toi, s'est farci la Betty ! Ah ! vous n'êtes pas racistes, mes drôles, quand il s'agit de forniquer. Vous tordez le nez sur la couleur de notre peau, mais quand il s'agit de fourrer vos chibres d'amoindris dans un cul de négresse, y a bousculade dans les chicanes !

— Ce que t'as de commun avec l'escarguinche, c'est la bave ! lui dis-je sévèrement. Téziguemuche, on peut te suivre à la trace ! Si c'est si pénible que ça d'être bougne, fais-toi norvégien et n'emmerde plus le monde !

— Ah oui ! fulmine M. Blanc.

Mathias propose un avis qui ne lui est pas demandé.

— Tu fais du racisme à l'envers, Jérémie, assure-t-il.

Et d'ajouter ces paroles sublimes que je ne lui avais encore jamais entendu proférer :

— Qu'est-ce que je devrais dire ! Toi, tu es noir parce que tu appartiens à la race noire. Moi, je suis rouquin par défaut de pigmentation. Il n'existe pas de race rouquine !

Beau, hein ? M. Blanc qui est d'une intelligence nettement au-dessus du niveau de la mer, finit par sourire malgré ses lèvres bananiesques.

Comme je ne moufte pas, enfermé à double tour dans une bouderie hostile, le Noirpiot revient à composition (française).

— Je disais donc que ton Marcus s'est payé la grosse Betty.

— Comment l'as-tu appris ?

— Par le grand vilain.

— Boggy ?

— Oui. J'ai placé quelques allusions qui l'ont fait sourire, et comme je sais ce que sourire veut dire dans certains cas...

— La suite ?

Voilà qu'il remet le couvert, cet incorrigible.

— Hé ! dis, mollo ! Les esclaves sont syndiqués, de nos jours !

— Ce que ce mec est chiant quand il s'y met ! dis-je à Mathias. J'aurais dû le laisser à la voirie qui l'employait ; balayeur, c'est vraiment son lot, sa vocation profonde. Seul, sur les trottoirs, il ne parlait au moins qu'aux colombins qu'il poussait dans le caniveau !

Pour un peu je foutrais le camp. Seulement il y a nos deux bougres : l'homme à l'astrakan et le lad. Je pense que j'aurai des questions à leur poser à eux aussi ; auparavant, il me faut le rapport du grand branleur.

Mathias se penche sur Jérémie.

— Ecoute, lui dit-il, on ne va pas y passer la nuit. D'autres types sont susceptibles de débarquer et les choses pourraient tourner mal.

Le mari de Ramadé renifle des caillots de sang. Puis il continue, sans regarder personne, les bras posés sur ses genoux, la tête inclinée sur le plancher :

— J'ai alors pensé à une vengeance d'un Duvalier hyperjalmince. Ma conviction a été complètement assise quand j'ai appris que l'œuf que l'on a enfoncé dans le cul de ton pote se trouvait auparavant dans sa bibliothèque, laquelle recèle tant d'œuvres importantes : Henry Bordeaux, Pierre Benoît, Edmond About, Camille Marbot, Delly, et j'en passe d'encore plus magnifiques.

— Qui t'a appris que l'œuf appartenait à Marcus ?

— Betty. Elle m'a lâché le morceau au tournant de

la conversation. Entre parenthèses, comment expliques-tu que ton copain n'ait pas précisé ce point ?

— Je le lui demanderai demain à l'hôpital.

— Ah ! il est à l'hosto ?

— On l'y a conduit sur les instances de son infirmière : il semblait vraiment à la dernière extrémité.

M. Blanc hoche la tête.

— C'est pas dopant de penser qu'on se fait casser la gueule pour un gars à l'agonie.

— On se fait casser la gueule pour connaître la vérité, Jérémie. Cela s'appelle une vocation. Si on ne l'a pas, on va balayer les trottoirs de Saint-Sulpice.

Poum ! J'ai sorti ça sec sec, coup de fouet. Il rengracie.

— T'as raison, mon vieux. T'es chié, mais t'as raison. Bon, alors je vous fais le point. Ayant appris que Duvalier était l'amant de Betty, que Marcus tronchait Betty et que l'œuf qui lui fut carré dans l'oigne se trouvait dans son appartement, je me dis : « Pour sûr que c'est une pauvre vengeance de pauvre nègre, ça, mon vieux. » Raisonnement du jaloux : « La tour Eiffel, c'est la France. Je vais lui foutre la France dans le cul à ce Frenchman qui vient calcer ma copine ! » Bon, seulement il ne peut pas perpétrer la chose lui-même. Ce serait non seulement perdre sa confortable situation, mais se retrouver au mitard pour sévices, viol qualifié et toutim. Alors il fait appel à des gens « compétents ». Toujours grâce à mon enquête, j'apprends que, ses soirées de repos, il les passe à l'*Old Country* en compagnie de deux zigs, dont le signalement est celui de ces deux messieurs, ici présents.

« Moi, balourd, de me pointer dans la boîte pour demander après ces vilains. A force d'interroger les uns et les autres, je finis par tomber sur miss Loli, la grosse Noire qui possède ce studio. Elle me dit qu'elle voit de qui je parle. Si je veux bien l'attendre, elle va m'arranger un rancard. Dès lors, je pense qu'il est temps de faire appel à toi et je te tubophone. A peine ai-je raccroché que la grosse revient en me disant : « C'est bon, suis-moi. » Que pouvais-je faire d'autre ? Je l'ai accompagnée ici et ces deux sagouins m'ont sauté sur le râble et tabassé jusqu'à ce que je tombe dans les frites. »

— Ils t'ont interrogé ?

— Et comment. Pourquoi crois-tu que j'ai la gueule en compote, mon vieux ?

— Tu leur as expliqué ce que tu cherchais ?

— Le moyen de faire autrement ?

— Ils ont dit quoi ?

— Que j'étais un enviandé d'esclave au service des Blancs. Un fils de chien. Et que tout ce que je méritais c'était un plot de béton attaché au cou avant qu'on me balance dans l'East River. M'est avis que vous vous êtes pointés à temps, les deux.

Bon, voilà qui est réglé pour la tour Eiffel. Il avait vu juste, le Noirdu en pronostiquant un acte de nègre, dans le style rituel. Et le Gros voyait juste itou en affirmant qu'il fallait dissocier l'affaire Sida et l'affaire tour Eiffel dans le prose. Ce que je retiens principalement de cet épisode, c'est que l'ancien balayeur d'élite est vraiment devenu un poulardin hors pair, car dénouer ce mystère en quelques plombes à peine que descendu d'avion, dans une ville telle que Nouille, chapeau, c'est du bel art !

Complètement désembrumé, je m'approche de la croisée pour respirer l'air frisquet de la nuit. On perçoit des bribes de la jazzerie, en bas. Ça crée un je-ne-sais-quoi de languissant qui te colle à la peau du cœur. Te flanque des nolstages épidermiques. T'embue l'âme. Un saxo, dans la nuit de Harlem, faut bien tendre l'oreille. Fermer les yeux, et se laisser aller.

Je m'ébroue. Pas le moment. L'heure du spleen, ce sera pour une autre fois plus propice.

Je me penche sur l'homme au manteau d'estragon.

— On va terminer ça à l'amiable, lui dis-je.

Sans me regarder il me conseille d'aller me faire mettre par un cochon malade.

Je lui réponds que je vais y songer sérieusement. Je palpe ses fringues et biche son feu. Comme on ne pouvait pas se la radiner aux States avec des armes, ainsi que le fait ce bon M. Le Pen, voilà qui va nous constituer un petit butin de guerre. M. Blanc agit de même avec l'ancien lad. Moi, en plus, je secoue le portefeuille du pelisseux afin de connaître son identité. Je constate qu'il se nomme Arthur Sullivan, imprésario. C'est lui qui doit maquer les musicos de l'*Old Country,* je suppose. Mais je te parie le soutien-gorge de Nika Zaraï contre le bandage herniaire de la reine Mary que cette raison sociale cache (plus ou moins) des activités inavouables.

Je note ses coordonnées et balance le portefeuille sur le plancher. Si on se penchait sur son cas, Sullivan, on trouverait de la came, du proxénétisme et bien d'autres activités frivoles. Seulement, tu veux que je fasse quoi, Eloi ? Je suis ici en touriste, somme toute, et n'ai aucune qualité pour jouer les justiciers. Zorro est tarifé, c'est bon pour la Gaule immortelle. En Amérique, l'Antonio, il pèse pas plus lourd que deux pets de lapin dans une cuiller à soupe. L'histoire d'une vengeance. Fallait pas qu'il se lance dans les carambolages ancillaires, Liloine !

— On s'en va ! dis-je à mes sbires.

M. Blanc met ses mains aux hanches.

— Quoi, c'est tout ?

Il est vindicatif, Jérémie. Sa frite en compote, il veut des dommages et intérêts moraux. Seulement moraux. Il en a pas pris plein la gueule pour vider les lieux ainsi.

— Ecrase ! lui conseillé-je.

— C'est comme ça que tu venges ton pote ! Tu ne lui avais pas promis de lui amener ses agresseurs ?

— C'est pas eux qui lui ont flanqué le Sida. Le coup

de la tour Eiffel, c'est une simple vengeance, Marcus n'avait pas besoin de tirer sa bonniche puisque le chauffeur la grimpait. Rien de reluisant !

— Oh ! charogne, ce qu'il faut entendre ! Merde, tu vires patemouille, mon vieux ! T'es chié !

Il va à Sullivan, sort son couteau suisse de sa vague et tranche ses liens.

— Debout ! il lui enjoint.

Le gars se dresse, mauvais. Son regard est énorme, tout blanc. Tu dirais celui du diable dans les films d'épouvante.

— Je vais réparer ta sale gueule de pourri, mon vieux, assure Jérémie.

Avec une promptitude de cobra (ou de naja), il saisit à deux pognes les revers du manteau pour faire glisser celui-ci sur les épaules du grand vilain et, ainsi, emprisonner ses brandillons. Et puis c'est le monstre coup de boule dans les ratiches. Et un second dans le nose. Et deux autres sur chacun des lampions du mec. Sonné, le pote à Loli reste pantelant, pissant le sang tous azimuts, la théière dévastée en plein. M. Blanc lâche sa fourrure, recule d'un pas, assure sa droite et le foudroie d'un crocheton monumental. Sullivan, *out,* part en arrière et va fracasser la pauvre armoire en contre-plaqué de la grosse Noire.

Y a des dents partout sur le plancher, comme si t'aurais renversé une boîte de dominos.

Imperturbable, Jérémie passe maintenant au lad, absolument terrifié.

— Hé, pas moi, camarade ! fait l'homme aux guibolles Louis Quinze. J'ai des femmes et des enfants.

Mais Jérémie, c'est un robot à cet instant. Pour communiquer avec un robot, faut le code et un Minitel. Le lad, lui, il possède ni l'un ni l'autre. Pour lui, les festivités sont différentes. M. Blanc le biche d'une main par le haut du paletot, de l'autre par le fond du pantalon et le propulse contre le mur. Le petitou emplâtre une caisse surmontée d'un miroir qui doit servir de coiffeuse à miss Loli quand elle veut se faire belle. Tout se déglingue et morcelle. Il est terrible, M. Blanc, dans ses ressentiments ; plus terrible, moi je trouve, que le petit bruit de l'œuf dur frappé sur un comptoir d'étain. Pas encore satisfait, il saisit une quille du lad, le tire au milieu de la pièce et se met à le faire tournoyer avec cette lenteur appliquée des lanceurs de marteau soviétiques dans les compétitions de gym. La rotation s'accélère progressivement.

— Barrez-vous ! nous lance Jérémie.

On dégage sur le palier. On attend. Crispés. Chfflvaaaak ! Le badaboum ! Je coule un œil. Il a atterri dans le coin cuisine. Un désastre. Celui de Pavie ? Gnognote, comparé ! Tout est à sac. Rien de plus tragique qu'un humble logis dévasté. La pauvreté en ruine, c'est la fin de tout. La pire souvenance du genre, pour moi ? Une inondation en Yougoslavie. Le Danube en pleine déconne. Une humble fermette ruinée par les eaux et deux vieux paysans qui regardaient sombrer leur misérable bien, debout sur un talus. Putain ! Ce qu'on se sent frères dans ces cas-là. Je leur ai refilé un peu de blé : des dollars, je me souviens. Ils savaient même pas ce que c'était que ces papiers verts. Et ça a augmenté ma navrance. Des flashes ! Traînée d'étincelles dans ta vie. Comme celles qui jaillissent des cale-pieds de deux motards se tapant une bourre sur une route de nuit.

A présent, dans le grand studio de miss Loli, c'est le calme d'après tempête. On perçoit plus que des suintements, des shuntements et des soupirs. Des craquements aussi de trucs en complément de brisure.

M. Blanc se tient, haletant, au milieu des décombres. L'est même pas soulagé, ni content, ni rien du tout. Juste fatigué par l'effort.

Fatigué et tout con. C'est juste ça, le sentiment des

vainqueurs : ils se sentent tout cons. A se demander si ça valait seulement la peine. Si c'est tellement positif. Mécontent de découvrir qu'il n'existe aucune finalité. Que ça n'a rien changé à la vie.

On part en silence. Le vieux mec au chapeau melon est toujours vautré sur le perron comme si c'était lui qui avait construit l'immeuble, jadis, et qu'il se repose depuis. Dans la boîte de nuit, les jazzmen jouent *Ambiance.*

Il est chouette, l'Albanais de Mathias, de nous avoir attendus.

CHAPITRE SIX

D'une valeur tout à fait exceptionnelle, au point qu'il a été proclamé « Meilleur Chapitre Six » de la Littérature d'Action. Les glorieuses Editions Bordas lui ont consacré deux volumes et le Larousse n'hésite pas à le qualifier de « Premier des Six ». Mérite d'être lu six fois et constitue, avec la prose de Bernard Clavel et les chansons de Renaud, un stock idéal de textes de dictées (6e-5e).

Réveil duraille.

Les gnons, c'est le lendemain qu'ils sont perfides. Dans le mouvement, l'homme peut subir n'importe quoi et surmonter sa souffrance. Je me rappelle avoir vu, en 79 (tout court) à Pompéi, lors de la projection de cendres et de lapilli de ce con de Vésuve, des gens sans jambes s'enfuir en courant. Tout à leur terreur, ces malheureux ne s'étaient pas aperçus qu'il leur manquait les deux guibolles ! Mais le lendemain, t'imagines leur bouille ? Non, mais tu l'imagines en plein, Firmin ?

Je bâille.

Le jour nouillorkais est lumineux. Dix plombes du mat' ! Je sonne mon déje. La môme Betty ne tarde pas. Comparée à la miss Loli de Harlem, elle fait fluette, la mère. Quand je pense qu'à cause d'elle et parce que mon brave Marcus s'est permis de la pointer un jour de polissonnerie, son chauffeur lui a fait carrer la tour

Eiffel dans le fion ! Vraiment, la jalousie nous emporte, les gars. On perd le sens de la mesure. Et tout ça par orgueil, si tu réfléchis. Parce qu'on se veut seul maître à bord d'une chatte ! Ils se croient proprios des autres, les gonziers. De leur mousmé, de leurs lardons, de leur bonniche, de leurs employés. Se veulent régnants. Souverains absolus ! Tiens, nique !... Ma grand-mère qu'était la sagesse paysanne même me disait qu'on n'était propriétaire que de sa soupe, et encore une fois qu'on l'avait dans le ventre !

— Betty ! Soyez amour : dites à Duvalier de venir me voir.

Elle opine.

Y a des petits pains au miel, assez barbouillants, et puis des croissants qui n'ont pas la même gueule que les nôtres.

— Il s'est fait mal, le monsieur français ? me demande-t-elle en constatant ma physionomie.

Je me soulève dans mon pucier de manière à apercevoir ma tronche dans la glace au-dessus de la cheminée. Et c'est vrai que j'ai des bleus, des jaunes, des écorchures et des tuméfiances en quantité. Quelques instants de chicorne et il te faut des jours pour que ça se répare.

— J'ai dû prendre froid, fais-je, je n'avais pas mis mon tricot de corps.

Elle s'en va, merplexe.

Je vais pour claper, mais ma mâchoire est quasiment bloquée ! Alors là, franchement, j'aurais pas cru à tant de dégâts. Dans le fond, il a bien fait, M. Blanc, d'assaisonner les deux loustics. Franchement, ils méritaient une leçon.

Arrivée de Duvalier, saboulé larbin, avec pantalon noir et gilet rayé jaune et noir. Le sourire pastèque, le regard confiant et miséricordial.

— Il s'est fait mal, monsieur l'ami ? me demande-t-il.

— Je ne me suis pas fait mal, on m'a fait mal. Devine qui, mon ami ? Tu donnes ta grosse langue dégueulasse au chat ? Ton copain Arthur.

Son beau sourire de calendrier des postes, télégraphes, téléphones s'estompe.

— Arthur ? balbutie-t-il.

— Arthur Sullivan, le grand Noirpiot de l'*Old Country*, celui qui a enfoncé la tour Eiffel dans le fondement de ton patron.

Là, il perd ses moyens, le *driver*. C'est pas un coriace, cézigue. La première ruse venue, la plus élémentaire, suffit à le faire se découvrir quand d'aventure il se cache. Tu gueules : « Oh ! quelle est grosse ! » et il sort de sa meule de paille pour voir de quoi tu parles.

Là, il dit :

— Ah ! vous l'avez vu ?

— Je l'ai vu et il m'a tout raconté, Bébé Doc. C'est pas très joli de faire une blague pareille à son patron. Un bon patron comme ça ! T'as pas honte ? Bon, il a tiré une petite crampette avec Betty, mais c'était pour rire. Il ne te la volait pas ! Juste pour l'honorer ; lui prouver sa sympathie. Ça se pratique couramment, en France. Chez nous, t'es content de ta bonne, de ta secrétaire, hop ! tu la chausses ! Tu voudras faire quoi d'autre ? Lui offrir des fleurs ? C'est à sa femme qu'on fait livrer des roses.

— Oui, oui, je comprends, monsieur l'ami, murmure Duvalier navré.

— Alors, avec ta mesquinerie, il va se passer quoi donc, *baby ?* Tu vas te retrouver en prison et perdre ta place. Tout ça parce que Monsieur a fait une gentillesse à ta souris ! Quel gâchis !

Il vire au gris, Duvalier.

— Oh ! non, pas la prison, m'sieur l'ami ! Faites quelque chose !

Je trempe un croissant dans mon café. Goût américain. Beurk ! Y a de la cannelle dans la pâte ! Et puis c'est archisucré. Ils sont pas récupérables, je te jure. Bon, ils sont allés dans la Lune, je veux bien, mais ils n'ont même pas été foutus d'y ouvrir un MacDonald ou une succursale de la General Motors, t'es d'ac ?

— Pour t'éviter la taule, mon vieux Duvalier, je n'entrevois qu'une possibilité, et encore, je me demande...

— Dites ! Dites ! supplie le chauffeur.

— Prends une chaise et viens me regarder déjeuner.

Il empresse. Ses yeux globuleux ressemblent à deux pommes d'Adam en train de regarder Eve se déshabiller, si je puis m'autoriser une comparaison aussi chatoyante et indélébile.

— La seule façon que tu aies de t'en tirer, c'est de tout me dire, mec.

— Je veux bien tout dire, mais je sais rien, pleurniche mon planteur de tour Eiffel.

— Comment ça, tu ne sais rien ? L'agression de Monsieur, c'est toi qui l'as organisée, et tu prétendais tout ignorer !

— Oui, ça, d'accord, mais je m'en repentirai, monsieur l'ami.

— Lorsque Monsieur est rentré de l'hôpital après qu'on l'eut opéré de cette tour Eiffel, mon drôle, il vous a fatalement parlé d'elle à Betty, à Boggy et à toi. Elle se trouvait dans sa bibliothèque avant que tu ne la voles. Tiens, y a aussi ça dans ton cas : vol de tour Eiffel. Ça va chercher gros ! Il a bien dû supposer que quelqu'un de la maison l'avait prise.

Il patouille un peu du regard. Ruse et connerie se débattent dans du jaune hépatique. Mais je ne le lâche pas de la prunelle, espère.

Je tonne brusquement :

— Réponds, misérable ! C'est ta liberté, ton honneur et ta carrière, qui sont en cause !

— Oui, oui, m'sieur l'ami, je réponds, je réponds tout de suite.

Affolé, il clapote :

— Ça, pour répondre, je vais répondre, m'sieur l'ami. Vous allez voir comme je vais bien répondre !

— En ce cas, je t'écoute, maraud !

Pas mécontent de ce dernier qualificatif, l'Antonio. Maraud. Ça vous a un côté vieux françouze. On pressent le mec érudit, mais qui feint de ne pas le montrer. Temps à autre, ça lui échappe ; tu mords l'astuce de l'analphabète ? Je suis un *madré Dauphinois.* C't'un vieux glandeur, à Lyon, qui a écrit ça sur mon compte. Il est marrant à gages, le type en question, c'est son métier. Il fait les banquets. Maintenant, entre Rhône et Saône, le poil à gratter, c'est fini. Pour rigoler, on invite le gonzier en question. Il remplace la vessie pétomane au cul levé. Faut dire qu'il a une tronche pour. Le côté espion bulgare pour bandes dessinées d'avant-guerre, plus vingt-huit astuces verbales qui lui ont permis d'assurer le parcours. Qu'un jour donc, on m'envoie un article de lui (car il fait semblant d'écrire) qu'enveloppait des œufs. Là-dedans il me qualifiait de « madré Dauphinois ». Et tu vas voir comme c'est étrange : loin d'en être mortifié, ça m'a fait chaud à l'âme. Une bouffée de reconnaissance m'a emparé. Madré ! Oh ! comme c'était bien trouvé pour un obscur ! Madré ! Sur le dico ils donnent : « inventif, retors » ! Tout moi, quoi ! J'aurais préféré que ça ne vienne pas d'une vieille baderne, mais quoi, un cadeau, c'est un cadeau, faut pas vétiller ni chercher la petite bête. J'aurais dû remercier plus tôt cette tête d'haineux mal salivée, seulement tu sais ce que c'est ? Le temps passe. Un con vous en cache un autre et on vieillit dans l'ingratitude.

Alors donc, moi, madré Dauphinois, je frétille d'avoir employé, en peine perdue, ce mot « maraud » qui jamais encore n'avait perlé au bout de ma plume.

Faut peu pour démolir le mental d'un zèbre, moins encore pour le gaillardir.

Le maraud se met à claquer des dents.

Mais on ne parle pas avec les dents. Alors, de son mieux, il me narre l'historiette suivante. Peu de temps avant l'agression anale (et qui restera dans les annales) dont il fut victime, Marcus offrit l'œuf-tour Eiffel à une charmante visiteuse qui avait des bontés pour lui. La dame, une Ricaine mordorée, s'était extasiée devant l'œuvre d'art et, bien que ce fût probablement un souvenir pour lui, Liloine le lui donna spontanément, en homme généreux qu'il est. En bout de soirée, Duvalier fut chargé de raccompagner la personne à son hôtel (elle habitait le *Méridien*). Celle-ci, linotte comme mes deux, et sans doute vannée par les assauts de mon pote, oublia l'œuf dans la Lincoln. Ce que découvrant, le chauffeur décida de se l'approprier. Quand, le lendemain, la dame téléphona au chauffeur pour signaler son oubli, Duvalier prétendit n'avoir rien trouvé et émit l'hypothèse que l'objet avait dû chuter de sa tire quand la personne en était descendue. Elle se rangea à son avis et le pria de n'en pas parler à Marc Liloine afin de ne point le désobliger. Duvalier ne demandant que ça, l'incident fut clos.

Well, well! comme dirait un Britannique à ma place, je pige pourquoi mon ami ne m'a pas précisé que l'œuf-tour Eiffel provenait de l'appartement : il n'a pas voulu compromettre la personne à qui il l'avait donné.

— Elle s'appelait comment cette dame ?

— Je ne sais pas, m'sieur l'ami.

— Décris-la-moi !

— Plus grande que moi, bronzée, avec de beaux yeux, m'sieur l'ami.

Le signalement est vague, mais peu importe puisque Duvalier avoue avoir gardé l'œuf. Cela dit, il est probable que les soupçons de Marcus ont dû se porter sur la femme en question. Comment expliquer qu'il ne m'ait rien dit d'elle ?

Je congédie Duvalier et vais confier mon corps d'Apollon à l'eau parfumée d'un bain à trente degrés. Il est temps que j'aille à l'hosto rendre visite à mon ami.

J'ai une habitude, commune je pense à la majorité des hommes : chaque soir, je vide mes poches et dépose leur contenu sur un plateau, voire une table. Ainsi, le lendemain, en changeant de costume, je me réharnache selon mon rituel : portefeuille, chéquier, clés, stylo, sésame, pétard, argent, trombones ramassés sur les trottoirs (car c'est ainsi qu'on démarre sa fortune), etc.

Fourbi, lotionné, rasé, rutilant, opérationnel de ma cave au grenier, je commence de me sabouler. Chemise bleue, costar bleu infroissable, cravate à rayures jaunes et bleues. Un Brummell !

Et je garnis mes vagues. Larfouillet à gauche, ainsi que mon stylo. Chéquier à droite. Pétard (du sieur Sullivan) dans la ceinture, à l'arrière du costar. Fric dans la poche de veste droite. Sésame, monnaie, canif dans la poche pantalon. Les trombones, je ne les réempoche jamais : ils sont destinés à la maison.

Mais que reste-t-il sur le marbre de la console ? Un curieux objet : le porte-aiguilles déniché hier dans la boîte à gants de la BMW.

Il est ancien, verni. Avec un frêle bouquet champêtre peint sur l'un des volets de bois. Quelques pages de soie effrangée, couleur bois de rose passé, avec, soigneusement piquées dans ces menus feuillets d'étoffe, quelques aiguilles d'assez importante dimension dont plusieurs ont le chas doré.

Je tourne et retourne l'objet entre mes doigts. (Naturellement ; entre quoi voudrais-tu que je les retourne ? On est vachement vassaux des expressions toutes faites.) Cet objet vient-il de France ? Cela appartenait-il à la mère Liloine et l'a-t-il conservé comme porte-bonheur ? Pas exclu. Pourtant, la maman de Marcus était une rude gaillarde sans cesse poivrée au jaja de nos vignes. La délicatesse de ce porte-aiguilles est bien loin de sa rugosité naturelle.

Après une hésitance, je le glisse dans ma poche de veste gauche. Je demanderai à Marc de quoi il retourne en passant le visiter à l'hôpital.

Je prends des nouvelles de mes sbires. J'assiste à une scène touchante : Béru au chevet de M. Blanc, posant des compresses sur ses plaies. La frite de Jérémie, ce morninge, tu parles d'un poème épique ! La *Chanson de Roland !* Et il n'a pas le rond, ce veau ! comme disait mon oncle Mathieu, chaque fois qu'on prononçait le prénom de son fils, lequel s'appelait Roland.

— Dis, il est fadé, le bougne ! grogne Béru. Bordel de merde, pourquoi t'est-ce tu m'appelles pas quand c'est qu'y a d' la chicorne à la clé ! J'eusse z'été là, il aurait gardé sa fraîcheur d'ouistiti alors qu'y ressemb' maint'nant à la bosaille d'un lapin vidé, ce con !

— Où es Mathias ?

— Sorti.

— Il n'a rien dit ?

— Au téléphone, si. L'a jacté pendant une demi-plombe, le Rouquemoute. J'ignorasse à qui était-ce, y n' m'a rien dit. Et comm' y causait américain, moi que je parle juste l'anglais, j'ai pas pigé.

— Bon, continue de soigner M. Blanc et d'ouvrir l'œil. Je me tire.

Dans le hall, Boggy lit le *Nouille York Times,* assis dans un plantureux fauteuil. Il abaisse son baveux en m'apercevant :

— Besoin de moi, mister Antonio ? demande-t-il sans affabilité aucune.

Je me dis que si j'avais besoin de lui, ce serait pour lui flanquer mon poing des dimanches dans le portrait. Impossible de le souder, ce cancrelat ! Je me demande même si sa propre mère peut éprouver quelque tendresse à son endroit ! Est-ce qu'il baise, ce vilain ? J'en doute. Ou alors des chèvres ! Quelle femelle céderait à sa rapière ? Franchement, j'arrive pas à déterminer comment mon pauvre Liloine a pu s'annexer les services d'un pareil forban.

Plus je le regarde, plus je le suppose vérolé et fumelard, cézigue !

— Pas ce matin, merci ! lui réponds-je.

Je préfère les taxis aux services de ce type qui m'espionne. Car je sens qu'il note tous mes faits et gestes.

Le Consternation Hospital, c'est du côté de la *City*. Un curieux immeuble d'angle qui ressemble à un paquebot débouchant dans un carrefour surpeuplé. Même le nom de « Consternation Hospital », écrit en lettres dorées sur chaque angle, renforce la notion de bateau.

Je me présente aux « Renseignements » et demande à une Portoricaine dont les lèvres ressemblent à un pneu de camion peint en rouge la chambre de M. Marc Liloine. (Je prononce le blaze de mon ami à l'américaine.)

Un coup d'œil exercé a permis à la gonzesse de s'assurer que j'avais une belle queue, ce qui l'incite à la complaisance. Elle se met à pianoter un écran de vidéo, car maintenant tout est informatisé dans les hostos. Au bout de chiche, des lignes s'inscrivent sur son écran. Elle les parcourt d'un regard blasé et m'annonce :

— M. Liloine et en réanimation et il est impossible de le voir.

Cette phrase, c'est pis qu'un seau de baille glacée qu'on m'aurait balancé. En réanimation ! Dis, c'est donc qu'il est à la dernière extrémité, mon vieux frelot ! Putain, cette nostalge ! En bouquet final de feu d'artifice, je revois tout : son père, notre village, le ruisseau aux écrevisses, nos balades à vélo, la fille Marchandise qu'on déculottait dans le tronc évidé d'un vieux saule, l'épicerie Longegrin où nous achetions de « la poudre à lécher ».

« M. Liloine est en réanimation ! »

Si loin de chez nous, dans cet hosto ricain où rien ne ressemble à notre vie française. Je mords mes joues. M'efforce de penser à autre chose, coûte que coûte. Il doit être mignonnet, le prose de la petite Portoricaine ? Elle s'appelle Gelita Gomez. Gelita, ça fait un peu produit pharmaceutique, non ? Contre les règles douloureuses, prendre chaque matin, au réveil, quatre gouttes de Gelita dans un verre d'eau ! Mais rien n'y fait : j'y vais de ma peine. Ça coule chaud sur mes joues. Impossible d'endiguer. La Gelita (en vente dans toutes les pharmacies), me frime en biais, gênée. On vit une société où les hommes n'ont pas le droit de chialer sous peine de faire gonzesse, vieille fiote émotive.

— C'est un parent à vous ? elle demande.

Toujours la même antienne. Parent, t'as droit à une larmouille. Vite fait, dans la foulée.

— Mon frère !

— Oh ! je suis navrée, mister Liloine. Mais vous savez, la réanimation, beaucoup de gens qui marchent dans la rue en ce moment y sont passés.

J'acquiesce.

Seulement, les autres n'avaient pas le Sida, bordel !

— Vous êtes un amour, chuchoté-je. J'adore votre corps bronzé et j'imagine votre adorable chatte dans les roses praline, sous une toison noire. Féerique. *Ciao !*

Je la laisse à sa médusance (et Pelléas) et retourne dans la grisaille du quotidien. Entre les gratte-chose, le soleil risque une percée, mais des nuages blagueurs lui font du contrecarre à qui mieux mieux. N'empêche que je le joue gagnant, le mahomed, c'est lui qui finira par avoir le dernier mot !

Bon, tout ce que je peux faire pour Marcus, c'est de lui dénouer l'histoire. Probable qu'il saura jamais comment ça finit, non plus que le pourquoi du comment de ses misères, mais si je ne puis le faire profiter de ma victoire, j'œuvrerai pour sa mémoire. Cohen a écrit que les morts *n'étaient pas absents, mais invisibles.*

Tu dois faire sans les voir. A tâtons !

Un gros bahut stoppe devant l'entrée de l'hôpital. Une jeune femme aide une vieille à en descendre, ce qui n'est pas fastoche car la vioque est à demi paralysée et arque avec des cannes anglaises.

Je me penche sur le *driver,* lequel reste accoudé à sa portière, attendant qu'on ait déchargé mémère sans apporter son concours.

— Vous pourriez me conduire à Harrisburgh, en Pennsylvanie ?

L'intéressé est un gros Noir au visage grêlé, avec de la barbe, du chewing-gum plein la gueule, les yeux injectés de sang et un bonnet de laine sur la tronche, enfoncé jusqu'aux sourcils.

Il me regarde, une bulle rose sort de sa bouche, gonfle, gonfle, éclate. Il la récupère avec la langue.

— Si vous payez le retour ! répond-il enfin.

— Evidemment.

— Ça risque de coûter un max, mec.

— La vie n'est faite que de risques acceptés, rétorqué-je.

— Vous m'avez l'air étranger, alors vous ne le savez peut-être pas, mais il y a 170 *miles,* de N.Y. à Harrisburgh. Moi, y m'faut plus de trois heures. Avec le train ou les Greyhound, vous économiseriez du papier.

— J'ai des instincts dispendieux. De plus, j'aime avoir ma liberté de manœuvre.

— Je vais pas tenir tout ce temps sans bouffer, moi, mon gars.

— Le sandwich est l'opium du peuple, je dis.

Une bande de mange-merde comme ces Amerloques, faut pas qu'ils viennent me péter une pendule question bouffe, ou alors, je l'envoie repeindre son sapin en bleu pervenche, Lenny Stone (c'est écrit sur sa plaque avec sa photo d'*outlaw*, comme toujours, pour illustrer le propos).

Il a dû percer mon agacement car il finit par soupirer.

— O.K. ! O.K. ! pour la croisière, mec.

Je m'installe et il déhotte. Alors je tire de ma poche intérieure un morceau de la carte de Pennsylvanie que j'ai détachée pour ne pas m'encombrer et le lui tends.

— En réalité, Lenny, je ne vais pas jusqu'à Harrisburgh, mais dans ce bled cerclé de bleu qui se nomme Overdose City, c'est au moins vingt *miles* avant.

— Trente-deux, rectifie mon chauffeur ; je connais, j'y suis né.

Et il éclate de rire.

Sa joie étanchée, il me lance :

— C'est ça qui m'a décidé à prendre cette putain de course, mec ; sinon je vous envoyais chier comme un marchand de bibles !

Et il se paie une nouvelle bulle qui laisserait Sa Sainteté rêveuse.

C'est tout moi, ça. Affréter un bahut et foncer à plus de deux cents bornes de Nouille, uniquement parce que quelqu'un (Marcus je présume) a tracé un cercle bleu autour du blaze d'une localité pennsylvanienne.

Mais j'en ai fait d'autres, pas vrai ? Des plus farfadingues. Et pour peu que je m'attarde en ce bas monde, j'en ferai encore, et des époustouflantes.

Pendant la route, je deviens pote avec Lenny. Il a le côté canaillou mal embouché, prêt à t'envoyer au bain sans serviette, mais en fait c'est un bon gros chez qui l'estomac occupe une place prépondérante. Peu à peu, celui-ci supplée son cerveau et, *probably* également son sexe. La graisse l'empare à la sournoise sur le siège avachi de sa tire. A force de bouffer des saloperies à longueur de journée, sans remuer son énorme cul, elle s'installe en lui. Et il s'en fout. Qui sait même s'il n'est pas content de cette marée montante, le gars Lenny? Va pas croire que les obèses déplorent! Moi j'en sais qui sont ravis de leur arrondissement. Les kilos emmagasinés, dont ils lisent la progression sur leur balance, constituent pour eux une espèce de bien inaliénable. Ils le font fructifier en bouffant toujours plus.

Je l'interroge sur Overdose City. Savoir à quoi ressemble ce bled, ce qu'on y fabrique, quelles sont les particularités de la région, tout ça.

Ce qu'il m'apprend est intéressant. Overdose City, c'est juste un petit bled bâti dans une île, sur la Susquehanna River, non loin du centre nucléaire qui a tant fait parler de lui en mars 1979, à cause de ses « fuites ». Depuis, il s'est pratiquement vidé de ses habitants, lesquels ont fui le danger à qui mieux mieux. C'est à cette époque qu'il s'est tiré, Lenny, ainsi que ses frangins. Ne reste dans leur vieux bungalow déglingué que sa mère et une tante infirme. Il compte aller les embrasser, ce qui part d'un bon naturel. Le drame d'Overdose City, c'est qu'il se meurt avec sa population de vieillards. Là-bas, on trouve des maisons à acheter pour des bouchées de *bread!* Les Blancs qui y sont demeurés peuvent se compter sur les vingt doigts des mains et des pieds. Même le pasteur est noir. Juste quelques fonctionnaires punis continuent de représenter la race *white.*

Il prophétise, mon chauffeur, que le couvercle de la marmite infernale finira par sauter et que ce sera calamitas dans ce coin de Pennsylvanie. On leur a construit des abris antiatomiques, mais au prochain pet foireux de la centrale maudite, les autochtones fonceront se planquer dans les grottes d'Indian Echo Caverns. Il prévoit ça, Lenny. Et il prévoit, bien qu'il ne soit pas pessimiste, qu'un jour, toutes les centrales atomiques de la planète déconneront. Tu sais pourquoi, mec ? Facile ! Parce que tout s'use, gros malin ! T'as déjà vu des choses bâties par l'homme durer éternellement ? Zob ! Les pyramides elles-mêmes s'effritent. Un temps viendra où elles ne seront plus qu'un tas de cailloux, et Venise fera naufrage dans sa lagune, et notre tour Eiffel ressemblera à une décharge publique.

Ce dernier exemple me ramène à Marcus.

Qui trop embrasse mal étreint ! Qu'est-ce qu'il est venu foutre aux States, le Dauphinois (madré) ? Fortune ? Et alors ? Et après ? Bien avancé dans sa salle de réanimation dont il ne réglera probablement pas la facture lui-même !

Comme on se tait, un peu épuisés par la bavasse, Lenny branche la radio et se met à attaquer un paquet de pop-corn gros comme l'édredon de ma grand-mère.

Moi, je m'endors, bercé par le roulis moelleux de la grosse tire ricaine.

L'arrêt du cul... Qu'est-ce que je raconte ! L'arrêt du véhicule me remet en selle pour les cruelles réalités. Je constate que nous sommes à une station d'essence. Mon gros lard commande le plein. Puis il se tourne vers moi :

— Dites voir, mec, faudrait commencer à me les lâcher pour l'essence et mes sandwiches, je suis pas banquier, moi.

Je lui défouille un bif de cent dollars.

— Ça suffit ?

— Pour le moment, mouais. Vous voulez quelque chose ?

Je descends, préférant me faire confiance plutôt qu'à lui, concernant le choix de mon alimentation.

— On est encore loin de votre cimetière natal, gros ?

— Une cinquantaine de *miles*. Vous avez piqué une roupille maison, mec !

— C'est la meilleure manière d'utiliser les temps morts.

On entre dans une salle sinistros, avec du Formica couleur caca-de-bébé, et un grand comptoir à compartiments frigorifiques recelant des denrées à prétentions comestibles. Mon conducteur fonce vers ces garde-manger modernes et se met à puiser un himalaya de jaffouse en technicolor, trop colorée pour être honnête. Il se compose en moins de rien un tableau hyperréaliste, où les sandouiches rouge-groseille alternent avec d'autres vert-pomme, jaune (d'œuf) voire bleu des mers du Sud. Il s'en achète une douzaine, plus un pack de boîtes de Coke. Je me dis qu'avec les calories qui grouillent dans son emplette, tu pourrais assurer la survie d'un camp palestinien pendant huit jours. La société de surconsommation me file le tournis. Moi, quand je fréquente les restaus de luxe et que je vois repartir des assiettes encore pleines, l'envie me chope de me mettre à genoux au milieu de la salle et de demander pardon à Dieu de notre part à tous, salauds qui bouffons sans avoir seulement faim ! Je pourrais jamais être serveur de restaurant car je leur flanquerais sur la gueule leurs frichtis inconsommés.

Je choisis un banal sandouiche-rosbif, avec plein de rondelles de cornichon, une boîte de bibine, et bon, ça suffit, on trace. Le gros coltine son sac en bouffant. Ça lui fait fermer les châsses de trop de félicité. J'espère qu'il va pas jouir dans son froc en conduisant, qu'il risquerait de nous planter dans un pylône !

Le paysage est vallonné, mais industriel. Moi, je trouve qu'il faut laisser les usines en ville, et non les transférer à la cambrousse comme ça se propage de nos jours. Si tu veux souiller un paysage, t'as qu'à y bâtir une fabrique de quèque chose, avec des toits en dents de scie, des enceintes fortifiées, des annexes de ceci cela et tout le bidule servant à faire suer le burnous. La gerbe ! Profonde ! Pis que si tu me titillais la glotte avec une plume de paon, ce volatile de mauvaise augure.

Sur les couilles de 2 heures p.m. on arrive à destinance.

A première vue, l'endroit semble d'une aimable banalité. T'as la rivière au blase imprononçable qui roule des eaux d'un gris tirant sur le vert. Un pont de pierre, tout simple, aux arches moussues. Et puis te voilà dans l'île, alors tu te rends compte au bout de deux cents mètres que c'est pas la joie et que, tout compte fait, on se marre mieux au carnaval de Rio qu'ici. Magine-toi des maisons, pauvres au départ, complètement à l'abandon, entourées de lopins de terre en friche. Au loin, la masse effrayante de la centrale. Y a des bagnoles désossées qui pourrissent dans les fossés, jalonnant la route qui conduit au village, comme les chars arabes sur la route de Jérusalem et qu'on a laissés sur place pour attester que la guerre est bien passée par là.

Putain, cette désolation ! La vue d'une voiture de postier, soudain, devient revigorante.

— Autrefois, me dit Lenny, c'était la bonne vie par ici. Même pour les nègres. Et puis ils ont élevé leur foutu bordel de mort, et ça s'est mis à puer la merde vu que tout le monde a commencé de chier dans son froc. Ma sainte mère a été la première à nous supplier de filer. Elle a eu raison. Je préfère la Grosse Pomme avec tout son populo à cette campagne assassinée.

Je l'écoute à peine. Je mate à pleins « zieux » la contrée où je débarque, et je me dis : « Qu'est-ce que Marcus a à voir avec ce patelin désastrique (1) ? Y est-il seulement venu ? Et si oui, il y a combien de temps ? Des années peut-être ! »

(1) Même pour réfléchir je m'invente des néologismes. Faut jamais lésiner sur son confort cérébral. San-A.

On passe devant l'écriteau marqué « Overdose City ». Ça me fait repenser à Harlem avec ses rues entières abandonnées. La voie principale de ce bled ne comporte plus qu'un tiers de ses effectifs initiaux. Çà et là, il y a des fenêtres « habitées », des portes ouvertes, une bagnole devant un immeuble, un magasin encore ouvert.

Lenny ralentit.

— Vous voyez cette ruelle, mec ? C'est là que nous habitons.

— Eh bien, allons dire bonjour à votre maman, fais-je.

— Comment cela, *nous ?*

— A moins que ma présence ne vous gêne, auquel cas je vous attendrai dans la voiture.

— Mais, et votre boulot ?

— Je n'ai pas de boulot à faire ici. Je suis journaliste à Paris et j'écris une série de papiers sur l'ambiance des pays où l'on a érigé des centres nucléaires. Je viens regarder, renifler, constater, quoi ! *You see, baby ?* (1)

Lenny hoche la tête. Ça le dépasse un peu, mister Bibendum, qu'on craque des dollars juste pour venir visionner un patelin qui n'est ni Lourdes, ni Washington, ni le Mont Saint-Michel.

Les gens ont des drôles d'idées !

Ça les avance à quoi, ces simagrées ? Ils veulent se prouver quoi ? Qu'ils ont du génie ? Lenny, le génie, c'est kif le coussin de cuir de son taxi : il s'assoit dessus, pas faire d'escarres à ses énormes miches larges comme des moules à gruyère. Mais, fataliste comme tous les gens de sa race, il va rendre visite à sa *mother.*

L'aveugle et la paralytique, fable ! Touchant, comme spectacle. La maman porte des lunettes tellement épaisses qu'elles paraissent en béton. La tantine se meut dans un fauteuil à roulettes. M'est avis qu'elle a

(2) En français dans le contexte.

reçu, la dame ! Je ne sais pas si elle s'est fait irradier la coiffe lors des fuites de la centrale, mais ça patouille dans son bulbe.

Mammy Stone, bien que plus miraude qu'une porte de grange, elle le reconnaît d'emblée, son gros Lenny. Alors c'est les embrassades, des cris de joie.

Moi, soudain, je mesure combien ma présence est incongrue au milieu de ces retrouvailles. Je murmure à Lenny que je vais aller draguer un peu dans Overdose City pendant que sa daronne lui fera réchauffer les patates douces au poulet de midi. Je reviendrai le prendre d'ici une plombe.

Il dit banco. Alors je m'en vais par la ruelle tortueuse, bordée de masures éclopées. Tu te croirais pas dans le pays le plus riche du monde, ici. Le sol est boueux, jonché de détritus, de gobelets de carton, d'emballages hors d'usage. Un toutou biscornu, style fox-terrier à poils ras, passe en se trémoussant comme un jouet mécanique. Sur les seuils, t'aperçois des Noirs, avec leurs longues jambes repliées, saillantes, en position de chieurs, le tronc se balançant, les mains jointes par-devant, l'œil absent. Ça pue l'herbe, ici. Et pas le foin, espère !

Des tévés tonitruent. Quelques gamins gueulent aux petits pois. D'un pas flâneur, je rejoins la rue principale. Une atmosphère oppressante pèse sur la petite ville. Ici, le temps n'est pas le même qu'ailleurs. Il compte pour du beurre. Les jours, les nuits, tout est pêle-mêle dans un même sac et les autochtones se dépatouillent comme ils peuvent. Ils existent pour exister, simplement, semblables à des poissons rouges d'aquarium. Un magasin sur trois seulement est ouvert. Des boutiques de première nécessité, c'est-à-dire qui vendent des aliments ou de la pharmacie.

J'avance, mains aux poches, récapitulant les événements depuis ma descente d'avion. Mon pauvre Marcus dans son plumard, au bout du rouleau, animé encore par un suprême besoin de vengeance. Dans le fond, j'aurais dû m'assurer de la personne du grand vilain en manteau d'astracon : le sieur Sullivan. N'avais-je pas promis à mon pote de lui amener son emplâtreur de tour Eiffel ? Mais le conduire où ? Dans la salle des soins intensifs du Consternation Hospital ? Et puis, la tête exsangue du boursier, sur la table. Et la daronne qui oublie son veuvage pour plonger dans le décolleté de ma braguette ! Et l'expédition de Harlem. Les musicos sur la maigre estrade. Un air de jazz me chambre. M'emplit le crâne de sa lancinance désespérée..

Comme ils hurlent de trente-six mille manières, les hommes. Cette plainte, toujours... Cet appel désespéré. Peur viscérale, peur monstrueuse de l'Inconnu broyeur. La vie, c'est un solo de saxophone, de nuit, dans les torpeurs enfumées d'une boîte de nègres.

Talitalitalitali Tatataaa... tatataaa...

Il fait quoi, le vieux père Liloine, en ce moment, tandis que son garçon agonise ? Quelle heure est-il en France ? Neuf plombes du soir... Au dodo, le vioque, probable. A moins qu'il ait pris goût à la téloche et qu'il joue les mouches du soir, collé à son écran ?

Tiens, un bar ! Le dernier d'Overdose City, je suppose ? Il vend des frites arrosées de ketchup, de la Coke, des pâtisseries qui ont l'air d'être en plâtre. Un long comptoir. Des tabourets qui branlent sous les miches. Derrière le rade, un *coloured*, couleur bronze clair, avec une veste blanche *very* dégueulasse et un bout de foulard rouge, style Renaud, noué autour du cou. J'entre, me juche.

— *French fried potatoes !*

Il opine et file une embardouflée de pommes de terre débitées à la machine dans son bac à frigousse.

— Et vous buvez quoi ?

— Il y a de la bière ?

— Bien sûr.

— Alors, une bière.

La téloche, dans un coin, retransmet un match de baise-ball. Mais c'est con à regarder pour nous qui ne sommes pas débiles. Des glandus qui se balancent une balle et se mettent à courir comme si on venait de leur faucher leur portefeuille !

Le *coloured* surveille la cuisson des frites. Il pense à des morosités.

— Y a plus grand monde à Overdose City, hein ? lui fais-je.

— Moins que ça ! ricane-t-il.

— Ça doit être dur, le commerce ?

— J'assure avec le personnel de la centrale. Le soir ils débarquent, un gros coup de feu, et puis ils rentrent baiser leurs femmes ou regarder la télé et ça redevient gai comme un cimetière.

— Vous n'êtes pas d'ici ?

— Je m'en voudrais.

Il égoutte les frites croustillantes, les verse en pluie dans une assiette en carton qu'il dépose devant moi, ainsi qu'une bouteille de ketchup géante.

— Bon appétit.

C'est vrai que j'ai les crochetons. Mon sandouiche est loin. Faut que je questionne ce gazier. Mais lui demander quoi ? « Vous n'auriez pas aperçu mon pote Marcus, à l'occasion ? »

— Fameuses, vos frites !

— Depuis vingt ans que j'en fabrique, ce serait malheureux.

Il ajoute, avec fierté :

— Je change mon huile deux fois par jour : y a pas de mystère !

Et moi, suivant ma pensée, presque malgré moi, de demander :

— Vous vous y connaissez en bagnoles ?

— Comme tout le monde, pourquoi ?

— Les voitures étrangères, par exemple ?

— Eh bien ?

Merde, comment lui articuler la chose ? Mais enfin, du moment que j'ai démarré, hein ?

— Vous savez ce que c'est qu'une BMW ?

— C'est allemand.

— Il vous est arrivé d'en apercevoir dans votre nécropole ? Une bleu clair, par exemple ?

Au lieu de répondre, il murmure :

— Flic ?

— Plus ou moins.

— J'en étais sûr !

Il a le teint bistre, comme je t'ai dit, mais ses yeux ne sont pas bridés. Et même, ils sont plutôt clairs, noisette très pâle, tu vois ?

— Pourquoi, je fais poulet ?

— Oui. Je sentais que vous aviez envie de me poser des questions.

— Vous n'avez pas répondu à ma dernière. La BMW bleu ciel.

— Et pourquoi je répondrais ?

— Pour me rendre service. Vous voudriez un peu de fric ?

— Je vends des frites, pas des renseignements.

Je croque une pincée de frites, rajoute du sel. Ma marotte : le sel. Un jour, ça me jouera des tours. Surtout, ne pas houspiller le gars. Le prendre calmos, à la chouette.

— Je suis flic, mais ma boutique est à Paris. Je viens donner un coup de main à un copain d'enfance qui se meurt.

Il m'écoute à peine. De temps à autre, il feint de s'intéresser à la partie de baise, sur l'écran. Peut-être que je lui suis antipathique ou qu'il se méfie de moi.

Vaillamment, je continue :

— Tout ça, vous en avez rien à cirer, je le sais bien ; mais c'est pour vous expliquer ma démarche... Pour moi, il serait intéressant de savoir si une BMW est venue sillonner le patelin. Rien là qui concerne la Défense Nationale des Etats-Unis.

Nonobstant ce qu'il m'a déclaré, je sors un billet de cinquante pions et le place sur le comptoir. La gueule du général Grant, tournée vers moi, amorce un sourire de dérision.

— J'en ai trois autres à mettre dans le commerce, dis-je. Celui-ci, c'est pour me faire pardonner ma question, les trois autres, ce sera pour vous remercier d'y avoir répondu.

J'attends en croquant mes frites jusqu'à la dernière. N'ensuite de quoi j'écluse ma bière. Elle a un arrière-goût de merde, ce qui est fréquent chez les bières, moi je trouve.

Le « sang-mêlé » hausse les épaules.

— Les temps sont durs ! fait-il.

Il ouvre son tiroir et, d'une pichenette, y propulse mon talbin. Le cœur en liesse, je sors trois autres Grant, barbus et ironiques.

Cette fois, il ne les touche pas, mais s'accoude pile devant les trois fafs pour les examiner de plus près.

— Ils sont rigoureusement authentiques, préviens-je.

Le fritier murmure, sans cesser de les contempler :

— Une BMW bleu clair, immatriculée New York, est restée en stationnement devant ma boîte pendant une demi-journée. Je suis sorti pour l'admirer.

— L'intérieur était en cuir bleu marine ?

— Exact.

Il montre les biftons.

— Je peux ?

— Pourquoi ne pourriez-vous point puisqu'ils sont à vous ?

Il rafle. Un beau sourire d'honnête homme égaie son visage tendu.

— Aujourd'hui, j'aurai fait une bonne recette !

Je réponds à son sourire.

— Il y a longtemps ? demandé-je.
— Quoi donc ?
— Que la BMW stationnait devant chez vous ?
Il réfléchit.
— Trois ou quatre jours.
Je bondis.
— Seulement ?
— Ben oui, ça vous chiffonne ?
— J'aurais cru que ça remontait à plusieurs semaines.
— Ça non. Je suis formel. Ça n'était pas hier ni avant-hier, mais probablement le jour d'avant.
— Vous avez vu le conducteur ?
— Non. Quand elle a démarré, j'ai regardé, je n'ai aperçu qu'une femme à la place du passager ; je n'ai pas pu voir la personne qui conduisait, il était trop tard.
— Donnez-moi à boire. Un scotch si possible, ou plutôt non : un gin-tonic.

S'il a vu la BMW il y a quatre jours, ce n'était pas Liloine qui la conduisait. Il était bien trop mal en point pour pouvoir effectuer le trajet. Alors qui ? Va falloir que j'aie une nouvelle converse ardente avec Duvalier. N'a-t-il pas les clés des voitures dans ses poches, ce croquant jalmince ?

Les choses cachées derrière les choses, que je te rabâche !

Ou peut-être cachées « devant », va-t'en savoir.

Et c'est en portant le gin-tonic, corsé à mort (deux tiers un tiers) à ma bouche que je me paie une image fixe de ma personne. Tu pourrais passer le générique de fin sur moi, tenant mon glass à quatre centimètres de ma clape, le regard dégoulinant de stupeur.

Ce qui motive cette commotion ?

Le passage d'une personne dans la rue.

Une dame.

Belle et pleine de maintien. Blond pâle. Bronzée.

Cecilia Heurff !

CHAPITRE SEPT

Extrêmement dramatique. Fertile en rebondissements. D'une qualité littéraire irréprochable. Certains passages pourront être lus dans les salons et les édicules publics. Reste néanmoins accessible aux cons.

Je dépose mon gin-tonic sur le rade et me précipite à la porte vitrée.

La belle dame vient de prendre place dans sa voiture et décarre avant que j'aie pris l'initiative de me manifester. Aurais-je dû la courser ? Lui parler ? Que non point, mieux vaut enregistrer le fait et voir venir.

Je regarde disparaître la chiotte de Mme Heurff. Un certain contentement ma bite (plus exactement, m'habite). Le sauvage bonheur de constater à quel point mon instinct est fiable. Une carte trouvée dans la boîte à gants de la BMW. Un patelin cerné au crayon bleu. Et l'Antonio, fouette cocher !

Liloine a eu affaire à Overdose City. Sa collaboratrice également. Et aussi le personnage qui y est venu dans la tire de Marcus voilà quatre jours !

Il se passe quoi d'intéressant dans cette localité en décomposition ? Si les gens que je viens de mentionner se tapent cinq cents kilbus aller et retour en bagnole, c'est que le voyage en vaut la peine.

Deuxième déduction : l'endroit où ils se sont rendus

est très près du bar puisqu'ils garent leur chignole devant, ou à proximité. Alors ?

Pensif, je retourne au comptoir lécher mon glass. Le *coloured* à la veste tachée m'observe avec curiosité.

— Vous avez vraiment l'air d'avoir des problèmes, finit-il par murmurer.

Et il me sert une nouvelle rasade de gin par-dessus ce qui reste de liquide dans mon verre.

— J'en ai un seul pour le moment, amigo.

Il se sert à lui-même un demi-verre de bacardi, y adjoint une giclette de sirop de sucre et une branchette de menthe et déguste en me regardant toujours par-dessus son verre. Sans doute « arrose-t-il » l'aubaine que ma présence constitue pour lui, ce jour ?

— Je voudrais vous poser une colle, amigo.

— Hmmm, hmmm, accepte-t-il en continuant de s'alcooliser (de Rome (1)).

— Des gens dans les affaires à New York, tout ce qu'il y a de pleins aux as, viennent à Overdose City, localité qui part en couille. Ils ont un rendez-vous très près de votre bar puisqu'ils garent leurs tires devant. Question : chez qui se rendent-ils ?

Le match de baise-ball vient de s'achever. Un speaker volubile et nasillard se met à causer des prochaines élections américaines. Ça manquerait de candidats valables, ceux qui auraient les capacités ayant le tort de baiser ailleurs que dans le lit conjugal, ce qui est proprement scandaleux, vu qu'un Président U.S. ne doit calcer que sa mégère, et encore à travers une chemise de nuit à fente !

Le friteurman continue sa sirotation extatique. Il est davantage en train de supputer l'emploi qu'il fera de

(1) Jeu de mot typiquement san-antonien, à double détente. S'alcooliser de Rome = Colisée de Rome. Mais le bacardi étant du rhum, il y a également calembour phonétique. Bravo, San-Antonio ! Bernard Pivot (de l'Académie française à brève échéance).

mes deux cents dollars que de penser à mon problo. Il mettra cent points à la banque, enverra cinquante tickets à sa vieille maman dont le fibrome commence à prendre mauvaise tournure. Avec les cinquante autres, il va aller se faire tirer la tige chez Graziella Parker qui exploite un petit pince-fesses familial à l'autre bout de la ville, en compagnie de sa sœur et sa cousine manière d'éponger les gars de la centrale qu'ont les glandes encombrées.

Et pourtant non. Tel Miroska, il est bien en « esprit » avec moi, l'homme au bac à friture, puisque voilà qu'il soupire, d'un ton de médium :

— Des gens de la haute, ici, dans le quartier...

Il chatouille l'arête de son nez, ce qui est moins inconvenant que s'il chatouillait la raie de son cul (1), je tiens à le souligner ici avec l'énergie du désespoir, ma fidèle compagne.

— Ils viendraient de la Grosse Pomme jusqu'à Overdose City ?

Je te jure qu'il phosphore, l'apôtre. Un loyal, ce gus. Honnête, probe (j'ai pas dit propre, vu que sa vestouze est drôlement cracra), soucieux de rendre à César (en l'occurrence moi) la monnaie de ses quatre talbins de cinquante piastres.

— Franchement, je dirais qu'ils viennent chez Tony Lamotta, fait-il enfin.

— Qui est Tony Lamotta ?

— Un ancien type de la pègre qui régnait sur Chicago dans les années 60. Un jour, des ennemis à lui l'ont kidnappé et attaché sur une voie ferrée peu avant le passage d'un train. Ils s'y sont pris de telle manière qu'il a eu les deux guibolles sectionnées au ras des couilles. Qu'il ait réussi à s'en tirer relève du miracle.

(1) San-Antonio emploie des grossièretés à plaisir, par esprit de provocation ; comme s'il entendait décourager les nombreux supporters qui exigent sa réception sous la coupole. *Sainte-Beuve.*

Le conducteur du train ne l'a pas vu suffisamment tôt pour éviter l'accident, mais il a stoppé son convoi. Dans le dur se trouvait un chirurgien qui l'a pris en main dare-dare...

— Et depuis lors, votre Lamotta vit ici ?

— Il en est natif. Pendant son séjour à l'hôpital, ses petits copains se sont jetés sur sa fortune et l'ont détroussé comme une bande de piranhas. Lui, infirme, le moral à zéro, il n'a plus eu qu'une idée en tête : se faire oublier. Il avait acheté la maison de ses vieux, à vingt mètres de ma taule. C'est là qu'il s'est terré en compagnie de sa vieille mère et d'une sœur à lui qui est mongolienne.

— Et alors, l'ami ? Franchement, vous racontez bien, et de superbes histoires...

— Bon, alors, on chuchote qu'au bout de quelques années, Tony a reconstitué une espèce d'équipe avec quelques anciens éléments qui lui étaient restés fidèles. Bien entendu, il ne bouge pas de sa tanière, mais il manipule sa bande depuis sa chaise roulante.

— Merveilleux, exulté-je, conquis, y a encore du folklore aux States !

— N'est-ce pas ?

Je fais signe à mon nouveau pote de remettre une tournanche. On va se nazer si on continue à écluser de la sorte. Mais je sens que je viens de mettre le doigt sur une sacrée fourmilière. Alors, ça s'arrose, tu comprends ?

— Tu t'appelles comment, camarade ?

— Nakadékoné, mon père est japonais et ma mère irlandaise.

— Beau mélange, croisement surchoix, plaisanté-je. Moi, c'est Antonio.

On se presse la louche par-dessus le comptoir. Ce que j'éprouve pour ce mec, c'est mieux que de la reconnaissance : de l'amitié.

— Bon, continue, Naka. Cette équipe du cul-de-jatte, elle est spécialisée dans quoi ?

Il fait la moue.

— A partir de là, je ne vous rapporte que des on-dit, ne l'oubliez pas.

— Aboule, je ferai le tri !

— Il paraît que quand des gens ont de graves problèmes à régler, ils viennent trouver Lamotta et ça s'arrange pour eux.

— Héritages anticipés, règlements de comptes ?

— Par exemple, oui.

— Lamotta reçoit les clients, fait le « devis », puis programme ses sbires et enfouille l'artiche ?

— Il est probable que ça se passe comme ça, en effet.

— La police n'a jamais flanqué le nez dans ces jolies magouilles ?

— Pas à ma connaissance.

— Tout le patelin est au courant, mais les pandores se bouchent les yeux et les oreilles ?

— Ils y trouvent peut-être leur compte ?

Mon troisième gin commence à carillonner à mes tempes. Comme Nakadékoné s'empare à nouveau de la bouteille, je l'arrête.

— Stop, mec, je dois rester opérationnel ! Combien je te dois pour ces biberons ?

— Rien, avec ce que vous m'avez balancé, ce ne serait pas correct de vous faire payer.

Je lance un talbin de vingt sur son comptoir.

— Avec ce que tu m'as appris, il ne serait pas correct que je me laisse rincer. Salut, fiston, t'as eu de la chance dans ton malheur.

— Quelle chance, quel malheur ? il demande.

Et moi, salement cynique comme ça m'arrive une fois à chaque année bissextile :

— Le malheur d'avoir un père japonais, et la chance d'avoir une mère irlandaise.

Toujours mes foucades. N'écoute que son instinct, le bel Antonio. Il suit ses élans, comprends-tu ?

Ainsi, je devrais réfléchir avant de m'élancer chez Tony Lamotta. Mais je décide de le faire après. Ce cul-de-jatte-chef de bande me passionne et j'ai envie de le voir d'urgence. Alors je franchis en vingt pas les vingt mètres qui nous séparent et me voici devant un bout d'immeuble étroit, en briques rouges noircies par le temps et les pollutions, de deux étages et un grenier à vasistas.

Quatre marches bordées de deux rampettes de fer rouillé. Une lourde peinte en vert, avec un pommeau de porte de laiton. Je sonne.

Ça déclenche une méchante meute, espère ! Je sais pas s'il chasse à courre, Lamotta, ou bien s'il fait de l'élevage, mais y a du toutou dans sa taule !

J'entends les bestioles en fureur qui se jettent contre la lourde et je prie le Seigneur pour que l'huis résiste à cet assaut, sinon, les roustons d'Antoine, mes chéries chéries, se transformeront en bas morcifs soldés à la fin du marché.

Une voix aiguë apaise un peu les fauves. Un judas s'entrouvre. On m'examine. On se pose des questions à mon propos. Je tente d'amadouer Amadéous par un sourire Colgate à détremper tous les slips d'un collège de filles. J'obtiens un relatif résultat car le verrou joue et la lourde s'entrebâille de quinze centimètres, car une forte chaîne de sécurité la maintient au chambranle. De plus elle est blindée comme un contre-torpilleur.

Je décèle un morceau de cul, un bras droit, une touffe de cheveux roux.

Une voix de mêlécasse ionisée (celle qui vient de calmer les cadors) demande :

— Qui êtes-vous et que voulez-vous ?

Je prends ma brème et la glisse par l'interstice.

— Voulez-vous montrer ça à Tony, et lui dire que je

suis un ami de Marc Liloine ? Il est urgent que je lui parle.

Une main fripée par l'âge, parcourue de grosses veines bleu foncé, particulièrement saillantes, cramponne le rectangle de plastique surchauffé et se retire. Après, ne reste plus que des truffes de clebs humides (signe patent de leur bien portance) à se bousculer par l'ouverture.

J'espère que si Lamotta me reçoit, on évacuera ses putains de chiens avant que de me prier d'entrer.

Il s'écoule trois bonnes minutes, que j'aurais pu utiliser à me faire cuire un œuf à la coque, avant que la dame vieille, grosse et rousse ne radine.

Elle commence par me rendre ma carte, ce qui est gentil, puis m'annonce qu'elle va aller enfermer les chiens, ce qui l'est beaucoup plus encore ! Tout cela prend le temps que met un canon à se refroidir après avoir tiré un coup. Enfin, on repousse la porte pour dégoupiller la chaîne, et puis on l'ouvre, et j'ai devant moi une vieille daronne pas croyable, fagotée dans un jean, malgré ses septante-huit ans, avec un gros pull à col roulaga, et une veste de laine encore par-dessus. Elle est chaussée de baskets cradingues et elle porte des lunettes à grosse monture ronde qui accentuent la proéminence de son regard myope et convergeo-strabismé. Mais le plus rare chez cet être, c'est sa chevelure flamboyante, ébouriffée au point que t'as l'impression d'une tronche en flammes.

Petit détail : elle fume un mégot de cigare dont toute la cendre s'est accumulée dans la laine de son pull.

J'entends grogner, japper, derrière une porte vitrée qui doit être celle de la cuisine. Le logis pue le chien mouillé et la bière aigre. C'est vétuste, sale, avec des meubles disparates surchargés d'objets indécis, de vêtements répudiés, de restes de bouffe et de bouteilles plus ou moins vides.

La vieille rouquine traîne ses baskets exténuées (1) jusqu'à une pièce transformée en blockhaus. Elle dit, dans un parlophone :

— C'est nous !

Un déclic prend ses clacs et la porte (blindée elle aussi) s'écarte automatiquement, me découvrant un surprenant local. Il ne comporte pas de fenêtre, mais une sorte de baie constituée par des blocs de verre dépoli probablement à l'épreuve des balles. La pièce n'est aérée que par un système de ventilation. C'est vaste car on a abattu une cloison pour faire une grande pièce avec deux petites.

Dans un angle, il y a un lit, sommé d'un appareillage permettant au cul-de-jatte-de-basse-fosse de se hisser dans son plumard sans l'aide de main-d'œuvre étrangère. Devant la baie, un bureau encombré de paperasses, avec un télex, des appareils téléphoniques. Tout proche, un classeur métallique.

Au centre de la pièce, une espèce de table de ferme surchargée d'un bric à braquemard insensé : livres, cigares, boissons, armes, vidéo, télé, biscuits, confitures, transistors, etc.

Et alors, planté derrière ladite table, Tony Lamotta soi-même, dans un fauteuil d'infirme à moteur électrique. Un mec d'une cinquantaine d'années, très gras, très flasque, le cheveu noir et huileux, la peau blafarde, la bouche sensuelle, le regard soupçonneux, d'un noir brillant. Il a une veste d'intérieur en velours grenat, constellée de taches et de pellicules ; un foulard de soie crème dégueulasse. Un plaid sur son absence de jambes. Deux revolvers de fort calibre sont fixés de part et d'autre de ses accoudoirs dans des gaines buffalesques en cuir travaillé. Il tient une espèce de

(1) Pourrait s'écrire « exténués » puisque basket est à la fois masculin et féminin ; mais je donne priorité au féminin ; et après, ces nœuds vont me traiter de macho ! San-A.

boîte métallique à antenne et cette antenne est dirigée vers moi.

— Levez les bras ! lance-t-il rudement.

J'obtempère.

— M'ma, il a un feu dans sa ceinture, enlève-le-lui.

La vieille me trifouille et déniche l'arme. Lamotta coupe le contact de son détecteur de ferraille.

— Elle vous le rendra quand vous partirez, dit-il ; je déteste qu'on vienne me voir avec des flingues.

— Je vous prie de m'excuser, je n'avais pas de mauvaises intentions, monsieur Lamotta.

— J'espère ! M'ma ! Trouve-lui une chaise !

La vieille débarrasse un siège chromé du fatras qu'il supporte et, d'un coup de pied, le propulse dans ma direction. Qu'ensuite elle s'esbigne.

Le gangster attend que je sois assis et attaque bille en bouille :

— Alors, comme ça, vous êtes un flic français ? J'ai jamais rien eu à voir avec la France ! J'ai même jamais foutu les pieds dans ce pays de cons !

Oh ! la la ! dis donc, il m'empoigne directo par les cornes, cézigue ! Non mais, ça va pas carburer longtemps, nous deux ; notre histoire d'amour risque de tourner court.

— C'est plus maintenant que vous risquez de foutre les pieds en France ! je déclare froidement en désignant le plaid qui pend de son fauteuil.

Charogne ! Un instant je me dis qu'il va exploser, le gros, défourailler des deux pétoires à la fois pour se venger de mon impertinence. Mais il se contient et finit même par sourire.

— Très drôle, déclare Lamotta. Je vous écoute.

— Comme je vous l'ai fait dire par madame votre excellente mère, je suis un ami de Marc Liloine.

— Connais pas.

C'est net ! Sans réplique.

Dit-il vrai ou bien « couvre-t-il » ses clients d'un impénétrable secret « professionnel » ?

Pour en avoir le cœur net, je pousse un petit pion sur l'échiquier :

— Marc Liloine est le patron de la dame blonde qui vient de sortir de chez vous.

— Aucune dame blonde n'est venue chez moi.

Même mordant. Il cingle. Pas la peine de chicaner avec lui, d'essayer de l'avoir à l'intimidation. Plus coriace que ce gussman, y a qu'un caillou, et de granit encore !

— En ce cas, si vous réagissez de cette façon, je n'ai plus qu'à prendre congé, mon pistolet et mes cliques et mes claques !

— A vous de juger.

— J'aurais cependant eu du pognon à mettre dans cette affaire, risqué-je.

— Vous vous trompez de porte !

— Dommage, j'aime bien les types comme vous.

Je me lève.

Il lance à son tour une question marquée aux quatre coins du bon sens.

— Qui vous a branché sur moi ?

— Joan of Arc, mister Lamotta, car elle m'a à la bonne. Salut, et faites très attention en traversant les voies ferrées : un train peut en cacher un autre !

Tu vois, c'est avec des répliques de ce tonneau qu'on se fait des amis !

La maman de Lenny a rameuté la famille pour lui signaler la visite de l'enfant prodigue et t'as plein de trèpe dans l'humble logis. Des vioques principalement, plus une jeune gerce peinturlurée à mort, avec une robe froufrou style Andalousia, coquette professionnelle, je pense. Le genre de nana qui se parfume avant de se laisser photographier ! Je la trouve plutôt bandante, la miss noire et elle, pas raciste pour un dollar, d'emblée mon charme parisien opère sur ses glandes privées.

Ils sont poilants, ces Noirpiots. Eux, pas besoin de s'envoyer des cartons d'invitation avant d'organiser une fiesta. Ma survenance, pourtant prévue, rembrunit le gros chauffeur.

— Vous êtes pressé ? il demande. Sinon, j'aimerais bien profiter un peu de mes parents.

Je gamberge fissa. Pressé ? Non, pas spécialement. Je vais branler quoi, à Nouille, une fois de retour ? Il avait été victime de deux attentats, Marcus : l'inoculation du Sida et l'introduction de sa mignonne tour Eiffel dans son fion. Nous avons déchiffré l'une des énigmes. Reste encore la principale à éclaircir. Quelque chose me dit que Mathias est sur une piste. Les questions médicales, scientifiques, c'est son terrain, cézig.

— Je te laisse encore une paire d'heures, mec, ça te va ?

— Au poil !

— Biberonne pas trop, j'aimerais rentrer entier.

— Vous me prenez pour un Blanc ? On n'a pas besoin de tuter pour faire la fête, nous autres !

N'empêche que j'aperçois une chiée de bouteilles de bière mortes à la fleur de l'âge sur la table, plus quelques flacons de bourbon pas mal entamés et toi ?

Ma présence faisant chier l'assistance, je décide d'aller piquer une ronflette dans le bahut de Stone.

Je m'y installe le plus commodément de mon mieux, dirait le Gravos, et je ferme mes stores. Mais la dorme n'est pas au rambour. Trop de sujets de préoccupation m'accablent. Qui donc a rendu visite à Lamotta, il y a trois jours, en utilisant la BMW de Liloine ? Qu'est-ce que la mystérieuse Cecilia est venue foutre chez le déjambé ? Quel rôle joue le truand mutilé dans cette histoire ? Est-ce lui qui aurait mandaté Térésa, la belle Mexicaine, pour pratiquer cette piqûre fatale à mon aminche ? Tu vois, mec, je me façonne un petit film en

16 mm ainsi conçu : « Dans l'entourage de Marcus, on a décidé de se le payer. Par esprit de vengeance, parce que c'est un coriace pas commode dans les rapports, ou bien parce que des intérêts importants sont en cause ? Mystère (provisoire).

J'imagine volontiers Boggy et Cecilia en cheville pour mijoter ce sale coup. Boggy a une tronche éloquente. Qu'il ait dans ses relations des ténors du crime comme Lamotta paraît presque être une évidence. Ce couple ayant partie liée passe un contrat avec le cul-de-jatte. Lamotta organise la sidafication de mon vieux Marcus. Il faut que mon pays dessoude salement, inexorablement, *mais de sa bonne mort.*

Oui, oui, je brûle !

Une sensation de présence me fait soulever mes admirables paupières. Un visage sombre, avec des taches orange, rouge, bleu, vert... La cousine de Lenny, celle qui est loquée à volants avec échancrure corsagère généreuse. Elle me regarde tenter de pioncer avec un beau sourire grand comme un moule à tarte.

Je réponds à sa courtoisie par une autre, abandonne ma posture alanguie pour m'asseoir convenablement et je lui fais signe de me rejoindre, ce dont elle mourait d'envie !

Son parfum entre avec elle dans le taxi, et alors — oh ! pardon, docteur ! — j'en suis suffoqué. Je comprends ce que peut penser une mouche quand on lui balance un jet d'insecticide dans les naseaux !

— Vous abandonnez la fête ? je souris.

Elle moue :

— C'est que des vieux, et Lenny est un gros sac à bière qui ne pense qu'à boire et à bouffer !

Moi, j'aime assez les Noiraudes, malgré leur peau froide et leur inexpérience en amour. C'est leur gentillesse fanatique qui me plaît. Tu peux tout leur demander, elles te le font ! Mal, mais avec une bonne volonté désarmante.

La chose qui me tarabuste un brin, dans cette eau cul rance, c'est la perspective du Sida. Je voudrais pas suivre les traces de mon pote et contracter cette saloperie aux States. Si la Noirpiote s'enfonce n'importe quel lascar dans les interstices, elle doit être sirop-positiviste, comme le répète mon Gravos ! Alors, prudence, Antoine ! C'est bien joli de tremper le biscuit tous azimuts, seulement on vit des temps merdiques. C'est p't'être plus la bombe H qui va nous expédier sous terre, mais nos coups de bite impétueux !

La gosseline, elle s'appelle Grace, et c'est très choucard à porter, moi je trouve, non ? Seyant, quoi ! Elle n'a pas inventé le tire-bouchon à pas de vis inversé, mais qu'importe, puisqu'on le trouve déjà en vente libre dans les magasins de farces et attrapes, dont le meilleur se trouve 45, passage de l'Argue, à Lyon (1).

Elle me demande comment j'ai connu Lenny. Je lui explique qu'un jour de ce matin, il stoppait devant un hôpital d'où je sortais. Il me plut, je lui demandai s'il consentirait à travailler pour moi. Il me trouva sympa et accepta. Et dès lors, une immense amitié se forgea entre nous. Elle en a les larmes aux yeux.

Je lui questionne son métier. Paraît qu'elle est secrétaire chez le pasteur Luther Roy. Est-elle mariée ? Oh ! non, pas encore. A-t-elle des amants ! Elle noircit de confusion. Pour qui est-ce je la prends-t-il ? Elle est vierge, Grace ! Son rêve, depuis qu'elle a vu jouer *L'Arnaque*, c'est d'épouser un Blanc qui ressemblerait à Paul Newman. Et, justement, elle trouve que je lui « donne de l'air », à cet acteur. Comme quoi, le hasard est grand, hein ?

Moi, de savoir qu'elle n'est pas déberlinguée, me conjure les appréhensions. Une gonzesse fleur de coin, à notre époque, faut pas rater l'aubaine. Je me sens

(1) Vas-y de ma part, on te fera des prix. San-A.

prêt à lui ouvrir des perspectives et un tas d'autres trucs.

Ma main part pour une exploration de principe. D'abord, les monts d'Auvergne. Impecs ! D'une fermeté irréprochable. Gaillardi, je brave ses deux kilogrammes de rouge à lèvres pour lui rouler la pelle d'accueil. Elle cède sans hésiter, en fille bourrée d'idéal jusqu'à son slip et qui voit se réaliser son rêve secret. Dès lors, ma dextre fureteuse s'engage dans son canon coloradesque. Là, elle timidite un peu, gardant les cuisses serrées sur sa fourrure. Mais la paluche sanantoniaise ne s'en laisse pas conter et parvient toujours à ses fins. Alors c'est le guli-gousi rotatif, avec admission d'urgence dans le centre d'hébergement.

Y a déjà quatre négrillons collés aux vitres du bahut. En les découvrant, Grace pousse un cri et ma main (1).

Son souffle est rapide, ses yeux troubles. Dur de récupérer quand t'es parti si loin déjà !

Je murmure :

— Où habitez-vous, jolie princesse d'ébène ?

Elle a un geste pour montrer une maison proche.

— Il n'y a personne chez vous ?

— Ils sont chez m'ma Stone.

— Pourquoi ne me montreriez-vous pas votre collection de timbres-poste, *darling ?*

— Je n'en ai pas.

— Vous collectionnez quoi, en ce cas ?

— Des capsules de bière.

— Mon Dieu ! moi qui ne rêve que de cela ; courons !

Et je la prends par la main, une fois hors du taxi, pour me laisser guider jusqu'à sa chaumière en fibrociment. Un grand vilain Noir scrofuleux crache dans notre direction au moment où nous y pénétrons. J'ai idée qu'elle aura droit à des représailles, après mon départ, la gentille Grace. Se lever un Blanco, quand on

(1) Prodigieux raccourci dont S-A. a le secret !

est une ravissante jeune fille noire, c'est téméraire, surtout en plein quartier *dark!*

La cahute fouette méchamment. Un jour, je me ferai ligaturer les trompes nasales, ça me permettra de mieux supporter mes contemporains. La maisonnette comporte trois pièces : une grande pour tout le monde ; la chambre des parents et celle des enfants où des lits étroits sont dressés le long des cloisons.

La médiocrité des lieux n'incite guère aux ébats sexuels. Mais tu sais à quel point des glandes sollicitées sont impétueuses ? Les miennes sont déjà sur la ligne de départ, moteur ronflant.

— Lequel est votre lit, ma merveilleuse ?

Elle me désigne un plumard recouvert d'un châle de soie rouge à ramages. Tu te croirais dans un dortoir ! Ces plumards rassemblés ont un je-ne-sais-quoi de surréaliste. N'importe ! Celui de ma sombre conquête est propice aux plus fougueuses initiatives. La môme, en deux coups d'écuyère à Pau, elle pose ses fringues. Pour une pucelle, voilà une initiative hardie, non ? Mais ces jeunes Noires, quand elles croient avoir trouvé leur beau chevalier, elles deviennent illico leur chose.

Je suis frappé par la dureté sculpturale de sa poitrine ! C'est tellement beau que j'en suis intimidé. Toutes les œuvres d'art impressionnent, c'est à cela que tu les situes œuvres d'art sans crainte de te gourer. Par contre, comme toutes les femelles de sa race, elle a le dargif trop haut perché et rebondi. Quand elles sont fringuées, ces gentilles, tu as l'impression que leur fion est bâté ; mais à loilpé, l'anomalie explose. Vaut donc mieux ne lui considérer que la partie face, manière de n'être pas importuné par des arrière-pensées. D'ailleurs, pour une première rencontre (qui a de bonnes chances de rester unique), c'est suffisant.

Je l'entreprends à la savoureuse : juste que la paille de fer frisée de son triangle de panne me picote les trous de nez et me donne envie d'éternuer.

La gosse, elle s'attendait pas à cette forme de délicatesse et la voilà-t-il pas qui se marre ! A un moment pareil !

— Ça chatouille, qu'elle glousse.

Ah ! dis donc, pour se l'embroquer grand style, le tiers monde, faut encore quelques siècles d'éducation ! Dur à étalonner la jouissance commune de deux entités, comme me le faisait remarquer l'autre jour la comtesse de Paris au bar du San-Antonio de Bourgoin-Jallieu...

Moi, elle me tarabuste les principes frivoles, Grace. Si minette ça la fait marrer, quoi alors ? La matraque C.R.S. d'autor ? Craqueziboum en lever de rideau ? Pas de prologue, de texte liminaire ? L'embrocage barbare à sec ? Enculanum sans Pompéi ? Une vierge ! Un homme comme moi !

Et dis, ça les emporte pas vers le Nobel de physique ! Ils grimpent encore aux branches, ces drôlets ! Y a que l'instinct de reproduction qui les mène. La chose la plus triste du monde, c'est une bitoune désemparée. Un braque plein de bonne volonté, d'hardies initiatives, qu'on rabroue ! Vachement cruel comme sensation ! Déconfit, je reste assis en biais sur le plumard. Elle continue de me sourire et de me regarder avec émerveillance.

Elle attend ma belle prouesse. Sana Superbraque ! Faut y aller du goumi sans préavis ni vaseline ! Redevenir tribal ! Copuler comme au temps de la Guerre du Feu ! La bête, quoi ! Je devrais pousser des grognements, peut-être ? M'avancer en sautillant et en faisant « Heurg grzzzz » ? La danse de l'ours ? La planter raide, kif Ferdinand le taureau ? Moi, pas envie ! Popaul en dégodanche ! J'ai le paf intello ! N'y peux rien ! Tête de nœud pensante, l'Antoine ! Et voilà Zifolet qui déclare forfait, reprend ses billes pour coucouche panier dans son slip « Eminence » (mon point cardinal).

La pauvre biquette, elle a pas encore pigé l'échec. Elle se donne sans rien garder pour elle. Fâcheuse situasse. Et puis comme rien ne vient, elle demande :

— Vous ne voulez pas ?

— Une vierge c'est sacré ! je balbutie.

Elle éplore de toute sa frimousse.

— Mais non, mais non, faut pas, c'est pas vrai. Je suis pute !

Oh ! le coup de flou du mec ! A quoi il échappe, l'Antoine ! Elle aurait accepté ma tyrolienne baveuse, je suivais le procès suce et j'y allais de mon voyage ! Le souvenir que je risquais d'emporter ! Les mille chtouilles pas toutes homologuées, avec le Sida en prime ! Des chancres comme sur les planches en couleur du *Grand Larousse Médical !*

On mène une existence périlleuse, nous autres, les dragueurs ! On joue avec notre vit !

Une sainte colère me prend. Vertueuse. Se faire chambrer par une petite radeuse noire ! La croire sainte nitouche alors qu'elle est sainte radasse ! Dis, ils se font la malle, mes neurones, ou quoi ? Ma discernance est passée à pertes et profits ? J'enfonce dans les gâtouilles précoces ?

Tu le penses aussi, hein ? Je fais quoi pour enrayer ? Il existe des granulés, des pilules ? Des séances de rayons ? Ça se traite au laser ou au Juliénas, ce genre de couillerie ?

J'en suis là de mes cogitances lorsqu'un truc inouï se produit. La petite fenêtre chétive éclairant l'humble chambre vole en éclats et une masse sombre déboule dans la pièce, suivie d'une autre, puis d'une troisième !

Tu sais quoi ? Trois mecs ! Des Chinois ! Cette souplesse ! Pareils à des toutous sautant à travers un cerceau de papier. Ils ont plongé, se sont reçus impec après un roulé-boulé persillé. On dirait des petits garçons tant tellement qu'ils sont fluets, les bougres, dans leurs jeans noirs étroits, et leur veste de toile, également noire. Dessous, ils ont juste leur peau et on distingue leurs poitrines creuses, glabres, où saillent les côtes.

Ils ont chacun un feu en pogne et se tiennent en arc de cercle, fléchis sur leurs jambes dans une posture féline. La môme Grace se fout à hurler. L'un des Chinetoques lui crie « Ta gueule » d'un tel ton qu'elle la ferme illico.

— Ça consiste en quoi, les gars ? je leur demande.

Celui du milieu enfouille son feu dans sa poche droite et tire de la gauche cet instrument qui consiste en une chaîne terminée à chacune de ses extrémités par un manche métallique. Il la fait tournoyer. En homme averti, je porte mes mains à mon cou. Bien m'en prend car la chose propulsée avec précision s'entortille à ma tige, emprisonnant mes deux pognes. Bon Dieu, malgré la protection de mes dix doigts, ça m'étouffe ! Je fais des « vraeuggg, vraeuggg » de vomitarium romain un soir de banquet chez César.

Le lanceur s'approche, biche l'un des manches et tire. Je suis. Les deux autres font disparaître leurs flingues et nous sortons.

Avant de passer le seuil, l'un des Chinois lance à Grace :

— Si tu nous as vus, tu es morte !

Il jette un talbin vert sur le plancher.

— Pour réparer la fenêtre !

Correct, non ?

Dehors, le grand Noir qui a craché sur nous naguère mâchouille une branchette en regardant ailleurs. On passe devant lui. Le Chinetoque qui dirige le commando répète :

— Si tu nous as vus, tu es mort !

Mais c'est vachement superflu. Le zig, il ne sait même pas que nous avons existé un jour, les quatre ! L'imagine même pas en quoi nous pourrions consister si nous avions été ! Alors, tu vois !

Première fois que je suis emmené comme une bête de somme, avec un licol (à manger de la tarte). Le plus cocasse, c'est mes deux mains en guise de cache-col. Je dois avoir l'air fin. Subjectivement, je me vois avancer dans la rue, jusqu'à cette grosse tire ricaine blanche, un peu cabossée des ailes. On me précipite à l'arrière. L'un des Chinetoques prend place à mon côté. Les deux autres montent à l'avant. Départ peinard. Ces messieurs ne mouftent pas et moi, ayant à peine ce qu'il me faut d'oxygène pour assurer ma matérielle, je suis bien empêché pour leur poser les questions qui me montent et leur crier les protestations qui me sortent.

On prend la route d'Harrisburgh, mais, avant cette coquette localité, nous obliquons dans un chemin de terre rouge qui part à la conquête des collines, soulevant un énorme nuage ocre qui tournique derrière nous, pareil à la fumée d'échappement d'un moteur naze gavé d'huile.

Le voyage dure une vingtaine de minutes. Nous voici dans un lieu escarpé, loin de tout. Un vent acide miaule autour de notre tire. Les trois mecs descendent. Je me dis que c'est là que mon glorieux destin va inscrire le mot de la fin. Un chargeur dans le baquet, et Santantonio ne sera plus qu'un radieux souvenir dans la mémoire des gens de France qui, en dehors de lui, n'auront pas été gâtés au cours de ce vingtième siècle débilitant.

Un vaste détachement me résigne. Je me dis que, cet instant ou un autre, hein ? A force de jouer au con avec n'importe qui, fallait bien qu'il arrive. Je vois les choses calmos, avec claire-voie, comme dit Béru (pour clairvoyance).

La bande de zozos qui s'est acharnée sur mon pauvre Marcus a été perturbée par notre arrivée sur le circuit, à mes potes et à moi. Elle aura demandé au seigneur Lamotta de faire le ménage. Ç'aura été d'autant plus fastoche pour lui que le hasard m'a conduit jusqu'à sa chaise roulante. Quand, tout à l'heure, je lui ai fait passer ma brème par sa chère maman, il aura donné des instructions avant que de me recevoir. Lorsque je suis sorti de sa crèche, j'ai été suivi, puis enlevé. Et maintenant c'est l'heure fatale. Alors, bon, très bien. Quand tu ne joues à la roulette que les numéros pleins, faut pas hurler au scandale lorsque c'est pas le bon qui sort !

Les trois Chinois sont jeunes, avec des frimes aussi énigmatiques que les alignements de Carnac. Des vraies terreurs glacées. Tu comprends qu'ils ne reculent devant rien et que plomber un mec ou bouffer un poisson à la vapeur, pour eux c'est bonnet jaune, jaune bonnet.

On me fait signe de sortir. Facile à ordonner, moins à faire. Les mains nouées autour de la gorge, t'es privé dans tes ébats.

Je parviens pourtant à m'extraire de la voiture. Deux des vilains me plaquent contre l'auto. Un troisième déboutonne ma chemise et ses doigts glacés errent sur ma poitrine pour compter mes côtes. On dirait qu'il prend un repère. Et, fectivement, il biche un stylo réclame pour faire une marque entre mes poils. Ensuite, le gars se concentre, son regard oblique braqué sur ma poitrine. Sa main droite se raidit, doigts en avant. Il me donne quelques légers coups à l'endroit de la marque, comme pour s'exercer. Et puis son coude replié recule, on dirait une flèche sur la corde tendue à l'extrême d'une arbalète. Et il lâche tout. Ce qui m'arrive est indescriptible. Je connaissais pas ce coup de Té Ta Ni. Kif si le T.G.V. me percutait la poitrine.

Une sensation de complète dislocation interne. Mes sens volent en éclats. Ma vue va s'abîmer dans les nues, mon ouïe s'écrase contre un sapin, mon odorat dégouline et je sais pas ce qu'il advient des deux autres, mais ça n'a plus la moindre importance.

Un ramage d'oiseaux. Ils pépient en anglais, mais ça reste joyeux tout de même. Je m'ouvre pour commencer aux sons. Puis à la lumière, et le soleil luit comme il peut à travers les frondaisons d'une forêt. Le toucher, ensuite, m'est restitué. Je sens sous mes doigts une surface arrondie, froide et polie, avec par-dessous, des crénelures. On dirait... Oui : il s'agit d'un volant de bagnole. Me reste dans la poitrine un poids de deux cent quatre-vingt-quinze kilos qui m'oblige de rester courbé en avant. Enfin, bon, je ne suis pas mort. Ou si je suis mort, c'est qu'il y a une vie après la vie, comme je m'en gaffais un peu de mon vivant. Alors, que ce soit l'un ou l'autre, faut faire avec, s'organiser. Pourtant, si j'étais clamsé, je ne souffrirais plus. Ou alors, c'est à désespérer !

Mes paupières se soulèvent. J'aperçois la tige d'une direction, un plancher de voiture recouvert de caoutchouc, des pédales traditionnelles au nombre de trois : débrayage, frein, accélérateur. On dirait que je me trouve au volant d'une guinde. Allez, mec ! Du nerf !

Au bout d'un moment d'énorme concentration, je parviens à me redresser. Ça alors, comme disait le hallebardier qui ne parlait pas seulement de sa hallebarde, elle est raide, celle-là !

Tu veux que je te fasse rire ?

Non ?

Et chialer ? Non plus ?

Chier, peut-être ?

T'as déjà donné ?

Bon, alors, je vais simplement te narrer.

Me voici au volant d'un véhicule du type camping-car. Seul. Ça se passe dans une clairière. Déserte, si l'on excepte les zoiseaux et les zécureuils à la queue panachée comme un demi de bière en été.

J'attends, hébété, toujours alourdi par ce mal pesant dans ma poitrine. Le coup administré par le Chinois, ça vaut une fortune, un magasin de sport. Seulement, pour le porter à bon escient, faut des notions d'anatomie.

Et dis, mec, pourquoi qu'ils m'ont pas liquidé, ces drôles ? Méchants, voire cruels comme je les devinais, c'eût été un bonheur pour eux ! Mais non : ils m'apportent dans cette tire.

Je fais coulisser la vitre séparant le conducteur de la partie « habitable ». Vide. Des banquettes recouvertes de moleskine rouge, part et d'autre d'une table rabattable dont le pied fixe sert de support au lit qu'elle peut devenir. Avec, au bout, un placard-cuisine dont la porte est ouverte. Tout est en ordre, propret, impec. On distingue des conserves empilées sur un rayonnage protégé par un panneau de verre.

Ce camping-car est tellement inattendu que j'en bave des ronds de chapeau taupé. Si, si (impératrice), regarde : c'est bien des ronds de chapeau, ça, non ? Ah ! tu vois. Tu sais, gars, quand je dis quelque chose, tu peux me croire. Moi, je ne mens qu'en cas de force majeure et sur rendez-vous ! Jamais gratuitement ! Pas si bête !

Les forces m'étant revenues et mon mal se dissipant, j'actionne la clé de contact. Ça tourne à la première sollicitance. Je mate le tableau de bord : l'aiguille de la jauge d'essence indique que le réservoir est presque *full*.

Une suée m'inonde la raie médiane, car il me vient en pensée que la tire aurait pu être piégée et que le contacteur aurait alors déclenché la grande surboum... Rien de tel ne s'étant passé, j'enclenche la première vitesse. Le véhicule s'ébranle. Je guigne un chemin forestier en bout de clairière. L'emprunte. Il est creusé d'ornières, mais le sol étant sec, je les négocie sans problème. Mais putain de moi, je ne pige rien à ce *yellow* micmac ! A quoi rime-t-il ?

Comme ça descend raide, je reste en seconde. Je suis

tellement éberlué que j'ai l'impression d'être en vacances !

Tu t'attends au pire. Tu te crois mort. Et voilà que la nature t'embaume de chlorophylle surchoix, que les oiseaux te donnent une aubade, que le soleil allume la joie. Tu disposes de ta liberté, d'une tire, d'un futur...

Si la gargante ne me faisait pas encore mal, je chanterais, parole !

La forêt s'achève. Un panorama infini se propose alors à mes yeux. J'aperçois des plaines fécondes, des peuples faits cons, des usines fumantes, des fermes, des champs, le ciel bourré de nuages en dérapage...

Hymne à la vie. Mon chemin d'ornières fait place à un chemin de poussière.

Et je reconnais la terre ocre de naguère.

La route descend vers la plaine en louvoyant paresseusement. J'aperçois, plus bas, montant à ma rencontre, un véhicule blanc avec des lumières sur son toit et qui soulève une tornade rouge en passant.

A mesure que nous nous déplaçons l'un vers l'autre, il se précise et je finis par reconnaître une bagnole de police. Que fout-elle en ces lieux escarpés ? Un pressentiment m'indique qu'elle est là pour moi. S'agirait-il de faux poulardins ? Mais à quoi cela rimerait-il ? Non, franchement, je pige pas très bien. Une voix intérieure (celle de mon petit lutin personnel) me conseille d'arrêter la tire et de me tailler, mais je me trouve en terrain découvert, sans arbres, lande galeuse où l'herbe pousse mal. Où irais-je ? Et pourquoi me cacherais-je des flics ? Je suis une victime. N'ai rien à me reprocher.

Bon, je chasse ma mauvaise impression et continue de dévaler la pente. Comme j'arrive dans un grand virage en épingle à cheveux, j'aperçois le carrosse des archers en travers de la route. Et deux gusmen se tiennent de part et d'autre de la bagnole. L'un a une étoile sur le poitrail. C'est le shérif, comme dans les films. Ils sont en uniforme marron et beige. Portent des bottes de cuir, des culottes de cheval et des chapeaux scout style Police Montée canadienne.

Contrairement à la tradition, le shérif n'est pas un gros sac à bière rubicond, mais un grand beau type qui ressemble à Randolph Scott (ou au neveu de sa crémière, mais y a de ça).

La voie se trouvant obstruée, force m'est de stopper. Je le fais et me déportiérise.

— Quelque chose qui ne va pas, shérif ? je demande.

— Descendez ! me répond-il.

J'obtempère.

Il attend que j'aille à lui, ce dont.

— Papiers !

Je sors mon porte-cartes que les trois Chinois ont eu l'amabilité de me laisser et le lui présente. Il l'ouvre et, sans ménagements, sort les fafs qui s'y trouvent serrés.

— Police ? il me demande, sans écarquiller le moindre de ses yeux, comme l'écrit si bien Mme Yourcenar dans « Tempête dans un lavabo de l'Avenue Henri-Martin ».

Quand je dis qu'il me le demande, il le constate seulement.

— Oui, pourquoi ?

— Les papiers de ce véhicule ?

Youyouille, ça se complique. Là, mes chers zauditeurs, j'ai un choix à faire. La vie, c'est l'art des choix (comme on dit à Privas). Raconter mon enlèvement et la suite, ce qui fait un peu B.D. pour collégien boutonneux, ou bien la fermer et prier le Ciel pour que la carte grise de la tire se trouve dans la boîte à gants. J'opte pour la seconde version.

— Un instant, je vais les prendre dans le camping-car.

Le shérif articule sèchement :

— Bougez pas !

Et puis il fait un signe à son assistant, un gars jeune qui ressemble à Stan Laurel.

Ce dernier grimpe dans le camping-car. Il farfouille et ressort au bout de peu. Il va à son chef bien-aimé pour lui chuchoter un zigounou secret dans la manche à air. Dès lors, le shérif dégaine son Colt aux enzymes et le braque dans ma direction.

— Mettez les deux mains contre notre bagnole, je vous prie !

— Qu'est-ce qui se passe ?

— Faites ce que je vous dis !

Le ton ne permet pas l'ergotage. Alors je prends la posture souhaitée. Il me demande de reculer encore mes pieds de manière à me trouver totalement en position précaire, mes deux mains soutenant un équilibre instable.

— Surveillez-le, ordonne-t-il à Stan Laurel.

Laurel est hardi, car il vient très près de moi après avoir dégainé à son tour.

Voilà le shérif dans le camping-car. Moi, je savais bien que ça tournait en couille, mon affaire. Quand t'es un intuitif, tu perçois les cagateries avant qu'elles se produisent.

J'ignore ce que le shérif mate sur le siège passager, en tout cas ça l'intéresse. Il saute de la tire et va ouvrir la porte coulissante latérale pour s'introduire à l'intérieur.

Le temps passe.

Mal. Une grosse mouche bleue qui me prend pour une merde (et elle n'a pas complètement tort) me trottine sur le pif et les contractions que j'opère pour l'en déloger doivent être vachement poilantes à regarder.

Je ne vois plus le shérif. C'est un homme qui prend son temps. Un appliqué, un minutieux.

Sa voix éclate dans le silence que trouble à peine le crépitement des insectes :

— Passez-lui les menottes, Hardy.

Stan Laurel décroche de son ceinturon une paire de bracelets en acier trempé. D'une main, il tient son feu, de l'autre une boucle des cadènes. Il se rapproche encore de moi. Tu sais ce que c'est ? Il arrive souvent qu'on parle sans réfléchir, contrairement aux miroirs qui réfléchissent toujours et ne parlent jamais, les veinards. Et il arrive aussi, mais c'est plus rare, qu'on agisse sans l'avoir décidé.

Alors moi : Primo : croc-en-jambe arrière. Deuxio : plongée fulgurante sur Laurel après une volte éclair. Troisio, emparade du Colt. Quatrio : application dudit sur la tempe de l'assistant. Qu'heureusement, le capot de la voiture des perdreaux se trouve entre le shérif et ma pomme, sinon l'étoilé me flinguait comme un gréviste.

Quand tu t'engages dans une voie, il ne faut jamais faire demi-tour, mon petit gars, quand bien même elle est sans issue, c'est tonton Tonio qui te le dit.

— Balancez votre Colt, shérif, crié-je, sinon je plombe votre guignol et vous assaisonne tout de suite après !

Mentalement, je compte les secondes : zéro zéro un, zéro zéro deux...

A zéro zéro huit, un pétard atterrit à quelques mètres de la voiture.

— O.K. ! fais-je.

Avant de me relever, je passe à Stan Laurel ses propres poucettes. Qu'après quoi, je m'avance vers le shérif, souriant.

— Désolé d'employer des moyens de bandit, lui dis-je, mais vous ne laissez pas le choix.

A son tour il hérite ses menottes.

— Pourquoi vouliez-vous m'arrêter ?

— Comme si vous ne le saviez pas ! rétorque le beau gosse.

— Non, collègue, je ne le sais pas. J'ai été enlevé par trois Chinois, à Overdose City, au début de l'après-midi, et ils m'ont abandonné dans ce véhicule, en pleine nature après m'avoir estourbi.

— C'est ça, grommeluche le shérif, tellement incrédule qu'il risque d'en tomber malade.

— Peu importe que vous me croyiez ou pas, shérif, c'est la vérité ! Comment se fait-il que vous m'ayez intercepté sur cette route pourrie, éloignée de tout sauf de l'espérance ? Une dénonciation anonyme, je suppose ?

Dans son regard, je lis que j'ai mis dans le mille.

— Et, bien sûr, vous êtes plus enclin à croire une voix furtive au téléphone qu'un confrère français jouissant dans son pays d'une réputation irréprochable ! Je veux bien que l'Amérique soit le pays des westerns, mais quand même !

« Venez un peu avec moi jusqu'à ce putain de camping-car qu'on regarde ensemble de quoi il retourne ! Et dites à votre gugus de venir avec vous au lieu d'actionner votre radio comme il s'apprêtait à le faire ! »

Dans la boîte à gants se trouve un long coutelas de boucher dont la lame est ensanglantée.

Nous passons alors à l'intérieur du véhicule. Pas besoin de chercher. Le bioutifoul shérif a laissé les couvercles des deux banquettes relevés. Dans l'une (elles servent de coffre comme toujours dans les caravanes), je découvre le cadavre de Duvalier. Dans la seconde, celui de son pote, le grand Noir au manteau d'astrakan.

Que te dire de plus ?

Ah ! si : on leur a sectionné la tête à tous les deux.

CHAPITRE HUIT

Qu'il y a pas de mots pour le qualifier, tant il est tant ! Ce chapitre inqualifiable est en trois dimensions, ce qui en rend la lecture plus aisée, bien qu'elle nécessite une échelle. Le lecteur notera qu'on y a installé l'électricité, il est donc superflu de se munir d'une lampe de poche pour en prendre connaissance.

Atterré, il est, Sana. Et devant cet atterrement de première classe, le sort se montre bourru.

Car, voilà-t-il pas que je suis tout soudain ceinturé d'importance par un bras en comparaison duquel l'airain passe pour du caoutchouc fusé. C'est le méchant blocage. La paralysie intégrale. Illico, je me dis : Chinois !

Mais non, en décrivant avec mes yeux un travelling arrière, j'aperçois une manche beige. Et puis je renifle un parfum d'eau de toilette à base de tabac blond. Le shérif ! Mais comment s'est-il dépatouillé des menottes ? Les avais-je laissées trop lâches ?

Sa main libre vient gauler le revolver passé dans ma ceinture. Il l'enfonce dans mon dos.

— Les mains levées, et pas de tentatives à la con, sinon je vous fais plein de grands trous dans les poumons !

J'obéis. Il me lâche alors.

— Vous êtes magicien ? fais-je. Vous faites aussi le numéro de la malle lardée de sabres ?

— Fermez votre foutue gueule et tournez-vous face à moi.

Je.

Son regard, deux brandons comme ceux de Marlo. D'une incisivité que tu serais Jean Dutourd ou Michel Droit, tu ferais rentrer le mot dans le dictionnaire (en tassant bien, il tiendrait, je suis persuadé).

Les menottes pendent à l'un de ses poignets. Je constate alors une chose à laquelle je n'avais pris garde tout à l'heure : il a le pouce gauche sectionné au ras de la paume. Alors tu parles comme ça lui a été fastoche de retirer sa main !

Son étoile, il est pas allé la décrocher de la crèche, à Noël, espère. Il est rompu à la lutte, l'artiste. Tiens, « rompu », je l'avais encore jamais employé. Je suis content de l'occasion. J'avais souventement lu ce mot dans les beaux livres à colorier de M. Robe-Brûlée et y me faisait envie, je sais pas pourquoi, mais j'osais pas l'utiliser. Je me disais que pour manier un mot commak, fallait être vraiment pro. Et puis tu vois : j'enhardis. Bon, alors, le shérif, il est rompu à la lutte. Et pas commode !

Il crie à son sbire de le rejoindre. L'autre se pointe (d'asperges).

Le shérif, sans cesser de me braquer, prend la clé des menottes dans la poche de Laurel et le délivre avec les quatre doigts dont il se sert de main (1).

— Maintenant, Hardy, vous allez vider les poches de cette crapule, j'ai pas envie qu'il nous joue encore un mauvais tour !

Le garçon qui ne m'a pas à la bonne, s'empresse. Mon blé, mes clés, mon sésame, et d'autres humbles

(1) Si je ne faisais pas des livres, je crois que j'écrirais ; j'adore ça ! San-A.

bricoles figurant dans les vagues d'un homme s'accumoncellent sur la petite table vernie du camping-car.

Le shérif contrôle tout cela d'un seul lampion, cependant qu'il continue de m'observer de l'autre. L'homme qui peut dissocier son regard sans être atteint de strabisme divergent grave, limite un peu les risques de l'existence.

— Vous faites erreur, shérif, j'y dis. J'ignorais la présence de ces deux cadavres dans ces coffres-banquettes.

— Vous raconterez tout cela au juge, moi, ce n'est pas mon...

Il se tait brusquement, alerté par un petit quelque chose que Laurel vient d'extraire de ma fouille. Et c'est, tu devines pas quoi ? Non ? Le porte-aiguilles ancien que j'ai déniché dans la BMW de Liloine.

Il avance la main vers l'objet.

— C'est à vous, ça ?

J'ai deux réponses possibles à formuler. *Oui* ou *non.* Pourquoi ai-je le sentiment que mon choix sera capital ? Toujours ces intuitions qui m'entortillent.

— Oui, fais-je résolument.

Et je me paie le luxe d'ajouter :

— A qui voudriez-vous qu'il soit ?

Changement à vue ! Le shérif rengaine son feu et ouvre le porte-aiguilles.

— Trois aiguilles ! s'exclame-t-il. Dont l'une à chas doré !

— Et alors ? riposté-je.

Il murmure, penaud :

— Navré de... de ce qui s'est passé ; j'ai été victime de faux indicateurs qui, probablement, cherchent à vous nuire.

J'exécute un geste incertain, mi-badin, mi-impatienté.

— N'en parlons plus, shérif.

Il pattemouille, le frangin.

— Vraiment vous... vous oublieriez ce qui s'est passé ?

— En ce qui vous concerne, oui, shérif.

Tout juste qu'il ne me baise pas les mains, ne se proterne pas, ne me propose pas une petite pipe affectueuse en guise de calumet de la paix.

— Merci, dit-il. Si vous m'aviez montré ça (il désigne le porte-aiguilles) tout de suite, ça aurait évité toutes ces tracasseries pénibles.

— J'avais peut-être mes raisons de ne pas le faire, non ? j'objecte sévèrement.

Il pantelle comme un panda pendard.

— Naturellement.

La vraie lavasse, mon terlocuteur, comme si sa vie dépendrait de mon bon plaisir. Mais putain d'Adèle, il signifie quoi, ce porte-aiguilles ?

Ça fermente, ça émulsionne, trémousse, bout dans mon bulbe. Les mystères pleuvent dessus. Le meurtrissent. Ces deux cadavres ! Vengeance ? On a voulu venger Liloine, mais qui ? Le grand vilain Boggy ?

Qui donc décapite ainsi les gens ? L'équipe de tueurs de Lamotta ? Et ce porte-aiguilles dont la vue seule paralyse les shérifs, les transforme en agnelets bêlants, il est chargé de quel mystérieux pouvoir ?

— On peut faire quelque chose pour vous, monsieur ? s'enquiert le shérif.

— Me ramener à Overdose City, possible ?

— Mais comment donc ! Et le... le camping-car ?

— Vous l'avez découvert abandonné là où il est, faites votre rapport.

— Très bien. Nous n'y manquerons pas.

Pas plus difficile que ça, l'ami ! Ça t'en bouche un coing, non ?

Comme toujours, deux voies s'offrent. Celle de la raison et celle de la folie.

Moi, tu me connais, c'est toujours la seconde que

j'emprunte : pour le sport, par goût du risque et par panache. Mais là, j'hésite.

En retrouvant la grand-rue sinistros d'Overdose City, je me dis : « Retourné-je chez Lamotta, flanqué des archers, pour essayer de cultiver l'effet de surprise et lui faire le coup de « Trompe-la-Mort revient ! », ou bien vais-je tout culment récupérer mon pote Stone et son bahut jaune pour rallier Nouille ? »

Je décide d'opter pour la sécurité. Lamotta est un coriace qui ne parlera en aucun cas. Tout ce qu'il risquerait de manigancer, si je lui rendais de nouveau visite, c'est un second guet-apens d'où je me tirerais peut-être moins bien.

Chez les Stone, tout le monde est gelé et croupit dans les somnolences d'après libations. La môme Grace sourcille tout juste en m'apercevant. Elle a surmonté sa déconvenue amoureuse au punch et on dirait qu'elle a trois yeux dans chaque orbite.

— Hello ! me dit-elle, qu'est-ce que vous avez fait de vos Chinetoques ?

D'une voix de baratte quand le beurre commence à prendre.

— Ils sont retournés à Pékin, réponds-je.

Je tente de récupérer mon chauffeur, mais il s'en est trop enfoncé pour pouvoir prendre la route. Alors, aidé d'un bon vieillard tempérant, je le porte dans son fiacre et c'est mézigue qui prends le volant, écourtant au max les adieux du gros Noir à sa famille.

Il fait archinuit lorsque je me pointe dans la Cinquième Avenue de Beethoven. La chiasse, à Nouille, c'est qu'il est duraille de parquer. Alors je descends le sapin dans le parking privé de l'immeuble, je fous deux cents dollars dans la poche de Stone et l'abandonne à ses rêves érotiques ou gastronomiques. Sa stupeur, lorsqu'il se réveillera !

L'ascenseur me porte jusqu'à l'apparte de Marcus et

Betty vient m'ouvrir. Elle est en larmes. La grosse femme est en larmes, ce qui lui provoque un regard rose comme deux clitoris en ordre de marche.

Elle ne me laisse pas le temps de la questionner :

— Monsieur est mort ! glapit la chère personne en s'abandonnant entre mes bras vengeurs. Monsieur est mort !

La nouvelle, bien que je l'attende, me prend de plein fouet ! Ce que j'éprouve, c'est un immense froid intérieur, et puis voilà qu'un flot de souvenirs disparates s'échappe de ma mémoire comme le sang d'une artère sectionnée. Notre bled avec ses maisons de pisé, les poules dans les rues avec des coqs qui les calçaient à tout va. Le bistrot de la mairie et son rideau de perles, l'été, devant le trou noir de l'entrée. Ça sentait la limonade. Le crottin de cheval. Le père de Marcus battait des fers rougis. Les chevaux qu'on ferrait piaffaient dès qu'on leur rendait une patte chaussée à neuf. Et il y avait un oiseau pour annoncer la pluie, d'autres qui confirmaient le beau temps. Les tourterelles de la mère Béranger, la mercière-journaux. Encore la fille Marchandise dans le ventre creux du grand saule et qui se laissait placer un demi-médius dans la chatte sans trop rouscailler. On se sentait le doigt après. Et puis les enterrements avec les enfants de chœur, le vieux curé, les abeilles, les reniflades. Putain, il me balance un vrai monceau sur le coin du cœur, Marcus. J'ai pas fini de dérouiller des lambeaux de bonheur. Comment peut-on, pendant le temps d'une enfance, accumuler tant de souvenirs qui te durent tout le reste de ta vie ?

New York est vide. Qu'y fouté-je ? A quoi bon y mener une petite guerre ? Me chicorner avec des malfrats hors série, qui n'ont pas la mentalité de ceux avec lesquels je me collette chez nous ?

J'écarte Betty de la main pour pénétrer dans l'appartement. Béru est à la cuisine, occupé à casser une monstre croûte. En corps de chemise, le bada rejeté en arrière, une chaussure ôtée because son « ongle en carnet » qui déconne.

— Ah! c'est toi! Tu sais que ton pote est clamsé, Grand? Condoléances.

— Ça s'est passé quand?

— Au début de l'aprème. La jolie infirmière blonde est venue chercher le drap qu'il voulait pour l'ensevelir. Paraît qu'il a pas souffert. Y s'est éteint...

— Comme une lampe qui n'a plus d'huile, je sais! coupé-je.

Je m'assieds en face du mastar et la peine me happe. Voilà que je chiale mon copain d'enfance. Les larmes, c'est l'hygiène de l'âme. Faut les laisser faire le ménage des chagrins.

Tout embêté, le Gravos me tapote le bras.

— Allons, allons, l' Grand, murmure-t-il, faut qu'tu vas réagir. Tiens, bouffe un peu d' rillettes à sa mémoire. A viennent de la Sarthe, il tombait pas dans la bouffe préfabriquée de ces mange-merde ricains, ton copain. L'était resté français. Y savait viv'. Et c'Mercurey, Tonio? Trempe ton pif d'dans et l'goût d' l'existence t' reviendrera, parole!

Le plus fort c'est que je lui obéis, car une faim d'ogre me tord les entrailles.

— A la bonne heure! jubile l'Hénorme; claper va t' faire dispersion. J'sus été ach'ter moi-même un rosbif dans un bazar du quartier. L'était sous colophane et y l'a un arrière-goût d' renfermé; mais av'c une bonne couche d' moutarde, y tient malgré tout la route.

Tout en jactant, il me sert, car Betty, terrassée par le chagrin, est bonne à nibe. Elle reste adossée à son bac à plonge et continue de chialer à haute tension.

— Quand t'est-ce on aura clapé, j' te montrererai quèqu' chose dont j'ai découvert, gars.

— Quoi donc?

— It is the chef surprise, mec.

— Et nos potes ?

— Toujours pas de nouvelles du Rouquemoute.

— Tu m'inquiètes !

— Pas moi, lui ! rectifie le Sensé.

— Jérémie ?

— L'est chez Boggy.

— Qu'est-ce qu'il y fait ?

— Y l' soigne.

— Pourquoi le soigne-t-il, il est malade ?

— L'est tombé sur un os.

Bérurier ferme sa main, caresse le poing de la sorte obtenu et ajoute :

— Enfin quand j' dis sur un os, c'est sur plusieurs, consécutivement à la trouvaille que j' te cause. Mais tu voiras ça t't'à l'heure. Bouffe !

Notre repas achevé, Sa Majesté remet sa chaussure délinquante et m'entraîne vers ma chambre. En passant devant Betty, il lui jette rudement :

— *Make the* vaisselle *and go to your bed for* chialer, la mère. D'puis des plombes qu' tu m'adminiss les grandes eaux, j'commence par m' sentir humide, merde !

Furax, il me dit :

— Tu te rends-t-il compte que médéme m'a refusé d' tremper l' biscuit sous prétesque qu'elle est en deuil ! La vérité, c'est qu'é n'aime pas la lonche et qu'tous les arguments pour couper à la corvée d' paf y sont bons ! A propos, faut qu' je vais t'apprendre une chose : j'ai pas vu Duvalier d'la journée.

— Moi, si, le rassuré-je.

— Approche, San A !

Le Mastar est assis sur mon oreiller. Le moelleux de ce siège improvisé l'incitant, il balance un pet pour cathédrale gothique et je note mentalement qu'il me faudra retourner le tragique oreiller lorsque je me coucherai.

— Approche-toi près! insiste le phénomène foireux.
Intrigué, j'obéis.

— Mate ta lampe de chevalet, maintenant!
J'examine la lampe.

— Tu vois-t-il ce que j' veux t' parler?

Ainsi guidé, il me faut peu de temps pour découvrir le menu micro niché dans l'un des pompons de l'abat-jour.

— Grâce à ce bistougnet, tout ce qu'on cause ici est entendu ou enregistré, déclare le Mahousse.

— Comment as-tu découvert le poteau rose, Gros?

— Un con court de cire constante, déclare l'Infâme. J'ai v'nu dans ta chambre biscotte j' voulais téléphoner à ma Berthe tranquillement, ayant des choses tendres à y dire, conformément à l'éloigneté qui m' met du vaguemestre à l'âne. J' composte mon numéro et j'viens m'asseoir su ton plume, tel qu' j' sus en ce moment. J'avais pas t'nu compte du décamotage horaire et la Berthy était déjà au pieu, av'c Alfred j'suppose dont duquel j'ai cru reconnaître la voix. La v'là qui m'agonise comme quoi c'tait pas une heure pour réveiller l' monde. Moi, furax, j'y raccroche au nez, av'c tant d' violence que l' combiné a heurté l'abat-jour et que ça a produit un bruit métallique. Tu mords?

— Parfaitement.

— J' regarde attentivement et j' déniche le micro.

— Bravo! Ensuite?

— Si tu r'garderais bien, t't'aperçois qu'un fil très mince est collé au fil électrique. Ça va jusque z' la prise d' courant.

— Je vois.

— C'te prise a l'air d'une prise multiple, tu constates, sous le plumard?

— En effet.

— Eh ben, zob, mon drôle! En réalité, la prise multiple est une boîte-relais. J'ai z'été préviendre Blanc qu'a arrivé à la raie secousse. J'eusse eu préféré

Mathias, dont au sujet duquel tu connais la scientifiquerie tout terrain, mais en son absence, on a tenté d'halluciner ce mystère, le nègre et moi.

— C'est mal de dire « le nègre » mais c'est bien de le citer avant toi, glissé-je.

— C'est par inadvertancerie, s'excuse Béru, j' voulais dire moi et l' nègre. Cézigue, il prétend que l'récepteur ne peut qu'être dans un rayonnage assez faible, vu la petitesse de la boîte-relais. Alors on a inspecté tout l'apparte au peigne fin. Zéro ! N'ensute, on a grimpé dans l'estudio de Boggy. On l' décortiquait à mort quand l'escogriffe s'est pointé à l'improvise. Putain ! ce chabanais... T'sais qu'il a dégainé un ya pour m' perforer. Lala ! Sur qui est-ce était-il tombé, l' frère ! Des roustes, j'en ai administré quèque-z'unes dans ma vie, mais des comme celle-là, je crois qu'y faudrerait l'inscrire dans l' live des records ! Nez en moins, c'est pas la peine de l'hopitaliser pour l'instant. Si d'main y s'rait toujours dans l' coma, on fera v'nir un r'bouteux.

— Et vous avez déniché le récepteur chez lui ?

— Non. D'alieurs, si tu t'rappelles, j'avais déjà foulié hier.

Je remarque :

— Si bien qu'en ce moment, le rigolo qui a posé ce matériel est en train de nous écouter ?

Le Dodu redondant rigole.

— Tu m'prends pour qui est-ce, mon drôlet ? Ma première rédaction en dénichant ce micro, ça t'été d'le dévisser et d'y ôter sa capsule sensib'.

Alors, je fais claquer mes salsifis.

— Gros !

— Je jouis ? (1)

— Il me vient une idée !

— Pas trop tôt, ça commençait à être l'Sahara sous ta coiffe !

(1) Pour j'ouïs, tu l'auras compris. San-A.

— Si ce n'est pas Boggy qui a aménagé ce Watergate miniature, c'est quelqu'un d'autre.

Il se marre :

— Là, tu regrimpes dans mon estime, gros malin! Mais foin de ses pitoyables sarcasmes. De telles pauvretés n'appellent que l'indifférence et l'oubli rapide.

— Le quelqu'un d'autre, en n'entendant plus rien, va supposer deux choses : soit la vérité, à savoir qu'on a découvert et neutralisé le micro, soit que le truc est tombé en rideau à la suite d'un faux contact quelconque. Il va vouloir en avoir le cœur net et donc se pointera pour une discrète vérification.

— Je te voye v'nir, Grand. Faut qu' je vais prendre la planque dans ta tanière?

— Peut-être pas dans ma chambre, mais dans la pièce contiguë qui est la bibliothèque. Il s'agit de percer un trou dans la cloison qui soit face à cette lampe et d'ouvrir en grand ton moins mauvais lampion.

— Et si l' pèlerin en question est déjà v'nu vérifier?

— Il n'avait aucune raison de le faire puisque j'étais absent. C'est à partir du moment où je vais sortir d'ici qu'il devrait réagir, si toutefois il suit mes allées et venues.

Le Mammouth, avant de s'arracher à mon oreiller, l'honore d'une dernière louise chevaline et à répétition. Genre salve enrayée.

— J'vas chercher la boîte à outils d' la custance, c' s'rait le diab' qui n'y eusse pas une chignole. Et ta pomme, tu vas où cela?

— A l'hosto, rendre un dernier hommage à Marc.

Et mon chagrin se remet à pleuvoir. Les larmes sont toujours importantes au moment où on les verse.

Mais ils sont enfoirés complets, ces Ricains! A l'hosto, on m'apprend que mon pote se trouve à la morgue et que celle-ci est fermée jusqu'à demain, compte tenu de l'heure avancée.

Il est presque minuit et je me retrouve seulabre dans l'immense cité infernale qui continue de grouiller, de haleter dans les lumières. Ici, la vie ne s'interrompt jamais. La foule, les bars, les taxis, les drug's. Et ces milliers d'enseignes qui éclaboussent les rues ! Et ces milliers de visages multicolores, un instant unifiés par la cruauté livide des néons.

Désemparé, l'Antoine ! Flou. Mou. Un peu vaincu. O Dieu, l'étrange peine ! (Odieux, l'étrange Le Penne.)

Ce matin, en quittant cet hosto, j'ai arrêté un taxi pour me faire conduire à Overdose City. Et j'y ai découvert beaucoup de choses ! Pourquoi prétends-je que je me sens vaincu, alors que je vais drôlement de l'avant ? Qu'est-ce qui m'arrive de faire un complexe d'incapacité puisque la carburation est excellente ? Il tient le bon bout, le bouillant commissaire.

Allez, Tonio ! Fonce ! Tu le vengeras, ton pote !

Je fais un pas hors du trottoir et lève le bras. Un taxi jaune stoppe immédiatement.

Pourquoi suis-je parti de chez Liloine sans avoir relaté à mon gros Béru mes avatars pennsylvaniens ? Pourquoi lui ai-je tu Lamotta, le porte-aiguilles magique, la mort de Duvalier et celle du grand méchant Noir qui prend la tour Eiffel pour un thermomètre à mercure ?

Tu veux que je vais te dire ?

J'ai oublié !

Oui, mon grand, tout culment : oublié. Faut-il que le décès de mon ami m'ait chanstiqué la pensarde !

Le *taxi-driver* est un Blanc petit et chafouin, maigriot, l'air mécontent avec plein de tics inquiétants dont le principal le fait hocher du chef toutes les trente secondes. Inutile de vouloir engager la converse, c'est pas un causeur. Chacun à sa place dans la bagnole.

Comme je n'ai rien à lui dire, ça tombe à pic. On parle tellement pour ne rien dire ! Des instants, je suis affligé de tant d'insignifiances ! Toute cette salive perdue qui serait si tellement mieux employée à faire minette ou des pipes ! Mais non, eux, c'est des mots, des mots, des mots ! Peu importe lesquels pourvu que ça fasse du bruit, qu'ils se racontent, qu'ils geignent du mauvais temps ou de leurs véroles.

On croit pas, mais quelle déperdition d'énergie ! Si les gens se taisaient, ils deviendraient plus productifs et en tout cas plus intelligents. Ils s'enconnent dans les jactances. A force de parler, ils « déparlent », comme on dit puis chez nous (pas vrai, Marcus ?). Et c'est parce que j'ai pigé ça, plus le temps avance, plus j'écris et plus je me tais. C'est tellement confortable de la boucler, dans un repas par exemple, pendant qu'ils sont tous là, à s'entrecouper la parole ! Que chacun prépare ce qu'il va dire, sans entendre le parleur de l'instant. Cette joute grotesque ! Lentement, t'as plus envie de rencontrer qui que ce soit. Puisque tu ne causes plus, pourquoi veux-tu aller écouter ?

Et une somnolence me gagne dans le sapin jaune du chafouin. La fatigue, l'émotion. L'Amérique me pompe l'air ! Quelle idée conne de venir la conquérir quand t'es né entre Grenoble et Lyon, que tu as fait fortune, que ton vieux dabe t'attend, que les gonzesses ont les cuisses déjà ouvertes pour toi ? Que tu peux aller bouffer des déliceries dans tellement d'endroits pas éloignés l'un de l'autre !

— C'est là ?

Quelle voix d'archange m'interroge ? J'amorce un virage sur l'aile. Me redresse contre la banquette ravagée qui pue la sueur de deux générations. La gueule d'assassin pour pièces de patronages du chauffeur est tournée vers ma pomme. J'émerge.

— Alors, quoi, c'est là, oui ou non ? aigrise-t-il.

Je mate par la vitre. J'avise le gros arbre, la maison pimpante avec sa partie boisée.

— Oui, oui. C'est bien là. Vous pouvez m'attendre ?

— Pas question.

Je renonce à le convaincre. En soupirant je lui tends un talbin qu'il happe de la main, si j'ose dire, comme le caméléon happe une mouche.

Pendant qu'il prépare la morniflette, je file un coup de saveur à la crèche de Cecilia. Tiens, c'est éclairé en bas et en haut. Y a réception ? On le dirait car deux tires stationnent devant la maison.

Quelque chose (ou plutôt quelqu'un : mon lutin de famille) me chuchote que ça devrait offrir un intérêt certain, voire un certain intérêt.

Un truc qui me fait poirer, dans les causeries, les études, les blablateries, c'est l'expression « nous verrons plus loin », ou « nous y reviendrons », ou bien encore « nous aborderons le sujet par la suite ». Et tu remarqueras qu'on « voit » jamais plus loin, qu'on n'y « revient » pas, et qu'on « n'aborde plus le sujet » à aucun prix. Ce sont des artifices, les nuages artificiels de la discussion, des entourloupes pour gogos naïfs (pléonasme).

Moi, quand je t'annonce qu'on « verra plus loin », on « voit plus loin ». Je laisse jamais quimper le lecteur. Je fournis. Je livre en temps et en heure.

Bon, alors là, je te déclare que la soirée chez Cecilia, je t'en parlerai plus tard, on y reviendra, on abordera le sujet par la suite. Dans l'immédiat, j'examine les deux bagnoles, immatriculées l'une et l'autre dans l'Etat de Nouille. L'une est une Chevrolet banale, l'autre une Porsche épique noire, décapotable, mais présentement capotée ; elle comporte le téléphone. Chez moi, les idées naissent au débotté. Voyant ce téléphone posé sur la console centrale, la pensée que je devrais m'en servir m'assaille. Mais pour téléphoner à qui ? A l'horloge parlante ? A Béru, savoir si Mathias est rentré ? *Nada !* comme dirait ma copine Esmeralda (dans l'œil).

Alors, tu sais quoi ? Il sort son petit carnet à malices, le bel Antoine. J'y avais noté les coordonnées des protagonistes de cette affure. Il trouve ce qu'il cherche, œuf corse. Compose le numéro.

La sonnerie d'appel, je la perçois en double exemplaire : dans l'écouteur, ce qui est logique, et aussi dans la maison puisque c'est chez Cecilia que je carillonne. A la troisième sonnerie, on décroche et c'est son timbre délicat qui annonce « Cecilia Heurff, j'écoute ! ».

Ma pomme, je travestis ma voix aussi facilement qu'un marchand de bagnoles d'occase travestit le compteur d'une vieille tire pour lui réparer des kilomètres l'irréparable outrage. Je choisis un parler sucré et vaguement zézayant d'asiate.

— Du côté des Français, ça ne va plus du tout, je lâche rapidement. Ils viennent de massacrer Boggy et...

Je coupe la communication. Ça dramatise davantage l'appel. J'aime balancer des cailloux dans un banc de poissecailles. Ça ne les blesse pas, mais ils prennent peur. Alors ils se dispersent pour revenir un peu plus tard vérifier s'il y a vraiment le feu au lac.

Ayant produit mon petit effet, je quitte la Porsche et, plié en deux ou trois, cours jusqu'à la baie vitrée me blottir au creux d'un massif de couillus biscornus à fleurs dépravées. Cecilia a descendu le store californien chargé d'aveugler la baie, mais les dernières lames dudit s'arrêtent à deux centimètres du bas de la vitre, ce qui m'autorise une vue sur le salon de la dame.

Charmante réunion, en effet. Les invités sont au nombre de trois. Et j'en reconnais deux. Je te dis ? Hein, jolie môme, ça t'intéresse de le savoir ? Qu'est-ce que tu me proposes en échange ? Rien ? Tu te fous de moi, ma belle ! Ecoute, fais un geste, quoi. Montre-moi ta culotte par exemple. D'ac ? Oh ! Seigneur, t'appelles ça une culotte ? Mais c'est une pochette de premier communiant, chérie! T'as pas peur de t'enrhumer la chaglaglatte, si peu vêtue du trésor? Tu te cloquerais une bande de sparadrap sur la boîte aux lettres, tu ferais plus confortable! T'as vu, dans ta glace, comment que la dentelle se perd dans les plis du frifri, Ninette? C'est un agace-moniche, ton slip. Robert Schumann pourrait pas se moucher avec! Cela dit, t'as raison, c'est bien suffisant. Et suggestif à m'en faire exploser les amygdales! Tu sais que c'est mieux que rien? Beaucoup mieux! Rien, bon, t'es servie mais tu ne gamberges plus. Avec ce mignard triangle d'amour, tu phosphores dans les délices. Sans l'imaginaire, l'amour ne serait qu'une danse du sabre. T'as raison de l'avoir pris blanc, y a rien de mieux. C'est classe. Tu peux aller bouillaver chez les Rothschild, la tête haute, tu détonneras pas. Bon, puisque t'as été fair-play, je m'exécute.

Les trois invités de Cecilia sont : un grand type chauve, élégant et compassé que je connais pas; l'infirmière blonde, ravissante de mon pauvre Marcus et... Là, je te la sers en plat de résistance. Montre encore un petit coup ta culotte, je te jure que ça vaut le geste. Admirable, merci bien! La troisième participante à cette soirée n'est autre que Mme veuve Cower; oui, la femme de Harry Cower qui fut le premier décapité de cette terrible affaire. La gravosse azimutée qui s'est fait grimper lorsque j'ai découvert après elle le cadavre tronçonné de son julot! Siphonnant, non? Tu chopes la nouvelle dans les gencives, pas vrai?

Les quatre personnes jactent avec véhémence. La vitre est trop épaisse pour que j'entende ce qui se dit, mais je gage que c'est en rapport avec mon coup de grelot un temps pestif. Les rombiasses sont plus véhémentes que le bonhomme, comme toujours, n'empêche que c'est le gazier qui, en dernier ressort (comme on dit chez Epéda), prend une décision et va décrocher le téléphone.

Bibi, au milieu des couillus biscornus, il phosphore

de façon poignante, malgré l'immense fatigue qui lui choit sur la coloquinte.

Je m'interpelle familièrement. Je me dis, entre quat' z'yeux : « Qu'est-ce que tu ferais à ma place, l'artiste, parvenu à ce point culminant d'un récit d'une richesse à s'oublier dans son froc ? »

Et tu sais ce qu'il me répond, mon double ? Il me dit textuellement ceci : « Grand con, virgule, la Porsche appartient à l'homme, tu peux le parier à coup sûr. Donc, la Chevrolet est à l'une des deux gonzesses. Puisque tu me poses la question, moi, à ta place, Fleur de bite, j'irais me cacher à l'arrière de la grande tire. Ça se fait toujours dans un roman d'action et de suce pince, pourquoi tu faillirais-t-il à la plus noble et la plus performante conquête du polarman ? Si, au départ, la gerce qui pilote ledit carrosse ne s'aperçoit pas de ta présence, t'as une partie à jouer avec elle en rase campagne. Maintenant, il se peut que les deux dadames montent dans cette bagnole. Auquel cas t'auras donc une partie à jouer avec elles (c'est le « s » qui fait la différence) ».

Et moi, entre nous et le cul de la dame qui vend des journaux à la gare de Sainte-Flatulence, je trouve qu'il cause royal, mon double. Ç'a toujours été une ombre de bon conseil, voilà pourquoi je ne m'en sépare pas, sauf un bref instant quand il est midi et que je me trouve en plein soleil.

Alors, bon, parfait, je retourne aux chignoles et pénètre dans la Chevrolet. C'est le modèle deux portes, si bien que l'arrière est plus resserré, *you see,* comme disent les scieurs de long à leur instrument de travail.

Le plus pénible reste à faire : attendre. Mais je t'ai déjà expliqué maintes et maintes fois que j'ai le don de patience, dans ces cas-là, moi le bouillant. Me mets à naviguer sur l'onde trouble de mes pensées. A voir des gens, des contrées qui me tiennent à l'âme. A échafauder des projets. A philosopher sur la connerie universelle, tout ça, surtout à rêver à des gonzesses superbes, vicelardes et ardentes : celles que j'ai connues, et surtout les autres, celles que je connaîtrai un jour. Et elles auront pour moi des culottes pleines d'odeurs légères et des chattes profondes comme des tombeaux dans lesquels j'ensevelirai mister Braquemard, ce héros au long bec emmanché d'un long cou.

Te dire la durée du temps qui s'écoule avant la venue de la conductrice m'est impossible. Mon esprit vagabonde. Je sais que je pense à la France, et par conséquent à m'man, à Marie-Marie, à Antoine Blondin, à la moutarde Amora extra-forte, à la Conciergerie, aux toiles de Mathieu, au Tour de France, à Antoine Blondin, à l'église de Saint-Chef, à un petit hôtel de la rue Chalgrin (si Chalgrin ne meurt), à une chère boutique du passage de l'Argue à Lyon, à la somptueuse Andrée qui me suçait si bien, les soirs d'automne, sous le pont Lafayette, à m'man, à Antoine Blondin, à la blanquette de veau de ma mère, à un vieux con dont j'ai déjà parlé dans ce *book* (mais je vais l'oublier pour toujours, ce qui n'a rien de difficile), à la tour Eiffel (pas celle qu'on enfonça dans le derche de Marcus : la vraie), à la bouillabaisse de Tétou, à Jean Valjean, au Château d'Yquem 1967, à la guerre de Cent Ans, au boxon de la mère Ripaton, à la photographie du président Albert Lebrun dans l'*Almanach Vermot* 1938, à la rue du Croissant, au sourire en coin de Philippe Bouvard, à l'île Saint-Louis, à la maison d'Aillat où je suis un peu mort de jeunesse, aux chaudelets de Bourgoin-Jallieu, à la poignée de main de mon défunt père, à Albert Préjean, à mon copain le meunier, à cette mansarde où la grosse Ilda me chevauchait tandis que j'étais assis sur une chaise, à Antoine Blondin, à la M.G. décapotable à laquelle j'ai osé penser pendant un certain enterrement, à une flopée d'autres gens, d'autres choses, à ma vie, pour ainsi dire et comment voudrais-tu que je fasse autrement ?

Mais après ces flocons de pensées, ces montagnes nuageuses de pensées, un bruit de voix et de pas retentissent. Je perçois des bribes de phrases : « Attendons ce qu'il va en dire... » « On s'appelle demain »... « De toute manière on se verra à la dispersion des cendres ». Là, un rire général salue cette dernière réplique. J'en frémis.

« La dispersion des cendres »... Mon pote en cendres ! Le cher Marcus d'autrefois. Nos pêches à l'écrevisse. Un jour, je m'étais endormi, près du ruisseau pendant qu'il potassait son histoire. A un moment donné, il était allé relever mes « balances » à moi. Elles contenaient deux belles écrevisses qu'il avait glissées dans son seau à lui. Ça m'avait rendu furax et je m'étais mis à glapir comme un marchand égyptien. Alors, sans piper, Marcus était retourné à son seau et avait versé dans le mien tout le contenu de sa propre pêche. Douché, humilié, j'avais rejeté toutes les écrevisses à la rivière. On avait plié bagage en silence. Et c'est sur le chemin du retour que, d'un commun accord, on s'était mis à rigoler de nos gueules boudeuses. Oui, oui, Marc, vieux frère, je me rappelle tout. Et puis tu gis, mort, à quelques kilomètres d'ici, dans la morgue d'un hôpital ricain. Demain tu seras réduit en cendres ! En cendres ! Quelle idée ! On est catho de naissance, merde ! Nous autres, notre finalité, c'est l'asticot. Pas ragoûtant, mais on est soumis à cette fatalité. On se déconstitue patiemment dans nos tombes, Marco, mon frère. On opère le dur strip-tease : la peau, la viande, et vous les os devenez cendre et poudre ! Brûlé, c'est sans doute plus hygiénique, mais impertinent. T'as pas le respect de tes parents qui t'ont conçu, mijoté, fabriqué presque comme on tisse une tapisserie. T'anéantis d'un coup de monstre chalumeau ce cadeau infini. Non, non, l'ami ! L'asticot ! L'asticot ! Notre pote. C'est lui qui nous prolonge, si tu y réfléchis. Lui qui nous fait bouger une ultime fois. Je le salue à l'avance. Bienvenue « chez moi », ver blanc pétant de santé. Mets-toi à table et consomme qui aura tant lui-même consommé ! Bon appétit, fils de mouche !

Je ne vois pas qui prend place dans la Chevrolet. Tout ce que je sais c'est qu'il n'y a qu'une seule personne.

CHAPITRE NEUF

Qui fera date !
Et même dattes !
D'abord parce qu'il prolonge admirablement le chapitre huit, ensuite parce qu'il prépare, non moins admirablement, le chapitre dix.
Si j'avais pu le lire avant de l'écrire, je me serais moins mis la cervelle en torche.
Déguste !

Pendant que la Chevrolet roule, je suppute (comme l'avouait une pensionnaire de Mme Claude). Je passe en revue les trois personnages qui se trouvaient chez Cecilia et je me dis que si l'homme était accompagné, il l'est de l'infirmière blonde, si superbe. La vachasse de veuve Cower aurait du mal à carrer sa viandasse dans une Porsche Carrera sans avoir été, auparavant, passée au broyeur. Donc, c'est avec mémère que je vais avoir ma converse. Pas fâché ! Elle m'a eu, la vioque, hier ! La manière qu'elle a chiqué la déconnection subite pour me violer. Et moi, beau con dans la force de l'âge, de vraiment la croire foudroyée par la vision de son mec décapité ! Je te jure, y a que moi pour encaisser des turbins de ce gabarit ! Je suis bon pour commander des costars par correspondance ou acheter les actions du gisement pétrolifère du Parc Montsouris !

La dadame a branché la radio et la zizique vocifère à en fissurer le tableau de bord ! On sort de l'agglomération qu'habite Mrs. Heurff et sa nympho, les lumières s'espacent et cessent. La vitesse s'accroît. Par la pensée, je tente de reconstituer le trajet jusqu'à Nouille. Je me rappelle qu'à mi-chemin, on traverse une sorte de lagune. La mer pénètre à l'intérieur des terres et elle est émaillée de petites îles urbanisées et reliées entre elles par des ponts en dos d'âne. C'est dans ce secteur que je devrai intervenir. A cet endroit, c'est désert. J'enjoindrai à la conductrice d'emprunter l'un des ponts et nous circulerons dans l'archipel jusqu'à dénicher un coin propice.

Je continue donc de ronger le manche de mon frein. Dommage que je ne dispose pas d'une cagoule, car j'eusse souhaité conserver l'anonymat.

L'auto va bon train, si je puis dire (à l'instar de ce jeune chanteur qui cherchait sa voie).

L'auto provoque une vibration en roulant sur un pont. Nous y sommes !

Je me délove en souplesse. La radio couvre le faible bruissement engendré par mes mouvements. La musique a cessé et un gazier se met à donner les dernières nouvelles. Toujours les mêmes : l'Iran, Gorbatchev, le Congrès, le baise-ball…

Je dégaine le pétard qui traîne dans ma vague. Et ensuite tu sais quoi ? Système, D, l'Antoine : je relâche ma cravate, la remonte à la hauteur de mon front et l'y bloque. Ses deux pans tombent devant mon visage. Suffisant pour masquer mon altier physique de séducteur. Fallait y songer, non ? Ça doit même être inquiétant par son surréalisme.

On parvient à un feu rouge car la gonzesse freine et des clartés pourpres éclaboussent l'intérieur de la tire. Alors je me redresse complet, d'un seul élan et j'avance le canon du feu par-dessus la banquette avant.

— Bonsoir, fais-je.

Contrairement à tous les pronostics, ce n'est pas la mère Cower qui pilote la Chevrolet, mais le type chauve. Alors là, il l'a dans l'os, le beau commissaire. Comme quoi, même les plus grands esprits peuvent se gourer, non ? C'est bien la preuve.

L'homme sursaute et se retourne.

— Regardez devant vous ! intimé-je.

Je file un coup de périscope à l'extérieur. Nous voici bien dans la lagune. Une toile d'araignée de routes et de ponts la dessert. Il s'agit d'une zone industrielle. Des usines s'élèvent sur certaines îles et des maisons ouvrières sur d'autres.

— Quittons la route principale ! enjoins-je.

— Qui êtes-vous ?

— Prenez à gauche lorsque le feu passera au vert ! éludé-je.

Derrière nous, il y a un bus Greyhound bondé de gens endormis. Il doit arriver de loin, peut-être de l'autre Côte ? Son halètement juste derrière nous est pénible. On a l'impression d'avoir un monstre grondant au fion.

— Que me voulez-vous ? insiste mon chauffeur.

— On va trouver un coin tranquille où je vous expliquerai tout ça en détails.

C'est un homme élégant. Ses fringues sont classe et il sent l'eau de toilette à cinquante dollars le centilitre. Il fait intello, je trouve.

Le feu passe au vert.

— Allons-y : première à gauche après le pont, prenez la présélection !

Il démarre. Mais en un éclair c'est la feinte ! Le mec, cette déterminance, Hermance ! Juste dans la décarrade, il a ouvert sa portière, s'est jeté à plat ventre sur la chaussée, tandis que la tire stoppe et que le bus, derrière, freine à mort pour ne pas nous embugner. Moi, à l'arrière, je me retrouve comme le plus célèbre con du monde exposé au musée de l'homme. Coincé pratiquement, le feu en pogne. Là, il est bité complet, ton bel Antoine, ma chérie. Si t'étais en train de lui tresser des lauriers, garde-les pour confectionner un civet de lièvre ou de chevreuil quand la chasse ouvrira ! Je vois l'homme à la Chevrolet se relever et foncer au car, justement, le conducteur ouvrait la lourde pneumatique de son traîne-connards pour venir nous insulter. L'homme se rue dans l'ouverture.

Loupé ! Que faire ? Je largue mon feu sur la banquette passager et escalade le large dossier. Me voici au volant de la Chevrolet dont le moteur tourne toujours. Plus qu'à enfoncer le champignon ! Ce dont je. Je déboule à mort la caisse. Passe le pont à folle allure, vire devant des phares qui se pointent en sens contraire pour enquiller la route de gauche que je convoitais. La voie étroite est bordée par la mer, des deux côtés. Elle va à angle droit en direction d'une énorme usine illuminée. Je coule un zœil dans le rétro. Voilà-t-il pas qu'une auto me suit ! Pas le bus, une tire particulière. S'agit-il d'un quidam en survenance, alerté par l'incident et qui me filoche ? Ou bien d'un simple hasard ? Y a encore des héros. Ils se pointent à l'improviste parmi la lâcheté universelle qui nous environne. C'est rarissime, mais l'espèce n'est pas totalement morte. Y a fallu que je tombe sur l'un des ultimes spécimens ! Pas de bol, hein ?

J'arrive au niveau de l'usine, oblique à droite, m'engage sur un nouveau pont. Derrière, la courette se poursuit. Dans mon malheur, j'ai la chance qu'il ne s'agisse pas d'une voiture de police. Si c'était des condés, ils m'auraient déjà rattrapé car la Chevrolet me paraît un peu rinçaga côté moteur. Ses soupapes ont besoin d'aller faire un tour au Vatican de l'automobile. Elles breloquent vachement. Et quand j'appuie trop à fond sur l'accélérateur, ça patine un peu quelque part.

Je m'annonce dans une nouvelle île où s'aligne un cauchemar de maisons basses et pauvres, toutes semblables dans leur infinie médiocrité. A cet instant, la voiture qui me course se met à klaxonner comme une perdue. Elle le fait sur un rythme élaboré, à croire qu'elle veut me jouer quelque chose. Si j'écoute attentivement, on pourrait croire qu'il s'agit de *La Marseillaise,* vieille chanson française du dix-huitième siècle. Simultanément, son conducteur joint à cet hymne cocardier de véhéments appels de phares. Alors moi, bon, tant pis, je décélère et j'attends. La voiture suiveuse me remonte. Me passe en souplesse. J'ai tout loisir d'identifier son conducteur : Mathias !

Je ne ris pas parce que j'ai les lèvres gercées, mais mon guignol est à la fête. Le Rouquemoute ! Là, en pleine noye !

Il s'est rangé sur le bas côté, à quelques mètres. J'en fais autant et cours jusqu'à lui.

— Montez vite, commissaire ! me crie le professeur Tournesol.

Telle était bien mon intention !

Une fois que je suis assis à son côté, il malle à tout va. Ça n'a jamais été un grand conducteur, le Rouillé. Il est d'un esprit trop scientifique pour savourer les joies d'une tire. Il pilote à la papa, comme les retraités du dimanche se rendant « au muguet » dans les bois de l'Ile-de-France en compagnie de mémères qui les conjurent de ne pas dépasser le soixante. Voilà pourquoi il ne m'a pas remonté plus rapidement avec sa Ford presque neuve.

Il conduit, dents crochetées, crispé à son volant, avec des yeux tellement proéminents que le pare-brise leur sert de verres de contact.

— Dis-moi, Saint-Christophe, j'ignorais qu'il y eût des miracles aux Zuhessa, murmuré-je.

Au lieu de répondre, il s'applique de plus rechef. Il essaie de se repérer au milieu de l'archipel afin de retrouver la voie principale qui conduit à Nouille. Je viens à son secours car, chez moi, le sens de l'orientation est tinette, comme dit Béru (pour inné).

— Tire à droite, Rouquin !

— Vous pensez ?

— Evidemment, sinon, on va se retrouver à Chicago un de ces quatre.

Quand il avise la nationale, son visage s'éclaire et il m'accorde un regard de reconnaissance, suivi d'un franc éclat de rire.

— Vous avez une drôle de façon de mettre votre cravate. On dirait Mac Enroe avec son foulard au front.

Tiens, c'est juste. Dans la frénésie de l'action, j'ai simplement fait pivoter les pans de la cravate sur le côté. Je la replace dans sa position originelle.

Le souci de mes cadets s'engage sur la *way* principale. *Nacht* Nouille !

— Tu veux que je prenne le volant ? lui demandé-je.

— Non, pourquoi ?

— C'était juste pour te faire comprendre qu'on ne roule pas derrière un corbillard, mec.

Vexé, il balbutie le fameux proverbe transalpin (pas de cheval, au masculin) comme quoi *qui va piano, va sano.*

— Tu crois pouvoir parler en conduisant, mon biquet, ou bien tu préfères attendre l'arrivée ?

Alors il se dépouille les glandes, Mathioche. Les coudes écartés, le regard plongé sur l'horizon de gratte-ciel fantomateux dans la brumasse de la nuit, il m'explique.

L'homme dans la Chevrolet duquel je m'étais placardé n'est autre que le professeur Mac Heubass, ce praticien du Consternation Hospital qui a opéré Liloine de sa tour Eiffel. Lorsqu'il lui a rendu visite, hier, il ne l'a pas trouvé blanc-bleu, le doc. Cette façon de ne pas lui dire qu'il avait conservé l'objet, tout en regardant machinalement dans sa direction, ça l'a défrisé, le Rouquemoute. Lui aussi, Mathias, comme son chef éminent, Tantonio, il fonctionne un peu à l'intuition. Alors, ce morninge, il a quitté la Cinquième Avenue pour s'aller louer la voiture où nous sommes. Puis il est allé se poster devant la villa du professeur qui habite Richmond, c'est-à-dire Staten Island au sud de Manhattan (il l'avait obtenue tout bêtement par l'annulaire des téléphone (Béru dixit)). Heubass a quitté son domicile vers onze heures du matin. Il s'est rendu à l'hôpital et y a séjourné jusqu'à six plombes p.m. Il est alors retourné chez lui et s'y est changé. A huit plombes, il repartait au volant de sa vieille Chevrolet pour gagner la maisonnette de Cecilia Heurff. Une Porsche est survenue peu après, apportant deux gonzesses : une gravosse peinturlurée (Mrs. veuve Harry Cower) et une sublime blonde (l'infirmière de Marcus). Planqué dans les alentours, Mathias a observé le topo. Les quatre personnes ont pris un repas sommaire, à l'américaine, composé de sandwiches club et de salade de fruits, le tout arrosé de vin blanc ou de café. Tard, le soir, un cinquième type s'est pointé, on ne peut plus mystérieux. Il portait un long imperméable noir, un chapeau de feutre à large bord, des lunettes noires, et il avait un collier de barbe. Mathias a songé à quelque ecclésiastique d'une religion peu courante dans nos propres contrées. L'individu faisait vachement traître pour film d'espionnage d'avant-guerre.

Il n'est resté qu'une dizaine de minutes et paraissait pressé. Il n'a même pas déboutonné son imper, est resté droit au milieu du petit groupe. Il a été pratiquement le seul à parler. Il donnait des instructions, c'était évident. Puis il est reparti aussi rapidement qu'il était venu, au volant d'une voiture bleu marine qu'il avait garée assez loin de chez Cecilia.

Après son départ, les autres ont continué de palabrer. Cecilia est allé chercher un dossier qu'ils se sont mis à compulser avec frénésie. A la fin, ils ont semblé tomber d'accord. C'est alors que je me suis pointé. Ne voulant pas troubler mon enquête, Mathias s'est tenu en retrait, se contentant d'observer la suite des événements. Lorsque les visiteurs ont pris congé, il a décidé de poursuivre sa filante de la Chevrolet, ce avec d'autant plus de persévérance qu'il m'avait vu m'y planquer. Et comme il fut bien inspiré d'agir ainsi !

— Visiblement, commissaire, conclut-il, il y a eu un complot contre votre ami Liloine. Le médecin-chef, l'infirmière, la dame Heurff, son fondé de pouvoir et l'épouse du boursier décapité ont partie liée contre lui.

— Il est mort ! lâché-je.

Mathias lève le pied de l'accélérateur afin de pouvoir mieux évacuer sa bouffée de compassion.

— J'en suis navré pour vous, commissaire.

Il ajoute au bout de très peu :

— Dans l'état où il se trouvait, il ne pouvait guère aller plus loin.

— La preuve...

J'ajoute, pour moi, pour lui, pour la mémoire de Marcus :

— Le souvenir de lui qui surnage dans ma mémoire avec le plus d'insistance, c'est nos pêches à l'écrevisse, jadis, dans son village qui était aussi celui de m'man.

Je réfléchis mou. Des sentiments ouatinés, tu sais ? Des trucs confus qui ressemblent à de la musique que tu perçois de très loin, qui cesse ou qui s'enfle au gré des vents.

Les choses cachées derrière les choses...

Il soupire :

— Que faisons-nous ?

— Il serait bien que nous allions récupérer nos potes à l'appartement car j'ai déclenché du grabuge...

Et je lui narre mon intervention téléphonique, depuis la Porsche, pour paniquer Cecilia et ses invités.

— Des forces nocives sont en préparation contre nous, Rouillé, mises en route par ma pomme. Crever l'abcès, *you see ?*

Il apprécie, en amateur éclairé.

— Bien cadré, commissaire. Je crois que vous avez agi sagement.

— Tu devrais essayer d'accélérer un brin, mon grand, ou alors me passer le manche.

Il freine et stoppe sur le bas-côté de la route.

— J'opte pour la deuxième solution, commissaire, je n'ai jamais été un fou du volant.

Il nous faut carillonner longtemps à la grille du château pour qu'on nous ouvre.

Et c'est Béruroche qui le fait, en cul de chemise (de jour), la biroute dépassant le pan antérieur d'une vingtaine de centimètres (je rappelle ce fait hystéro-historique que Sa Majesté est chibrée à quarante centimètres virgule deux ! Bonjour les dégâts !).

Comme c'est un homme de principes, il a coiffé son incroyable bitos pour venir déponner, à croire que, pour lui, le siège de la vraie nudité c'est son crâne en déplumance.

— Ah ! c'est vous, les mecs ! J'avais beau roupiller, j'commençais à me faire du mouron.

— Personne n'est venu vérifier le micro en rideau ?

— Non, monseigneur, personne !

— Où est Betty ?

— J'y ai cloqué un p'tit coup de guiseau, pour dire d' lui dérivatifier l' chagrin. Là, elle s'est laissé emplâtrer princesse avec plaisir. Ou alors elle m'a fait semblanc impec, et j'y en demande pas plus.

— D'où vient qu'elle n'ait pas répondu à mes coups de sonnette ?

— L'était vannée, la pauvrette. Son deuil plus mon braque, dans un' même journée, c'est beaucoup ! Et pis faut dire qu' dans ma carrée, on entend moins bien la sonnerie qu' dans la sienne. Une servante, surtout noirpiote, sitôt qu' t' y changes les habitudes, elle est perdue. Et alors, Mathias, où c'est-il qu' t'étais passé, mon beau blond ? Tu laisses morfondir les potes, qu'on s' demande si t' serait pas survenu une couillerie quéconque.

— Nous te la bayerons plus tard, Gros, tranché-je à l'aide de mon couteau suisse multilames sans lequel l'armée helvétique ne serait pas ce qu'elle est. Saboule-toi d'urgence, on se taille. Nous deux, pendant ce temps, nous allons alerter Jérémie.

— Y a l' feu ? plaisante Sa Majesté.

— Pas encore, mais la torche chargée de le bouter est déjà allumée. Allons, fissa, Alexandre-B. !

Nous grimpons jusqu'au dernier étage, là que se trouve le studio du vilain Boggy. Il est resté des reliquats d'homme de la brousse, chez M. Blanc. Il nous suffit de tricoter la lourde trois secondes pour qu'elle s'entrouvre de trois centimètres (pas plus car elle comporte une chaîne de sécurité).

— Qu'est-ce que c'est ? demande le grand Noir avec des chaussettes blanches.

— Sana et Mathias !

Il nous accueille, frais comme la tulipe noire, chère à Alexandre Dumas d'artimon.

— Tu ne dormais pas, Jérémie ?

— Non, j'étais en train de lire un bouquin vachement passionnant sur les guerres puniques. Dommage qu'il soit écrit en anglais, certains mots m'échappent !

Et dire que quand je l'ai découvert, ce mâchuré, il était balayeur dans le sixième !

— Tu l'as déniché où, ce *book ?*

— Ici. La bibliothèque de Boggy ne ressemble pas à celle de son patron, sans vouloir te vexer.

— Tu sais que Liloine est décédé ?

— Première nouvelle. Ce con de Bérurier massacre Boggy puis me dit de le veiller et me laisse royalement quimper. Je suis fâché pour toi, Antoine. Je sais que tu aimais beaucoup ton copain. Qu'est-ce que tu comptes faire ?

— Le venger, non ?

— Ça me paraît évident. L'enquête avance ?

— Elle vole ! Marc a été victime d'un complot. Je n'ai pas encore découvert la fameuse Térésa qui lui a inoculé le Sida, mais cela ne saurait tarder, on te racontera tout par le menu en cours de route, pour le moment il s'agit de filer car il va probablement se produire un coup de chien.

M. Blanc se frotte le bout du tarin.

— Ça m'embête d'abandonner Boggy, tu sais que ton gros con l'a complètement démoli sous prétexte qu'il le taquinait avec un poignard. Il est totalement à la masse maintenant.

— Inconscient ?

— Plutôt amnésique. Faut dire que le Goret lui a placé un atout à la tempe qui aurait fait un trou dans la coque d'un cuirassé. Venez le voir, on dirait qu'il gâtouille.

On pénètre dans la partie dorme du studio et, fectivement, nous découvrons Boggy avachi sur des coussins, la tête pendante, le regard vague. Sa bouche entrouverte laisse dégouliner un filet de bave et, par instants, il émet des sons nasaux comme s'il entendait fredonner quelque chose.

— Tu crois qu'il peut marcher ? demandé-je à l'infirmier occasionnel.

— A condition qu'on le soutienne.

— Bon, prenez-le chacun par une aile, Mathias et toi, et descendez-le chez Liloine, on va le confier à Betty en lui disant qu'on l'a trouvé dans cet état et qu'elle mande un toubib.

Nous avions laissé la porte de l'appartement incomplètement fermée pour ne pas avoir à carillonner derechef. Je la pousse en grand et la tiens ouverte afin de permettre au trio d'entrer. Voici mes deux potes et le délabré dans le hall. Mes aminches déposent Boggy dans un fauteuil et se redressent pour souffler car ils ont dû pratiquement le coltiner, l'autre n'étant plus foutu d'avancer un pied devant l'autre et de réitérer l'opération jusqu'à ce qu'il soit parvenu à destination.

Et voilà que M. Blanc étend ses deux bras, tel le Christ du Corcovado qui domine l'abbé de Rio.

— Un instant, chuchote-t-il.

Je l'interroge du regard et de la voix :

— Quoi donc ?

Il renifle puissamment, ce qui ne lui est pas difficile avec le double pavillon d'hélicon qui lui sert de nez.

— Ça sent bizarre, déclare-t-il.

Nous deux, Mathias et ma pomme, on pompe l'air à tout va, de nos chétives narines occidentales. Franchement, j'ai beau humer, je ne perçois rien de particulier.

— Tu te berlures, fais-je dans un souffle.

— Chez vous autres, cons de Blancs, c'est l'atrophie généralisée, murmure le Noirpiot.

Et moi de rebuffer, du tact au talc :

— C'est vrai, le développement de notre intellect nous a fait perdre l'instinct animal. Aide-nous, ça sent quoi, grand fauve des savanes ?

Il n'hésite pas :

— Le Chinois, dit-il.

Alors là, je ricane plus.

— T'es certain ?

Le regard de mépris dont il m'accable est la plus véhémente des réponses.

Je tire mon feu et m'avance vers la porte du salon. Je tends l'oreille : rien !

Alors, comme dans les commandos de choc qui sont les premiers à investir une agglomération supposée évacuée, je fais signe à mes deux flics de se garer des taches. Ensuite je m'agenouille sur la banquette et j'ouvre à la volée. Puis, illico je plonge sur le côté. Et bien m'en prend. Le crachotement d'un Raskolnikov éclate. Râpeux, sec, malgré le silencieux qui essaie de la débruyanter.

Une salve de bastos perfore des boiseries, des meubles et la carcasse du malheureux Boggy que mes amis avaient imprudemment déposé face à l'entrée du salon.

Dis donc, cette fois c'est du sérieux ! La grande guerre avec l'artillerie de campagne ! J'ai mon feu en pogne et j'attends la suite des opérations d'un cœur trempé, en héros quotidien que je suis.

Un léger bruit de lèvres me fait tourner la tête. De l'autre côté du chambranle, Mathias me fait signe de ne pas broncher. Toujours le magicien de service, cézigus. Il me montre une espèce d'ampoule en forme de minuscule grenade. Il en casse une extrémité et la propulse dans la grande pièce.

Un court instant d'immobilisme et de silence succède. Le Rouquin nous indique que nous devons battre en retraite sur le palier pour fuir les effets de son gaz. J'ai la présence d'esprit d'éteindre la lumière du hall des fois que certains gaspards seraient immunisés contre la belle invention de Mathias.

Généreux, celui-ci balance une seconde ampoule avant de sortir, car c'est un garçon qui fait tout par poids et par bonne mesure. Et ses réserves sont inépuisables.

CHAPITRE DIX

Qui justifierait pleinement ma récente entrée dans le Larousse si je n'avais par ailleurs d'autres titres à cette gloire. Prouve à quel point je suis fait con, fécond, faucon et jamais abscons ! Donne toute la mesure agraire de mon imagination.
M'inciterait à l'autosatisfaction si je n'avais la modestie chevillée à l'âme.

Le plus difficile à assumer dans cette péripétie, c'est Bérurier. En m'y employant, avec l'aide de Mathias et Jérémie, je résous (petite cause grand effet) un mystère qui m'avait toujours tarabusté et qui concerne le pas de l'oie. Je me demandais quel esprit chagrin avait bien pu inventer cette manière grotesque de se déplacer. Un tel pas me semblait porter à son apogée la sottise universelle. Je ne parvenais pas à trouver l'esprit de « parade » dans cette façon de jeter une jambe raide en avant, en la portant le plus haut possible, avant de la laisser retomber lourdement au sol en ponctuant d'un coup de reins qui ajoutait à la connerie du mouvement. Non, franchement, je pigeais pas.

Et puis y a fallu le Gros, lui aussi endormi par le gaz terrific du Rouillé, le Gros qu'on s'est évacué à la main, moi le tenant par les pieds (à la tienne, Antoine !), mes deux autres larrons le soutenant aux épaules (chacun la sienne pour ne pas faire de jaloux !).

On a décidé d'aller le ranimer dans le studio du défunt Boggy. Attelé entre les paturons de l'animal, je vais pour m'engager dans l'escadrin lorsque la minuterie joue relâche pour cause de répétition. J'avais levé la jambe, histoire de poser mon pied sur le premier degré de l'escadrin, mais j'en suis trop éloigné et, ne rencontrant que le vide, retombe. C'est là que, question pas de l'oie, j'œuf-de-christophe-colombe. « Eurêka ! » me dis-je dans cet aparté, source de tous les vices. « L'inventeur du pas de l'oie, c'est tout simplement un pékin qui a malencontreusement loupé une marche un jour. »

Exalté par cette évidence qui me guérissait d'une lancinante préoccupation, je trouvis l'énergie nécessaire pour franchir quatre étages entre les deux souliers ravagés de l'officier de peau lisse (en réalité il a la peau rugueuse comme celle d'un frottoir à allumettes). Chose curieuse pour un immeuble de ce standing, au lieu d'un grand ascenseur, il y en avait trois petits, peu aptes à héberger un Bérurier inanimé.

Nous rouvrâmes le studio grâce à mon sésame, le couchèrent sur un canapé opportun et Mathias entreprit de lui faire recouvrer ses esprits (de vin).

Tandis qu'il s'employait avec méthode et application, je m'emparas du téléphone et, après une série de recherches, téléphonis au sieur Lamotta dont le nom figurait très démocratiquement dans l'annuaire de Pennsylvanie. Ce fut long, infiniment. Mais je laissis carillonner jusqu'à ce que la voix aigre de la mère du forban répondit. Je lui indiquis que je devons causer à son déjambé. Au début elle râlit comme quinze hyènes en chaleur auxquelles on jetterait des seaux d'eau froide, mais je découvras les arguments susceptibles de fléchir une mère et elle consenta à me le passir.

Il n'avait pas la voix ensoleillée, Tony. M'est avis qu'il roupillait sur la jante, à grand renfort de somnifère, l'artiste. Les consciences glauques ont toujours des nuits en pente raide. On sentait qu'il lui fallait une fourchette à huîtres pour redécoller la menteuse du plafond. Côté entendement, y avait de la brume et ses pensées poissaient un peu.

Déjà, rien que pour lui faire piger qui l'appelait, j'ai dû lui fignoler tout un discours, avec projections en couleurs, flash-backs incorporés, gros plan sur mon pedigree.

Peut-être se camait-il en plus des somnifères ? En tout cas, le *Couine Elizabeth* était plus fastoche à réarmer que le cerveau de ce gus.

A la fin, il a fini par piger et il lui est sorti de je n'sais où un drôle de hennissement de fureur.

— Ça y est, biquet, je lui ai fait, t'as balisé ? Ton cervelet est porteur ou faut qu'on te transfuse un peu de pilipili pour te ramener des limbes ? J'ai idée que tu forces trop sur les produits en rouge et que ton bulbe ressemble à du riz pilaf ?

Il s'est payé un deuxième hennissement, plus fort que le précédent.

— Dis ce que tu as à dire, Français de merde !

Tel que, je le jure ! Tu trouves que ce sont des manières urbaines, toi ? Moi, je m'écouterais, je referais les deux cents bornes qui nous séparent pour mettre sa tronche à l'unisson de ses jambes. Seulement, je ne m'écoute jamais quand je déconne, heureusement.

— Ecoute ce que va te dire le Français de merde, Tony. Quand tu voudras le repasser, mobilise autre chose que ton équipe de Chinois verts, l'ami ! Tes Niacouets croient interpréter *L'Année du Dragon* et tout ce qu'ils sont foutus de faire, c'est de s'engager comme serveurs dans un restau chinetoque de dernière catégorie. Pour l'instant, ils sont chez Liloine, nazes et ligotés. Tu peux les envoyer chercher si t'as besoin de comiques pour cirer tes pompes, quoique c'est pas ça qui doit te préoccuper, maintenant. Pendant que tu y seras, tu feras déménager le cadavre du grand Boggy qu'ils ont flingué comme des petits étourdis qu'ils sont. Cela dit, faut que je t'avertisse, mon guignolet : tu nous flanques encore des peaux de bananes sous les pieds, et c'est ton clapier qui crame, avec ta vieille maman et toi dans ta chaise à roulettes. C'est un Français de merde qui te l'annonce. Comme t'as voulu me nuire à deux reprises, je te mets à l'amende d'une question. Tu réponds ou tu réponds pas. Si tu y réponds, je t'oublie à la seconde et tu peux espérer couler une vieillesse sédentaire mais heureuse. Si tu n'y réponds pas, l'incendie que j'ai mentionné plus haut ne fera que conclure une suite de calamités tellement fournie que les deux cents pages du *New York Times* ne suffiront pas pour les raconter.

Là, je le laisse mariner.

Notre vieux Tino aurait inversé la phrase et dit : « Je le laisse mariner là », car c'était un homme délicieux, plein d'humour.

Je me dis : « S'il me demande de lui poser la question, c'est qu'il va y répondre. S'il ne moufte pas, c'est qu'il m'envoie à Dache, le perruquier des zouaves. »

Je compte mentalement, comme toujours nous autres hommes d'action, éternels paras de la gamberge. Utiliser coûte que coûte les plages de silence, les temps morts. Pas laisser chômer les cellules, jamais que tu les laisses un instant peinardes, ces garces, et elles te claquent dans la boîte, floc ! Et tu t'appauvris, progressivement. Ah ! non. Pas de ça Lisette.

— Eh ben, alors, cette question, bordel !

Ça lui est parti, tchiaff ! Jaillissement d'impatience.

Alors, bibi, autrement dit ma pomme, fils admirable, unique et préféré de sa Félicie, je lui pose ma question (en anglais : *my question*). Il y répond spontanément, comme surpris par son innocence. Il devait s'attendre à un truc vachement délicatos. Pas à du surgelé tout courant : trois minutes au four à micro-ondes.

— Salut, Tony les belles pattounes, je gosille ; cette fois, oublions-nous ! Laissons la guerre aux cons et avançons vers les radieux futurs. T'auras qu'à faire graisser les roulettes de ton bolide !

Je raccroche.

Me sens à la fois exalté et vanné.

Autre !

Quelle surprenante impression ! Les choses cachées derrière les choses. De plus en plus !

Bien sûr, t'aimerais savoir quelle question j'ai posée à Lamotta et quelle réponse il y a faite, pas vrai ? Je te le dirai plus loin.

Quand m'man n'est plus là pour me les repasser, faut que je ménage mes effets !

— Alors ? questionne Jérémie.

Je hausse les épaules.

— Ça carbure. Vous ne croyez pas qu'on pourrait se reposer une paire d'heures en attendant que le Mastar dévape ? L'essentiel est qu'on vide les lieux avant le jour.

Et, comme chaque fois, comme éternellement, ce sont toujours les menus faits qui déterminent les grands. Peut-être que si nous n'avions pas pioncé, rien ne se serait produit ? Va-t'en savoir ? J'ai dit peut-être, mais c'est pas certain. On a si vite tendance à berlurer, à croire que le destin joue au plus marle.

Là, tu vois, tant tellement qu'on est fatigués, nous voilà sombrés corps et âmes dans la clé des songes. Chacun sa pionce et ses rêves. Jérémie se croit sous ses cocotiers natals, Mathias au milieu de sa horde de chiares (il a obtenu le Prix Cognacq l'an dernier à la naissance du dix-septième), et moi je me vois en compagnie de bacchantes frivoles et salaces dans un lieu paradisiaque où le sol est jonché d'Epéda multi-

soupirs permettant de niquer à son gré, là où la trique te biche.

C'est le réveil électronique de feu Boggy qui nous secoue les torpeurs océanes. On se dresse à qui mieux mieux, le regard pendouilleur, la bouche comme une conduite de chiottes bouchée, l'âme mécontente ; pas joyces d'attaquer ce jour nouveau. Il est sept plombes du mat ! Ah ! dis donc, mes belles intentions, merci ! Nous avons fièrement dépassé la dose prescrite.

— Grouillons-nous, mes drôles ! exhorté-je.

Béru qui a troqué son sommeil artificiel contre de la dorme naturelle est frais comme une baleine. Négligeant toute toilette, nous nous contentons d'un coup de peigne et fonçons jusqu'aux ascenseurs.

— Rancard au sous-sol, enjoins-je, sans escale chez Liloine, évidemment.

Tu ne me croiras peut-être pas, et alors là je m'en branle comme tu peux pas savoir, mais le taxi est toujours garé dans le parking de l'immeuble, là où je l'ai déposé, et mon pote Stone, le bon gros Noirpiot n'a pas encore récupéré de sa biture. Il ronfle tellement fort qu'on croit, de loin, qu'il s'agit du moulin de son fiacre.

— On va lui emprunter sa tire, fais-je à mes potes.

— Et lui, où le met-on ?

— Déposez-le dans son coffiot, il aura assez de place.

Naturellement, mister Blanc prend les patins de la race *black*.

— Et s'il crève d'asphyxie, tu t'en torches, hein ? Un gros con de Noir, ça n'a pas d'importance !

— Ce bahut est tellement cabossé, fissuré, que tu pourrais passer deux mois de vacances dans la malle arrière en ayant l'impression d'être dans les Alpes bernoises ! Tu veux que je m'y mette, moi ?

— Je préférerais que ce soit Béru ! grince Jérémie.

Tu crois que le Mastar va exploser ? Zob !

— Jockey ! fait-il, y m'reste un peu de sirop de roupillance dans la prunelle.

Et, délibérément, il prend place dans le vaste coffiot qui pue le hareng séché, la couverture moisie, l'huile rance et la ferraille rouillée.

Avant que nous n'ayons rabattu le couvercle, il s'est rendormi.

Je m'installe au volant, M. Blanc à mon côté, tandis que le Rouillé tient compagnie à ce brave Stone.

Quand on quitte l'immeuble de la Cinquième Avenue, tout est calme. Lamotta a-t-il fait le ménage ? Il se pourrait ; j'ai l'impression de l'avoir maté, le culcul-de-jatte. Lui, il est payé pour savoir qu'on vit mieux sans ennemis pugnaces. Ses guibolles sectionnées lui ont servi de leçon. Maintenant il sait qu'il ne faut jamais aller plus loin que la raison.

Un soleil printanier se joue dans la ramure du gros arbre planté devant chez Cecilia. La maison est tranquille, innocente, pimpante comme cette pendulette-chalet qui, avec les comptes à numéro, la raclette et la maison Nestlé, a assuré la gloire de la chère Suisse.

Je m'avance, escorté de mes trois assistants (Béru vient d'être délivré : il dormait toujours).

Coup de sonnette.

A l'intérieur, y a de la musique dingue. Je crois reconnaître le groupe « Hystéro », à moins qu'il ne s'agisse de « Roy Caramel » ou de « Barbara Duchnock », ça se ressemble tout. Ça vedettarise l'espace d'un disque et puis ça retombe dans un anonymat d'où ça n'aurait jamais dû sortir. Autrefois, dans le chaud-bise, on faisait une carrière, de nos jours on y fait un tube et ensuite on rentre chez soi pour se camer, picoler, voire ouvrir le robinet du gaz parce que la vie est à jamais faussée, donc plus vivable.

Cette musique me laissant augurer une présence,

j'insiste. Mais faut croire que la hi-fi en cette matinée couvre le timbre de l'entrée, c'est pourquoi je me décide à user de mon sésame.

Et nous déboulons dans le salon de la dame Heurff. Elle est rangeuse, Cecilia. Femme d'affaires, mais d'intérieur également. Tout est net, rangé, propre.

La viorne venant du haut, j'hasarde dans l'escalier. Au premier, je trouve Melody, nue comme Vénus sortant de sa salle de bains. Elle déambule d'une pièce l'autre en fredonnant l'air que des baffles inconscients propagent tous azimuts. M'apercevant, elle réprime un léger sursaut, puis sourit.

— Oh ! te revoilà, beau gosse !

Flatté, j'y vais d'une bisouille mutine sur l'extrémité de son nez mignon.

— Toi, ce matin, tu as envie de faire l'amour ! croit-elle remarquer.

— Ta mère n'est pas là ?

— Elle vient de partir pour N.Y.

— Si tôt !

— Elle doit assister à la cérémonie.

— Quelle cérémonie ? demandé-je, le cœur étreint d'une peine sauvage et âcre.

— La dispersion des cendres du Français devant la Statue de la Liberté.

— A quelle heure ?

— Dix heures, mais la crémation doit avoir lieu avant, et c'est maman qui est chargée de la bonne exécution de la chose.

La main preste de Melody me part où elle aime. Si je n'étais pressé, si mes trois lascars ne m'attendaient au bas de l'escalier, si je n'avais un boulot précis à effectuer ici, il est probable que, malgré sa nymphomanie, je me laisserais volontiers dégorger le bigorneau ; mais ces raisons rassemblées me maintiennent dans les chemins chiants de la vertu.

— J'arrive, mes amis ! lancé-je à la cantonade.

— Tu n'es pas seul ? s'étonne la môme jambes-en-l'air.

Elle descend avec moi, curieuse comme un congrès de pies borgnes, sans avoir autre chose pour masquer sa nudité que la jolie touffe châtain clair que le Seigneur lui a fournie.

La frite des trois nigauds en la voyant débouler !

Melody se tourne vers moi.

— Dis donc, il est superbe le négro !

— Il peut, ricané-je, il a été primé au concours du plus beau garçon de Pirose-Guirec !

— Tu crois qu'il monterait un moment dans ma chambre ?

— Si tu le lui demandes poliment...

Jérémie ravale sa salive déliquescente.

— Moi, me tirer une pétasse qui me traite de négro ! J'aimerais mieux me faire la mère Bérurier !

— Fallait pas te fâcher, grand fou ! plaide la nympho. Je plaisantais.

Mais comprenant à l'air boudeur de M. Blanc que tout espoir de copuler avec lui est perdu, elle se tourne vers Mathias.

— Le blond n'est pas mal non plus, assure-t-elle.

Pour lors, ce qualificatif de « blond » appliqué au Rouquemoute met le comble à la fureur de Jérémie.

— Dis, elle est daltonienne, ta copine ! Appeler cézigue un « blond » faut avoir la pupille déconnectée.

Il se tourne vers Mathias.

— Alors, tu montes, chéri ? lui fait-il en pouffant.

Mais une voix s'élève :

— Permettassez, mes drôles ; pour c' qu'est du droit d' cuisserie, y a priorité au calibre. Give me your hand, my gosse et vous allez to see ce que c'est qu'un mandrin de seigneur.

D'autor, il s'empare de la dextre de Melody pour l'appliquer à cet endroit de sa personne que convoite le

Musée de l'Homme, la faculté de médecine et le rédacteur en chef du *Livre des Records.*

La gosse, elle n'en croit pas sa tâte.

— *Oh! my God,* qu'elle dit, *oh! my God!*

— Ça, pour une gode, c'est une gode, moustique, convient le Mammouth. T'es responsab', d' t' balader commako, l' fritounet à l'air lib'! Faut assumer, ma poule! Allons, mont'-moi ta turne qu'on allasse plus loin dans nos pourparlers, loin des oreilles indiscrets.

Les voici partis vers le bonheur, précaire, certes, mais intense, des sens en assouvissance.

— Et à présent, au boulot, Mathias!

— Quoi? s'étonne la Rouillance.

— Il s'agit de retrouver le dossier que les conjurés d'hier soir examinaient avec tellement d'intérêt!

Et voici qu'au milieu de notre désarroi, retentit l'hymne fameux qu'est *Le Chant des Matelassiers.*

Béru s'est fait reluire. Il a comblé. Il est comblé! Heureux!

Pas comme nous qui inscrivons « pas de bol » au tableau de service. Rien. Nul meuble, nul tiroir, ne nous ont livré le dossier signalé par Mathias. Nous sommes parvenus à ouvrir sans casse le coffre mural situé à la tête du lit de Cecilia, derrière un tableautin représentant une dame en capeline bleue au bord de la mer; eh bien nous n'y avons déniché qu'un paxif de dollars, des titres de propriété et l'extrait de naissance de dame Heurff. Sinon, la peau!

Melody revient, titubante, les jambes arquées comme une frêle amazone qui aurait monté un percheron de comice agricole.

— Il est incroyable! balbutie-t-elle en montrant Béru. Je veux l'épouser aujourd'hui même, car, désormais, je ne saurais vivre sans lui.

Je traduis cette flatteuse décision au Gros.

— C's'rait av'c beaucoup d' parfaitement, Trognon,

répond Bérurier, s'l'ment j'sus marrida d'puis des temps immatériaux à une personne d' classe et qu'est, de suroît, la mère d' mon fils. Donc, question bague au doigt, faut pas escompter, mais quand t'auras envie d'un sérieux ramonage, mignonne, tu pourreras toujours v'nir sonner à ma porte. L' braque à Béru, c't'un monument d'utilité publique, ma poule ; et j'ai l' cœur aussi grand qu' le chibre. J'ai toujours parti d' l'idée qu' quand est-ce y en a pour une, y en a pour cent, simple question d' planninge.

Je traduis approximativement la réponse bérurréenne, cherchant à en atténuer les effets en faisant planer l'espoir. Puis, sans transition j'enchaîne :

— Tu as vu partir ta chère maman, Melody ?

— *Yes, because ?*

— Te souviens-tu si elle tenait un dossier sur le bras ?

— En effet, et elle l'a donné au type qui l'attendait. Il l'a même rangé tout de suite dans le coffre de sa bagnole.

— Un homme est venu la chercher ? sursauté-je.

— *Yes, because ?*

— Tu le connaissais ?

— Non. Il portait un imperméable noir, un grand chapeau et…

— Des lunettes noires ?

— Exact. Vous voyez de qui il est question ?

— Pas encore, mais ça va venir. En route, mes chers et valeureux camarades !

Les adieux Melody-Béru sont déchirants. Napo, à Fontainebleau, étreignant ses maréchaux-ferrants, c'était le Châtelet d'avant-guerre à comparer. La gosse s'accroche au prodigieux mâle. Voudrait qu'il puisse lui abandonner sa zézette surdimensionnée, Queue-d'âne ! Oui, qu'il lui fasse ce don fabuleux afin de combler sa chatoune et ses nuits blanches, la frivole ! Notre drame, c'est que les rares fois où l'on goûte à l'extase, on crie « encore ! ». Le souvenir ne fait qu'attiser le désir.

Sur le chemin du retour, Jérémie croit résumer notre visite domiciliaire chez Cecilia en soupirant :

— On a fait chou blanc !

Béru insurge :

— Parle pas de chou blanc, Banania ! N'serait-ce été qu' le coup de bite dont j'ai eu l'honneur d'administrer à cette sauterelle, le détour était justifié. Dieu de Dieu, quelle pétroleuse y a là ! A m'grimpait après, comme les singes de ta circonscription après un boa-babe ! Le trésor en feu, mon pote ! J'avais l'impression d'limer une bonbonne d'acide chlorhydrique.

— Outre les délices dont bénéficia Bérurier, reprend Mathias, nous avons appris deux choses intéressantes : l'homme en noir de cette nuit est revenu chercher Mrs. Heurff et elle lui a remis le dossier.

— Nous avons également appris l'heure de la dispersion des cendres, complété-je : dix plombes.

— Ça t'intéresse ? demande Alexandre-Benoît.

— Et comment !

— Tu comptes y aller ?

Je récite ces fortes paroles de Pierre Dac, notre maître à tous, extraites de ses « Dialogues en forme de tringle » : « Ce n'est pas en tournant le dos à une situation qu'on lui fait face. »

Le canot tomobile, loué à prix d'or à une sorte de faux loup de mer ressemblant à Popeye, danse sur l'eau grise. Il est très ventru, conçu davantage pour la pêche que pour la promenade en mer et comporte un rouf central, aux vitres sales et fendues, qui sent encore le poisson.

— Je sens la gerbe qui me vient ! annonce le Gravos. Si z'au moins on taillait le flot, ça ballotterait pas autant !

Droit devant nous, se dresse la statue de la Liberté, verte et rêveuse sous le soleil Nouillorkais. Un barlu, le *Miss Liberty,* fait la navette du quai à l'île, chargeant et déchargeant une foule de touristes internationaux, de toutes les couleurs, ayant un Kodak (ou assimilé) comme point commun. Les passagers en instance attendent passivement dans des chicanes. Ceux qui sont ricains bouffent des saloperies avec une persévérance stoïque de ruminants.

Derrière nous, le pont de Brooklyn, avec sa masse sombre de poutrelles entrecroisées. En face, la pointe de Manhattan, ses deux hautes tours blanches et la découpe classique des gratte-ciel en grappe autour d'elle. Tout cela devrait paraître tentaculaire, et pourtant ça reste tranquille, aimable, beau ; attends : harmonieux ! Voilà : harmonieux ! C'est ça, la réussite des hommes : ils sont capables de réaliser parfois l'harmonie, ce don qui ne devrait appartenir qu'à la nature.

Je consulte ma tocante. Neuf heures quarante-cinq.

— Tu croives qu'y vont monter sur l' barlu ordinaire ? demande le Gravos dont le teint dérubiconde à vue d'œil pour virer au vert « bouteille ».

— M'étonnerait. Se livrer à un acte de recueillement, à une espèce de cérémonie parmi ces Japonais qui ont un zoom à la place de l'anus, me semble inconfortable. Avec tout ce pop-corn, ces hot dogs et autres boîtes de Coke, la dispersion des cendres ferait un peu kermesse !

Je la boucle (d'oreille) en voyant surgir sur le ponton de planches qui pue la lessive, un cortège de quatre personnes. Il y a là mes quatre héros de la nuit dernière : le docteur Mac Heubass, Cecilia Heurff, la veuve Cower et la sublime infirmière. Cette dernière tient avec dévotion une urne de marbre dans ses bras, comme d'autres femmes porteraient un bébé. Je frémis en songeant que les restes de Marcus sont là, dans ce récipient dc picrre. Les quatre personnes sont vêtues pour la circonstance de fringues sombres et b.c.b.g. Elles paraissent graves, émues.

Je m'avise qu'elles ne sont pas seules ; nettement détachées d'elles, à l'arrière-plan, il y a quelques photographes et une demi-douzaine de quidams évasifs.

Les quatre célébrants de la « dispersion » descendent les degrés de bois et prennent place dans une embarcation pimpante qui contraste avec l'austérité des passagers.

Quelques photographes montent dans un second canot. Le reste des assistants, maigre cohorte, s'accoude à la rambarde pour regarder le déroulement des opérations. Je leur jette un regard étonné. Ils ont l'air de condition moyenne. Peut-être sont-ce les employés travaillant dans les bureaux de Liloine, venus rendre au « boss » un ultime hommage ?

Les deux embarcations appareillent et, à la queue loloche, piquent en direction de la Statue de la Liberté.

Je les suis à mon tour. Mathias, qui se tient à mon côté, près du gouvernail, s'enquiert :

— Vous escomptez quelque chose, commissaire ?

Sa question me dépourve. C'est vrai, ça. Bonne question ! Qu'espéré-je très exactement en venant ici ? Je ne vais pas prendre à partie ces quatre personnes ! Je les verrai plus tard, séparément, pour tenter de leur arracher les vers du blair. Et encore me faudra-t-il bien combiner ces entretiens ; pas commettre de fâcheux pas de clerc !

On entend des rugissements à bâbord : c'est Béru qui restitue à l'océan les reliquats de son dîner de la veille.

Ecœuré, M. Blanc vient nous rejoindre.

— Ton gros sac me dégoûte un peu plus chaque jour, déclare-t-il.

Comme le regard du Rouillé reste posé sur moi, perpétuant sa question de naguère, je finis par soupirer :

— Je n'escompte rien, Mathias. Non, simplement je viens accompagner ce qui subsiste de mon pote. Un élan, un instinct…

Ma voix se fêle.

Voilà qu'un arbre pousse sur la mer, entre la Statue du père Bartoldi et nous. Un saule creux. Et au milieu, il y a Marcus et moi, plus la fille Marchandise avec sa petite culotte pas très propre aux chevilles, qui nous laisse regarder et palper sa moule enfantine, cette chérie ! Qu'où est-elle, maintenant, la friponne ? Doit avoir pris du poids et tellement de coups de sabres que je lui devine une babasse béante avec de la pendouillerie partout, bordel ! Oh ! non, la vie, je te jure, comme souillure tu trouveras jamais pire ! Avant de nous tuer, ce qu'elle peut nous abîmer, grand Dieu, celle-là !

Tu crois qu'il reste des réminiscences de la fille Marchandise dans l'urne de marbre rose que j'aperçois là-bas ? Me rappelle plus son prénom, cette gosse. On l'appelait la fille Marchandise, et voilà tout. Y a des êtres qui échappent partiellement à l'état civil. Des qu'on marginalise sitôt qu'il apparaissent.

Mais merde, putain ! Je vais me remettre à chialer ! Il poule-mouille, ton Sana, l'ami ! Ça tourne à la sensiblerie ! Il te vous fait une crise d'enfance. La gâtoche précoce !

On double un barlu important et les vagues de son sillage nous font danser. Béru n'en peut plus de dégobiller. Entre deux salves, il supplie qu'on le ramène à quai. Il prétend que c'est cette mer américaine qui lui détruit l'estom'. Il supporte que les mers d'Europe, le Gros. Plus le Léman et le lac du bois de Boulogne.

Et nous, on grimpe, on plonge, on roule. Tangage, roulis ! Montagnes russes liquides. Pas la joie.

A présent, les quatre personnes aux cendres se trouvent à la hauteur de la Statue. Leur pilote ralentit. Y a cérémonial, ma fille ! Une espèce d'absoute laïque.

Un brimborion de prière me monte aux lèvres. Que j'arrange à ma sauce Tantoniaise. « Seigneur, si Votre paradis existe, ayez pitié de mon copain ! Accordez-lui miséricorde. » Des choses commak, tu vois. Pour dire. Des relents... On a tous des fumerolles qui sortent des fissures de notre passé.

On s'est rapprochés. Après tout, on a le droit, non ? La mer est à tout le monde. Nous en sommes sortis, comme les copains, il y a des millions d'années.

C'est le docteur Mac Heubass qui dégoupille le couvercle de l'urne. Je sais pas comment les gaziers du crématorium l'ont fixé, mais ça coince. Voilà qui est ridicule, tu trouves pas ? Ils s'y reprennent, les uns après les autres pour forcer. S'escriment. On se rapproche encore. Nous sommes à cinquante mètres d'eux. La voix portant, sur la flotte, on perçoit ce qu'ils se disent. Dans l'embarcation des photographes, on se marre. Cecilia suggère que, puisqu'on ne peut ôter ce couvercle bloqué, y a qu'à balancer l'urne à l'eau. Mais l'infirmière refuse. Pas de ça, Lisette ! Liloine a bien recommandé qu'on « disperse » ses cendres devant la Statue. Disperser, c'est net ! Pas contournable. Le pilote de leur canot vient à la rescousse avec un gros ya de marine à manche de liège (pour des fois qu'on le laisserait choir au jus).

Il s'y met. Bravo pour son initiative. Dans les cas importants, y a que les manuels qui soient à la hauteur. C'est à eux seuls qu'appartient vraiment la vie courante. Nous autres, intellectuels de nos deux, on n'a que la vie rêvée pour pâturages !

— Ça y est ! il exclame, le pilote.

Et alors, oui, ça, pour y être, ça y est, mon drôle !
Oh ! que ça y est bien, Seigneur ! Et complètement !
Dé-fi-ni-ti-ve-ment !

Tu veux que je vais te dire ? Le souffle de l'explosion fait basculer le Gravos au jus, faut dire qu'il était penché par-dessus le bastingage, le Dinosaure. Mathias prend une pièce de bois dans la bouille et ça lui ouvre le front.

Je commence par les méfaits de la zone la plus éloignée. Dans l'embarcation des journalistes, un photographe a la gorge entaillée jusqu'à la nuque et deux autres sont gravement contusionnés.

Quant à l'embarcation principale, celle où l'urne piégée a fait explosion, il n'en subsiste pratiquement rien. Les cinq occupants ont été comme désintégrés. Y a des épaves : bouts de plastique, morceaux de fringues, taches d'huile et de sang flottant sur la crête des vagues, les teignant.

Et puis rien d'autre. Mais alors rien ! Et déjà ce qui flottait s'engloutit. Le flot happeur absorbe les traces du désastre. D'ici quelques heures, il ne restera rien de la tragédie, seulement des photos dans la presse, pour peu que les photographes indemnes aient eu l'opportunité d'appuyer sur leur clic-clac après l'explosion.

Jérémie est déjà en train de repêcher le Gros, lequel, à demi asphyxié, pousse des plaintes de cachalot auquel on a fait avaler de l'huile de foie de morue. Mathias étanche à l'aide de son mouchoir le raisin qui pisse dru sur sa belle gueule d'albinos raté.

Ma pomme, en avant toute vers le port ! Je pilote à fond la caisse. Et je gueule pour dominer les rugissements du moteur surmené.

— Dès qu'on est à quai, déployez-vous en éventail pour rechercher l'homme en imperméable noir ! Je parie qu'il est en train de suivre tout ce bigntz à la jumelle. Le premier qui l'aperçoit lui saute sur le poil et le neutralise à tout prix, compris ?

Ils acquiescent tous, conscients de l'extrême gravité de l'instant.

Alors voilà : j'aborde en souplesse. Mes archers débondent et se mettent à foncer dans trois directions différentes et variées.

A la hâte j'amarre le canot. Toujours longuet d'aller

chercher le corps mort dans la flotte vaseuse et de remonter l'embarcation de la proue à la poupe (Toto, mange ta poupe) pour l'aller fixer à l'avant. S'agit pas que le barlu de louage se fracasse.

Bon, paré ! Je m'évacue à mon tour. Pour gagner du temps, j'escalade l'escalier du restaurant bâti en bordure de flotte. Une fois parvenu sur ce promontoire d'observation, je me mets à étudier Battery Park, et puis les environs, tout bien. Je découvre mes trois braves copains en chasse. Les gens se retournent sur Béru trempé et Mathias ensanglanté.

Une force mystérieuse m'induit à mater au-delà, et tu sais quoi ? En bordure de State Street, j'aperçois une silhouette à l'encre de chine, d'un noir presque brillant, qui s'installe au volant d'une Corvette blanche. Je voudrais hurler, intervenir, voler jusqu'à l'auto, mais impossible. Elle est trop loin, et d'ailleurs la voici qui démarre et plonge dans la circulation pour virer dans Whitehall Street. Finitos ! *Adios, caballero ! In the backside the* balayette !

Ecœuré, le moral en ruine, je m'assieds sur une chaise de fer, je place mes coudes sur la rambarde de bois limoneux. Pourquoi tout ce coin sent-il la lessive, ou plus exactement l'établissement de bains-douches, comme il en existait jadis, au temps où les gens ne pratiquaient pas l'hygiène quotidienne et où un bain hebdomadaire suffisait au standing des plus propres ?

J'attends le retour des pieds nickelés.

Ils rejoignent l'embarcadère, la tête et la queue basses, l'un après l'autre. Y a plus que du désenchantement dans l'air.

C'est Jérémie qui, le premier, rompt le silence apathique.

— T'as encore un programme où on se fait hara-kiri ? me demande-t-il.

Et moi qu'avais rien décidé un centième de seconde plus tôt de virguler :

— On rentre !

— Où cela t-il ? insiste Bérurier le dégoulinant.

— A Paris, mes enfants.

Ils me défriment, navrés, honteux de ma honte. C'est dur de s'avouer vaincu. Mais là, tu veux faire quoi ? Sans appui, privé désormais de toute piste ?

— Alors, la pétasse qui a inenculé le Sida à ton pote, on la laisse quimper en lui souhaitant bonne continuance ? grommelle le Détrempé qui commence à claquer du dentier.

— Nous nous heurtons à des forces occultes que nous n'avons plus les moyens de combattre, mes pauvres gars. Dans cette sinistre histoire, tout le monde est mort : Marcus et ses proches associés, collaborateurs, domestiques ; une véritable hécatombe ! Ne reste plus que la grosse Betty, sa cuisinière qui ne sait rien. Et il n'est pas dit qu'elle n'ait pas un accident un de ces quatre morninges. Nous sommes tombés sur une histoire maudite. Admettons-le et rentrons chez nous !

ET PUIS LOGUE

Ça, c'est quelques mois plus tard.

Un encadré dans *le Dauphiné Libéré,* à la page nécrologique.

Dessus, y a marqué :

Les familles Liloine, Chevasson et Mercadet ont la douleur de vous faire part du décès de

Jean-Baptiste LILOINE

Décédé dans sa 81e année, muni des Sacrements de l'Eglise. L'inhumation aura lieu vendredi 12 juin dans le caveau de famille à Saint-Tête-en-Dauphiné.

Le même encadré figurait dans *Le Progrès de Lyon.* Et il y a eu trois lignes dans *Le Figaro* pour mentionner cette mort de vieillard.

Maintenant, deux lignes pour te raconter le cimetière de Saint-Tête.

Il est à flanc de colline et domine le village dont les solides toits s'étagent jusqu'au fond du vallon. A l'entrée mal fermée par un portail rouillé dont les vantaux ne ferment plus, il y a une « borne » à eau. Faut tourner la manivelle pour changer l'eau des vases. Tout près, se trouve une espèce de guérite de pierre sans porte où l'on accumule les végétaux fanés. Et c'est dans cette guitoune que je me tiens, jour après jour. Juin, c'est pas l'époque où les cimetières de campagne font florès, si je puis dire. Chez nous, ils connaissent fleurs et affluence à la Toussaint, avec, dans le courant de l'année, un petit coup de presse lors des enterrements. Le service terminé, chacun chacune va faire un peu de ménage sur son caveau. Ensuite, le lieu retombe dans sa léthargie souveraine. Y a plus que les abeilles et les papillons, en été, pour mettre quelque vie dans ce coin à morts.

Et moi, donc, je séjourne des heures et des heures dans la guérite aux fleurs fanées.

Ce que je peux y philosopher, t'as aucune idée ! Je passe toute la vie en revue. La mienne, celle des autres. La vie du monde ! Tout ! Le plus curieux c'est que je ne m'ennuie pas. Une forme de nirvana. Je combine bien l'inutilité de tout, si superbe qu'elle m'émeut tout de même. La vanité des choses, des gens. Notre inexorable dégradation, à l'Univers et à nous. La manière que ça finira fatalement par se dissoudre. Et alors ne restera plus que Dieu, vainqueur au finish.

On fait pas les trois huit, Béru, M. Blanc et moi. C'est moins tranché que ça, notre organisation. Disons que, lorsque j'en ai quine, je sonne l'un ou l'autre au talkie-walkie. En fait, je me farcis une quinzaine de plombes à moi tout seul. Je *sens* davantage les instants de transition : aube ou crépuscule. Ces moments où la terre passe de l'ombre à la lumière ou inversement. Oui, c'est exactement ça que je sens, que je flaire, que je vois ! Un clair-obscur. Un alanguissement de ma nature.

J'ai apporté un livre : *Crime et Châtiment.* J'en ai quatre ou cinq dans ma vie que je relis, ou refeuillette périodiquement : *Mort à Crédit,* de Céline, *Crime et Châtiment,* de Dostoïevski, *Madame Bovary,* de Flaubert et *Belle du Seigneur,* de mon cher inoubliable Albert Cohen. Tout ça pour donner du Santantonio à l'arrivée, me diras-tu ! Ben oui, quoi ! Tu sais, rien n'est simple, ni logique. On vit comme on peut, en s'appuyant à ce qu'on rencontre.

Et là, l'instant où je te prie de me rejoindre, dans ce cimetière de Saint-Tête-en-Dauphiné, c'est crépuscule. L'heure indécise de juin, le plus beau de tous les mois (à preuve, je suis né en juin).

J'ai tellement dans le pif l'odeur des plantes en décomposition que je ne la remarque plus. Je suis assis sur un pliant, avec un grand carton sous mes pieds pour ne pas les plonger dans l'humus en préparation.

Quand, soudain, un son que j'attends, que j'espère : le grincement aigu du portail.

Et puis un bruit de pas dans les fins graviers de l'allée centrale.

Le caveau de Liloine se trouve sur la droite en entrant. C'est vers là-bas que se dirigent les pas.

Au bout d'un peu, ils s'arrêtent. Je risque un morceau de tronche hors de la guitoune.

C'est la même silhouette noire qu'à Battery Park. L'imper noir brillant, le feutre à large bord... C'est devenu un uniforme, pour ce type.

J'abandonne la guérite aux végétaux crevés. Petit cimetière de plantes dans un cimetière d'hommes. Je m'avance en marchant à gué sur les dalles des tombes pour ne pas fouler le gravier bruyant.

Et quand je ne suis plus qu'à une quinzaine de mètres de la sombre silhouette, je balance, dans le silence plein de recueillement du soir :

— Comme quoi je savais bien qu'on peut toujours faire confiance aux sentiments !

L'homme en noir bondit. Se retourne. Il a un calibre mahousse comme le chibre à Béru en pogne.

Va-t-il me dessouder ?

J'attends, indécis, chiquant à l'homme pas inquiet, manière de désamorcer ses bas instincts.

— Arrête un peu l'hécatombe, Marcus ! je soupire. De l'autre côté de la mare, ça allait, mais chez nous ! Sur la tombe de ton vieux ! T'es quand même pas pourri à ce point, mon petit pote !

Il rempoche son arquebuse, ôte ses lunettes noires et s'assied sur la pierre tombale de leur caveau bourré de Liloine depuis la guerre de Septante !

— Qu'est-ce que tu fous ici ? grommelle-t-il.

— Tu le demandes ! Mais je t'attendais, Marcus, je t'attendais... Quand j'ai appris le décès de ton dabe qui n'a pu survivre au tien, mon fumier, je me suis dit que s'il restait quelque chose d'humain en toi, ce quelque chose t'amènerait jusqu'à cette tombe, *fatalement !* Tu te rends compte si j'ai confiance en l'homme, moi ! Et te voilà ! Le bien a gagné ! Je rigole. Mais tu sais, la vieille, j'en ai morflé plein les gencives avec toi !

Un silence. L'ombre emplit le cimetière, on ne distingue plus les toits du village, en bas. Déjà, un oiseau de nuit (un chat-huant, probable, fait entendre son cri pour film d'épouvante à bon marché.

— Quelqu'un t'a parlé ? demande Liloine.

Je secoue la tête.

— Non, fiston, personne. Tes complices étaient des gens discrets qui jouaient à fond ton jeu. Ce n'était pas la peine de les réduire en poussière pour t'assurer de leur silence !

— Alors comment as-tu su ?

Je m'approche et m'assieds à son côté sur le caveau des Liloine (alliés aux Chevasson et aux Mercadet). Cette journée de juin en a chauffé la pierre.

— J'ai fini par comprendre grâce aux écrevisses, Marcus.

Il hoche la tête.

— Fais pas le sphinx, je t'en prie.

— Tu vois, la vieille, à Nouille, j'étais désespéré de te savoir perdu et l'annonce de ta mort m'a fait une peine inouïe. J'ai passé en revue notre enfance commune, comme on revoit sa vie dans une prodigieuse fulgurance à l'instant de la mort. Tellement d'images ! Tellement d'instants très beaux parce qu'ils appartiennent à notre jeunesse ! Parmi mes évocations, il y a eu une certaine partie de pêche aux écrevisses piégées dans mes « balances ». T'en souviens-tu ?

— Non.

— Rien d'étonnant, tu as dû commettre tellement et tellement d'autres saloperies depuis ! Et d'une autre importance ! Figure-toi que cette réminiscence, brusquement, a ouvert un formidable doute en moi. Ça a d'abord été subconscient. Mais cela s'est développé à la vitesse grand V. Depuis mon arrivée en Amérique, mon cher instinct de poulet me susurrait cette phrase : « Les choses sont cachées derrière les choses. » Un truc lu quelque part et que tu oublies, et puis qui resurgit impétueusement !

— T'es un drôle de type, Antoine.

— Peut-être bien, oui. En tout cas, fouille-merde et intuitif, avec ça tu peux sortir sans ta bonne. J'ai tout pigé, mais alors absolument tout, lorsque j'ai su, de ton copain Lamotta, ce que signifiait cet objet.

Je tire de ma poche supérieure le porte-aiguilles ancien.

— C'est à moi ! ronchonne Marc Liloine en me l'arrachant des mains.

— Je ne te le fais pas dire, mon ami. Et c'est bien parce que cet objet t'appartient que je sais qui tu es. Il existe aux States une association secrète nommée « *Pin Cushing* » qui est aussi puissante que la Maffia, bien qu'elle ait des effectifs plus réduits. Cette organisation contrôle la police, le monde politique, la presse. Elle n'est pas lucrative en ce sens qu'elle ne s'occupe ni de drogue ni de prostitution, mais toute son activité est basée sur l'influence, ce qui, indirectement, est beaucoup mieux que l'exploitation d'un filon criminel.

« Les chefs de cette association reçoivent tous le même porte-aiguilles ancien, et le « grade » de l'impétrant se mesure au nombre d'aiguilles et à leur qualité. Si l'on en croit le contenu de celui-ci, tu es un très haut dignitaire, ce qui ne me surprend pas de toi. Vous passez pour des gens sans pitié. Qui vous double ou vous nuit est assuré d'avoir la tête tranchée ; feu Harry Cower en a su quelque chose ! Et le grand négro qui t'a enfoncé cette tour Eiffel dans le fion aussi, de même que ton chauffeur jaloux ! Ces deux-là, c'est à cause de moi qu'ils sont morts. Grâce au micro niché dans ma lampe de chevet, tu étais au courant de mes faits et gestes à mes collègues et à moi. »

— T'es vraiment le roi des flics, Antoine !

— Et aussi le roi des cons. Ma sensibilité a failli m'empêcher de voir « les choses cachées derrière les choses ».

— Et puis, que sais-tu encore ?

— Tout ce que j'ai deviné. En résumé, tu as dû commettre un galoup vis-à-vis de ton organisation, ou bien tu en as préparé un. Un jour tu as pigé que si tu ne « mourais » pas rapidement, tes collègues du « porte-aiguilles » se chargeraient de te déguiser en Louis XVI, façon 1793. Tu as donc organisé l'opération Sida ! Grâce à la complicité de la blonde infirmière dont tu étais l'amant et du professeur Mac Heubass que tu arrosais copieusement, car ce mec était dans le privé flambeur et cavaleur. Eux deux ont assumé le subterfuge médical. Ils attendaient d'avoir dans leur hosto de merde un malade sans famille, réduit à la dernière extrémité, pour lui faire prendre ta place et, une fois mort, le cramer dare-dare. Tes dernières volontés, avec le vieux drap de famille chargé de soustraire ta carcasse aux malsaines curiosités, bien trouvé, Marcus ! Je cautionnais la chose, *madré !* « Mais ta principale complice, c'était Cecilia, ton âme damnée. C'est elle qui a préparé l'après-Marcus. Tout a été négocié, voire passé à des comptes anonymes. Tu as eu le temps de tout baliser, l'artiste ! Tu es un mec tellement organisé, et si cupide ! Si assoiffé de biens et de pouvoir ! »

Liloine toussote, regarde sa montre.

— Il faut que je file, me dit-il, j'ai un avion à prendre à Satolas.

— Je ne te demande pas pour où.

— A quoi bon ? Là où je vais...

Il se tait.

— Attends, je continue, j'ai presque fini. Un point à éclaircir, pour ma satisfaction personnelle... La mère Cower, elle fout quoi, dans l'histoire ?

— Imagine-toi que je l'ai baisée, moi aussi !

Et il me flanque une bourrade. Il sait tout, l'animal ! Bien sûr, c'est elle qui le lui aura dit.

— J'ai remarqué qu'elle est très portée sur la chose. C'est elle qui m'a appris que son bonhomme m'arnaquait. Elle rêvait de devenir veuve.

— Alors, elle a trempé dans le complot de ta « triste fin ». Que risquais-tu, puisque tu étais décidé à liquider tout le monde avant de disparaître ? C'est l'équipe de Lamotta, ses Chinois verts à la con, qui t'ont fignolé ce massacre ?

— Excuse-moi, je ne vends jamais les gens.

— Tu les tues, c'est plus radical. Tu as fait exécuter Cower en étant bien persuadé que j'allais lui rendre visite. Tu tenais à me mouiller. Au fait, Marcus très cher, pourquoi m'as-tu fait venir à ton chevet ?

— Avant de quitter les U.S.A., je voulais régler l'affaire de la tour Eiffel.

— Petit rancunier. Elle n'a pas été difficile à élucider.

— Parce que tu es génial.

— C'est mon inspecteur noir qui a découvert le pot aux roses.

— Parce que c'est toi qui l'as formé !

— Merci du compliment. Et dis voir, la photo prise au polaroïd et qui me montre sur le perron des Cower, pourquoi ?

— Je ne suis pas au courant.

Je lui relate l'incident. Il gamberge et soupire :

— Je parierais que c'est Boggy ; il t'avait à la bonne.

— On n'aurait pas dit : il me faisait une de ces gueules !

— Il était comme ça, on ne savait jamais ce qu'il pensait...

— Il connaissait tes intentions ?

— Penses-tu ! Trop chien fidèle pour que je le mouille là-dedans, il aurait tout fait foirer par trop de zèle.

— Alors, il t'a cru malade, lui aussi !

— Naturellement. Pour que ça prenne, un bluff pareil, il faut avant tout que les proches ne sachent rien.

Cette fois, il se lève.

— Il est temps, me dit-il, salut, Antoine. J'espère que tu ne me garderas pas trop rancune...

Déjà, il adresse — ô inconscience humaine ! — un signe de croix à ses parents qui gisent sous mes fesses, puis il marche vers la sortie.

— Marcus ! je l'interpelle.

Il volte sans cesser de marcher.

— Quoi ?

— Y a un os énorme dans ta combine, grand.

— Lequel ?

— Moi !

« T'as voulu effacer l'ardoise complètement avant de faire peau neuve, mais quelqu'un connaît la vérité ! Quelqu'un qui, dès demain, va adresser un rapport circonstancié au F.B.I., parce que le quelqu'un en question est flic ! Parce que le quelqu'un en question, c'est moi, Marc Liloine ! Si j'avais qualité pour t'interpeller ici, je le ferais séance tenante, mais des mandats internationaux seront lancés contre toi, et le monde est petit, Marcus ! Si petit, si petit... »

Alors il fait ce que j'escomptais.

Il sort son feu de sa vague et me défouraille dessus. Mais moi, hein ? Bon, t'as pigé ? Evidemment qu'une fraction de seconde avant la première bastos j'ai exécuté un roulé-boulé entre les tombes. Ah ! l'acrobate que voilà. C'est rien de le dire ! Pas feignant des muscles, l'artisss !

Je le culbute dans mon rush. Il lâche sa pétoire. Prend ma tête dans les badigoinces, c'est bon pour sa gingivite ! Il est étourdi, un crochet au menton l'achève. Vite fait, il a les menottes aux poignets.

— Tentative de meurtre sur un officier de police, lui fais-je, ça, ça va aller chercher la Bastille pour quelque temps. Les Riçains auront tout le temps de procéder à ton extradition, grand. Puisque tu aimais tellement les States, tu vas y retourner.

Je cours récupérer mon talkie-walkie dans la putride guitoune afin d'alerter mes deux potes, leur dire de venir nous chercher. Une fois que c'est fait, j'aide Marcus à se relever et on va les attendre, debout devant le muret du cimetière. Je lui montre les champs au-dessus de nous.

— C'est là-haut, vers les Serves, qu'on se cachait dans un grand saule creux pour tripoter le frifri de la fille Marchandise, tu te rappelles ?

Il ne répond rien.

— Je me demande si ce saule vit encore, soupiré-je. Ce ne serait pas impossible : les saules sont tellement plus costauds que nous !

FIN

Achevé d'imprimer en août 1987
sur les presses de l'Imprimerie Bussière
à Saint-Amand (Cher)

— N° d'impression : 1704. —
Dépôt légal : septembre 1987.
Imprimé en France

PUBLICATION MENSUELLE